말을 배우러 세상에 왔네

말을 배우러 세상에 왔네

초판발행일 | 2015년 5월 30일

지은이 | 김영석
펴낸곳 | 도서출판 황금알
펴낸이 | 金永馥

주간 | 김영탁
편집실장 | 조경숙
인쇄제작 | 칼라박스
주 소 | 110-510 서울시 종로구 동숭동 201-14 청기와빌라2차 104호
물류센타(직송 · 반품) | 100-272 서울시 중구 필동2가 124-6 1F
전 화 | 02) 2275-9171
팩 스 | 02) 2275-9172
이메일 | tibet21@hanmail.net
홈페이지 | http://goldegg21.com
출판등록 | 2003년 03월 26일 (제300-2003-230호)

값은 뒤표지에 있습니다.

ISBN 979-11-86547-00-7-93810

*이 책 내용의 전부 또는 일부를 재사용하려면 반드시 저작권자와 황금알
 양측의 서면 동의를 받아야 합니다.
*잘못된 책은 바꾸어 드립니다.
*저자와 협의하여 인지를 붙이지 않습니다.
*이 도서의 국립중앙도서관 출판예정도서목록(CIP)은
 서지정보유통지원시스템 홈페이지(http://seoji.nl.go.kr)와
 국가자료공동목록시스템(http://www.nl.go.kr/kolisnet)에서 이용하실 수
 있습니다.(CIP제어번호: CIP2015012963)

자작시 해설

말을 배우러 세상에 왔네

— 나는 시를 이렇게 쓴다

김영석 지음

황금알

책 머리에

시가 너무 어려워서 읽고 싶어도 읽을 수가 없다고 말하는 사람들이 많습니다. 그래서 요즘은 시를 읽는 독자보다 시를 쓰는 시인이 더 많다는 이야기가 있을 정도입니다.

이게 어찌 된 일일까요. 여러 가지 이유가 있겠지만, 시를 쓰는 시인들의 책임이 크다고 하지 않을 수 없습니다. 얼마 전에 이에 관해서 어떤 문예지에 다음과 같이 짧게 쓴 일이 있습니다.

언젠가 어떤 일간신문에 평론가 몇 사람이 그 무렵 발표된 시 중에서 제일 좋은 작품이라고 한 편을 뽑아 놓은 것을 본 일이 있다. 작품 전문을 소개하고, 그 시를 쓴 젊은 시인의 자작시에 대한 변을 붙여 놓고, 끝에 그 시를 뽑은 평론가들의 단평이 소개되어 있었다.

나는 그 모든 글들을 아마도 열 번 이상은 정독했을 것이다. 그럼에도 불구하고 나는 아무것도 이해할 수가 없었다. 나는 매우 당황스러웠다. 평생 시와 시학 이론을 쓰고 학교에서는 시를 가르쳐 왔는데 내가 그들의 시와 산문을 하나도 이해할 수 없다니 도대체 이것이 무슨 꼴이란 말인가. 머리도 꼬리도 분간할 수 없는 평론가들의 글은 젖혀놓는다고 하더라도 시인이 자신의 작품에 대하여 쓴 산문이 시보다 더 어렵고 종잡을 수 없다고 한다면 이것을 과연 어떻게 이해해야 하는가.

혹, 그들은 다른 사람이 알아듣고 다른 사람에게 순편하게 전달되는 글은 아주 상투적이고 낡은 글쓰기의 방식이라고 생각하는 것이 아닐까. 그래서 남이 잘 알아듣지 못하는 방식으로 해괴한 새로움의 충격을 주면서 교묘하게 말을 꼬아서 하다 보니 끝내는 자신도 알 수 없는 말을 하게 되는 것은 아닐까.

자신도 알 수 없는 말을 할 때 우리는 그것을 잠꼬대 소리라고 한다. 그것은 소리일 뿐 말이 아니다. 시는 소통되는 말이어야 한다. 시의 말은 생명에서 생명으로 가슴에서 가슴으로 통하는 말이다. 무엇보다 시의 말은, 게임을 하듯 퍼즐을 맞추듯 머리로만 하는 말이 아니라, 느낌을 타고 흐르는 가슴의 말이어야 한다.

그렇습니다. 먼 옛날부터 지금까지 시의 말은 변함없이 생명에서 생명으로 가슴에서 가슴으로 통하는 말입니다. 그렇다면 오늘날과 같이 시의 말이 불통하는 시대에 어떻게 해야 할까요. 나는 우선 내가 쓴 시부터 독자와 소통되는 말인지 정직하게 점검해 볼 필요가 있다고 생각했습니다. 그 결과가 바로 이 자작시 해설입니다.

나는 이 글을 쓰는 동안 진실로 내 시에 대해서 있는 그대로 정직하게 말하고자 최선을 다했습니다. 그리고 될 수 있는 대로 쉽게 이야기하고자 노력했습니다. 그러나 다 아시다시피 시를 해설한다는 것은 참으로 어려운 일입니다. 한 편의 시를 해설한다고 해 보아야 겨우 그 시가 지닌 앙상한 의미의 줄거리만을 보여줄 수밖에 없기 때문입니다.

나는 다만 이 보잘것없는 책이 시를 알고자 하는 사람들에게 작은 반딧불이라도 되어 주기만을 간절히 바랄 뿐입니다.

2015년 2월
변산, 흰 눈 씻는 집에서
何人 김영석

차 례

책 머리에 • 4

제1부 땅에서 슬픔이 이루어지다

단식 • 10

종소리 • 18

섬 • 24

범인 • 30

숯 • 36

감옥 • 44

썩지 않는 슬픔 • 52

바다 • 59

아구 • 68

이빨 • 74

현장 • 81

미루나무 • 87

무지개 • 91

제2부 바람이 옷을 벗다

바람의 뼈 • 100

나는 거기에 없었다 • 107

말을 배우러 세상에 왔네 • 116

극지極地 • 125

그 빈터 • 131

배롱나무꽃 그늘 • 136

등불 곁 벌레 하나 • 143

이슬 속에는 • 148

그리움 • 153

버려 둔 뜨락 • 158

바람이 일러주는 말 • 163

거지의 노래 • 173

모든 돌은 한때 새였다 • 182

고요의 거울 • 188

그 아득한 꽃과 벌레 사이 • 195

오래된 물이여 마음이여 • 202

제3부 잊은 것을 잊다

산도 흐르고 들도 흐르고 • 214

꽃과 꽃 사이 • 220

바람 속에는 • 227

고요한 눈발 속에 • 233

돌담 • 239

도굴꾼 • 244

산과 새 • 251

빈집 한 채 • 257

부록

사설시 매사니와 게사니 • 262

제1부

땅에서 슬픔이 이루어지다

단식

죽음 곁에서 물을 마신다
잠든 세상의 끝
마른 땅 위에
온몸의 어둠을 쓰러뜨리고
무구한 물을 마신다

너희들의 빵을 들지 않고
너희들의 옷을 입지 않고
너희들의 허망한 불빛에 눈뜨지 않고

주춧돌만 남은 자리
다 버린 뼈로 지켜 서서
피와 살을 말리고
그러나 끝내
빈손이 쥐는 뿌리의 약

바람이 분다
무구한 물도 마르고
씨앗처럼
소금만 하얗게 남는다.

— 『썩지 않는 슬픔』(창작과비평사, 1992)

☞ 이 작품 「단식」은 1974년 한국일보 신춘문예 당선작입니다. 이 작품은 발표되자마자 문단에 신선한 충격을 주면서 많은 사람들의 입에 오르내리는 화제작이 되었습니다. 왜냐하면 당시 신춘문예 시들은 예외 없이 그 시대의 어둠과 암울을 장광설로 쏟아내는 장시의 풍이 유행이었기 때문입니다.

그런데 이 4연 17행의 짧은 단형시가 오랜 신춘문예의 장시 구습을 일거에 깨뜨리며 나타난 것입니다. 게다가, 여러 평자들이 지적한 바이지만, 미상불 경이로운 충격으로 파장을 일으킨 것은 과거 장시의 난삽한 비유와 모호한 표현 대신 정신의 강인한 힘줄이 느껴지는 단호하고 명료하고 간결한 남성적 표현이었습니다. 이런저런 이유로 이 시는 그때부터 지금까지 시 쓰는 사람들 사이에서는 꽤 유명한 작품으로 기억되고 있습니다.

벌써 당신은 이 시를 읽으면서 예사롭지 않은 암울한 어둠과 긴박한 상황, 그리고 거기에 따르는 어떤 결의 같은 것을 충분히 느꼈으리라 생각합니다. 그렇습니다. 사실 이것을 쓸 무렵은 내 개인사적으로나 우리 모두의 역사적 상황으로나 참으로 암담한 시절이었습니다.

나는 그때 변변한 직업도 없이 백수로 떠돌며 부조리한 현실의 벽 앞에서 아무것도 할 수 없다는 가위 절망적인 무력감과 좌절감에 시달리고 있었습니다. 그래서 긴 미망 속의 좌충우돌과 통음과 고뇌에 심신이 지쳐 있었고, 그렇게 지쳐버린 내 20대 청춘의 시기가 머지않아 보람도 없이 끝난다고 생각하니 그야말로 생의 위기를 느끼지 않을 수 없었습니다.

게다가 밖의 사회적 상황은 내 개인의 그러한 위기를 배가시키면서 숨도 제대로 쉴 수 없을 정도로 짓눌렀습니다. 다 아시다시피 이 무렵은 유신시대입니다. 박정희의 독재체제가 굳어지면서 언론과 표현의 자유는 압살 되고 거기에 대항하여 민주화 운동이 일어나면서 우리 사회가 걷잡을 수 없는 불안과 혼란 속에 빠져버리게 된 시기입니다.

안팎으로 개인과 사회가 이처럼 어둠 속에 갇히게 되면 사람들은 자연스럽게, 이래서는 안 되겠다, 새롭게 시작해야 한다, 하고 생각하기 마련입니다. 다시 말하면 새롭게 태어나야 한다는 재생 의지가 생기는 것입니다. 이 경우 재생 의지가 나아가는 방향은 두 가지입니다. 하나는 직접적으로 부정한 현실을 타개하고 새로운 현실의 탄생을 향하여 밖으로 나아가는 것이고, 또 하나는 부정한 현실에 맞서 자신의 올곧은 양심과 순결을 굳건히 지키면서 안으로 채찍질하는 것입니다.

나는 후자의 길을 밟습니다. 그것이 나의 기질이고 개성이겠지요. 시는 그래서 기질과 개성의 산물이기도 한 것입니다. 이와 같은 안팎의 상황과 나의 기질이 맞물려 이 세상에 나온 것이 바로 이 시 「단식」입니다.

죽음 곁에서 물을 마신다

아무 군더더기 없이 거두절미하고 내던진 이 첫 행은 기실 독자의 마음을 일거에 강렬하게 사로잡기 위한 나의 고심 어린 표현입니다. 물은 생명의 근원입니다. 그 생명수가 죽음 곁에 있습니다. 물론 단식 행위가 목숨을 건 행위이기도 하지만, 이 선명한 대조의 효과는 세심한 고안에 의한 것입니다. 새로운 생명은 낡은 것의 죽음을 통해서만 가능합니다. 이것이 단식 행위의 숨은 의미입니다.

잠든 세상의 끝
마른 땅 위에

세상은 야만의 잠에 마비되어 깨어날 줄 모르고 캄캄한 밤에 묻혀 있습니다. 온통 세상을 뒤덮고 있는 야만과 부정과 타락으로부터 더는 한 치도 물러설 곳이 없는 곳, 그 백척간두의 위기의식이 바로 '잠든 세상의 끝'입니다. 거기는 한 포기의 풀도 길러낼 수 없는 불모의 '마른 땅'입니다. 이 죽음의 마른 땅을 생명의 땅으로 바꾸기 위해서 오직 물만을 마시며 생명을 극한까지 밀고 가는 행위, 즉 단식은 바로 여기서 시작되는 것입니다.

> 온 몸의 어둠을 쓰러뜨리고
> 무구한 물을 마신다

 불모의 땅 위에서 '온 몸의 어둠'을 쓰러뜨린다는 것은 무슨 뜻일까요. 아니 그보다 먼저 우리가 사는 이 세상은 어떻게 해서 죽음의 땅이 되었고 캄캄한 어둠 속에 묻히게 되었을까요. 누군가 말했듯이 이 세상은 만인에 대한 만인의 투쟁으로 하루가 조용할 날이 없습니다.
 여기서 만인은 한 사람 한 사람 개인만을 뜻하는 것이 아니라 집단, 국가, 이념, 종교, 가치 등등 대립적인 모든 것들을 포함하는 것입니다. 잠시 주위를 둘러보고 조용히 생각해 보십시오. 과연 세상은 이 모든 대립적인 것들의 무한한 투쟁의 연속입니다. 그렇지 않습니까.
 그런데 이 무한 투쟁의 동력은 도대체 어디서 나오는 것일까요. 그렇습니다. 그 동력은 투쟁하는 대립적인 것들의 이기적 욕망에서 나옵니다. 그리고 이기적인 것이나 욕망이라는 것은 반드시 물질, 즉 육체와 관련될 때만 생기는 것입니다.
 그렇지 않습니까. 당신은 몸이 없이도 무엇인가 욕망하고 이기적으로 됩니까. 그럴 수는 없습니다. 순수한 정신과 순수한 마음 자체는 구별되는 몸이 없어 무엇과 대립할 수도 없고 그래서 처음부터 이기적 욕망이 무엇인지 모릅니다.
 온갖 이기적 욕망이 불의, 부정, 편견, 허위, 탐욕, 증오, 살육 등등 세상의 모든 부정적 가치를 낳습니다. 우리는 이 모든 부정적 가치를 한마디로 어둠이라고 부르는 것입니다. 이제 세상은 어둠 속에 갇히게 되었고 불모의 마른 땅이 되었습니다. 우리는 모두 이미 저 세속의 어둠에 오염되었습니다.

우리가 새롭게 재생하려면 '온 몸의 어둠을 쓰러뜨리고' 정화해야만 합니다. 온 몸의 어둠을 깨끗이 정화하기 위해서는 생명의 물을 마셔야 합니다. 어둠이 정화되면 마침내 거기 갇혀 있던 순수한 마음도 빛을 내며 나타날 것입니다. 이 어둠을 정화하는 생명의 물이 바로 '무구한 물'입니다. 세속의 어떠한 때도 묻지 않은 순수하고 깨끗한 물인 것입니다.

그런데 지금까지 설명한 제1연을 다시 한 번 음미하면서 읽어보십시오. 자세히 보면 제1행의 의미를 2, 3, 4행이 구체적으로 부연 확장하면서 반복하고 있습니다. 반복하면 강조되는 것입니다.

그래서 제1연을 들여다보면 긴박하고 절박한 상황의 제시와 반복을 통해 시를 여는 첫머리부터 단번에 읽는 이의 마음을 강렬하게 사로잡는 효과가 있음을 느낄 수 있을 것입니다. 이것은 내가 지금 분석적으로 해설하면서 하는 말은 아닙니다. 처음 시를 쓸 때 무수한 퇴고와 숙고를 거치면서 치밀하게 고안된 것이지요.

자, 그렇다면 제1연에서 말하고 있는 것, 즉 어둠의 오염을 정화하여 순결한 생명과 정신으로 재생하려면 어떻게 해야 하겠습니까.

> 너희들의 빵을 들지 않고
> 너희들의 옷을 입지 않고
> 너희들의 허망한 불빛에 눈 뜨지 않고

그렇습니다. 세속의 어둠과 결연히 단절을 선언해야 합니다. 온갖 죽음과 어둠은 세속적 욕망에서 생기고, 욕망은 물질 혹은 몸에 의지하는 것이고, 욕망이 성취하고자 하는 것은 한결같이 비본질적이고 덧없는 현상들입니다.

본질적인 것, 영원히 변하지 않는 참다운 가치는 눈에 보이는 여러 겹껍질 속에 깊이 숨어있는 씨앗과 같아서 욕망은 볼 수가 없습니다. 욕망이 보는 것은 오직 화려한 꽃이나 잎과 같은 겉치레에 불과한 것입니다. 그것은 덧없이 변하여 사라지는 환영과 같은 현상들일 뿐입니다.

그래서 영원히 변하지 않는 가치인 순수한 마음과 정신을 회복하고자 하는 이 시의 화자는 어둠에 오염되고 마비된 세속적 인간들을 향하여 노기 띤 목소리로 단호하게 '너희들'이라고 외칩니다. 그리고 그들이 하루도 영일 없이 피 흘리며 얻고자 하는 화려한 부와 권력과 명예 등 온갖 비본질적인 것들을 단호히 거부한다고 선언합니다.

세속적 욕망에 대한 거부를 선언한 뒤에 남는 것은 무엇일까요. 선언한 자 홀로 남습니다. 어떤 자리에 어떤 모습으로 남아있을까요.

주춧돌만 남은 자리
다 버린 뼈로 지켜 서서
피와 살을 말리고

화려한 겉껍질에 해당하는 모습들이 허망하게 사라지고 나면 그 덧없는 모습들을 받치고 있던 변함없는 '주춧돌'이 나타납니다. 이 '주춧돌만 남은 자리'에서 화자는 허망한 '피와 살을 말리고' 주춧돌과 같은 '다 버린 뼈로' 영원히 변하지 않는 참다운 가치를 지키고자 홀로 서 있습니다. 철저한 고독과 외로움 속에 홀로 서 있습니다.

그러나 끝내
빈손이 쥐는 뿌리의 약

주춧돌만 남은 자리에서 다 버린 뼈가 되어 남은 자는 아무것도 가진 것이 없습니다. '빈손'일 뿐입니다. 가난하고 순결한 빈손인 것입니다. 그러나 이러한 빈손만이 영원히 변하지 않는 근원적인 '뿌리', 그리고 언제나 생명을 재생시킬 수 있는 '뿌리의 약'을 쥘 수가 있습니다. 그렇지 않습니까. 철저한 고독 속에서 순결한 빈손이 될 때 사람은 새롭게 재생할 수 있는 것 아닙니까.

새로운 생명과 정신은 과연 어떤 모습일까요.

> 바람이 분다
> 무구한 물도 마르고

인류의 역사가 시작한 이래 세상의 바람은 한 번도 그친 적이 없습니다. 세속의 어둠에서 불어오는 바람은 죽음의 땅, 얼어붙은 동토에서 불어오는 바람처럼 매섭고 차갑습니다. 바람은 곧 숙명적인 세파의 시련입니다. 이 바람에 항거하는 단식 행위를 극한까지 밀고 가면 '무구한 물도 마르고' 맙니다. 죽음이 거기 있습니다. 그러나 그 죽음은 세속적이며 수동적인 것이 아닙니다. 단식 행위를 통해 능동적으로 죽음을 껴안는 자는 그 죽음을 통과하여 새롭게 태어납니다.

> 씨앗처럼 하얗게
> 소금만 남는다.

죽음을 통과한 자리에, 그리고 켜켜이 쌓인 어둠을 깨끗이 정화한 자리에 마지막 남아있는 것은 '하얗게' 빛나는 '씨앗'입니다. 그것은 견고한 보석처럼 눈부시게 빛나고 있습니다. 다시 말하면 영원히 썩지 않고 빛나는 사리와 같습니다. 그 사리가 바로 '소금'입니다.

성경은 빛과 소금이 되라고 일러줍니다. 그 빛과 소금이 있는 자리는 바람 한 점 없는 고요한 자리입니다. 그 고요함을 불경에서는 적정寂靜 또는 적멸寂滅이라고 합니다. 이 구극의 고요함. 그 고요한 영원. 그것은 축복입니다.

이 시는 전체적으로 보면 1, 2연은 전통적인 구성법의 기起-승承의 구절로서 수평적인 전개를 보이는 반면, 3, 4연은 전轉-결結의 구절로서 수직적인 심화의 양상을 보이면서 견고한 형식미를 드러내고 있습니다. 그리고 이 견고한 형식미와 호응하여 이 시의 말씨 또한 강인한 정신과 불퇴전의 의지가 배어나는 간결하고 단호한 그것입니다. 이런 것을 느낄 수 있었다면 당신은 이 시의 얼개에서 크게 벗어나지 않은 것입니다.

췌사를 덧붙입니다. 이 시의 단식은 실제의 단식 행위의 묘사가 아니라 정신의 극한적인 내적 수련 또는 자기 단련에 대한 시적 비유입니다만, 실제로 나는 일주일, 그리고 보름 동안 두 번의 단식을 산중에서 홀로 수행한 일이 있습니다.

종소리

흙은 소리가 없어 울지 못한다
제 자식들의 덧없는 주검을
가슴에 묻어두고 삭일 뿐
소리를 낼 수가 없다
그러나 흙은
제 몸을 떼어 빚은 사람을 시켜
살아있는 동안
하늘에 종을 걸고 치게 한다
소리 없는 가슴들
흙덩이가 온몸으로 부서지는
소리를 낸다.

–『썩지 않는 슬픔』

☞ 종소리는 멀리서 들어야 제격입니다.

지평선 너머 어느 먼 미지의 땅에서인 듯 빈 들판을 건너오는 들릴 듯 말 듯한 희미한 종소리는 어느덧 흘러가버린 흐린 옛 추억을 생각나게 합니다. 그리고 그 옛 추억을 넘어서 넘어서 아득히 먼 옛날, 나는 알 수 없는 그 까마득한 옛날을 그려보게 합니다.

이렇게 멀리서 희미하게 들려오는 종소리를 듣다 보면 그 소리가 순전히 밖에서만 들려오는 것이 아니라 내 마음 깊은 곳 어디서 들려오는 것이 아닌가 하고 문득 생각하게도 됩니다.

옅은 보랏빛으로 물든 저녁 무렵 높고 낮은 언덕과 깊은 숲 속을 거쳐 들려오는 은은한 종소리는 가던 길을 멈추게 하고 문득 저 자신을 돌아보게 합니다. 그러면 그동안 밖에서 보고 듣고 만났던 그 많은 것들이 일순 낯설어지면서 꿈결같이만 느껴지게 됩니다.

불현듯 아, 나 홀로 걷고 있구나, 아무도 없구나, 하고 생각하면서 하얗게 지워진 천지간에 홀로 서 있다는 느낌이 사무쳐 옵니다. 그럴 때 멀리서 들리는 그 종소리는 어느덧 내 가슴 어디선가 울려오는 소리 같기도 합니다.

인간이 만들어낸 소리 중에서 종소리처럼 깊고 신비하고 슬프고 아름다운 소리는 없을 것입니다. 무엇인가 깊고 깊은 속뜻을 하소연하는 듯, 어쩌지 못하는 속울음을 흐느끼는 듯, 너무나 할 말이 많아서 도무지 그 벅찬 말을 내어놓지 못하고 그저 안간힘으로 웅웅거리는 소리만 안타까이 내고 있는 듯, 종소리는 들으면 들을수록 깊고 신비해서 그저 가슴만 먹먹해 올 따름입니다.

사람들은 도대체 언제 무엇 때문에 저 종을 만들어 소리를 울렸을까요.

까마득한 옛날부터 사람들은 종을 만들어 높이 걸고 쳤습니다. 때를 알리고, 위급함을 알리고, 집회를 알리고, 온갖 의식에서 어떤 뜻을 알리고. 수많은 용도로 종을 사용했겠지만, 특히 고대부터 갖가지 종교의식에서

울린 종소리야말로 가장 좋다운 종소리였을 것입니다. 하나님에게, 천지 신명에게, 저승의 사령과 이승의 생령에게 무엇인가를 알리는 또는 일깨우는 종소리.

어쨌든 종소리는 무엇인가를 알리는 그 알림, 즉 표현입니다. 속에 있는 것을 밖으로, 또는 누군가에게 표현하는 것입니다. 그 표현되는 속뜻은 종소리를 듣는 사람마다 각기 됨됨이와 제 마음의 울림통에 따라 조금씩 다르게 들을 것입니다.

당신은 종소리를 어떻게 들었습니까.

나는 소년시절, 어떤 시인의 표현처럼 "분수처럼 흩어지는 푸른 종소리"로 듣기도 했습니다. 그러니까 푸른 하늘에 울려 퍼지는 종소리는 맑고 낭랑한 금속성이었지요. 그런데 나이가 들고 세상살이와 인생살이의 막막함, 그 겹겹의 모순, 도무지 말로는 할 수 없는 가슴앓이 등을 겪으면서 종소리의 낭랑한 금속성은 점차 지워져 버렸습니다. 그리고 어느 때부터인지 종소리는 소리 아닌 소리, 즉 침묵과 무언의 몸짓 같은 것이 되어버렸습니다.

작품 「종소리」는 소리를 침묵으로 들을 수밖에 없는 그 내력을 쓴 것입니다.

흙은 소리가 없어 울지 못한다

그렇습니다. 흙은 정말 소리가 없습니다.

당신은 흙의 소리를 들은 일이 있습니까. 그럴 수는 없습니다. 소리에 대한 착각일 뿐입니다. 흙덩이를 한번 어디에 부딪거나 힘껏 쳐보십시오. 툭-하는 소리가 납니다. 그것이 소리일까요. 그것은 소리다운 소리가 아닙니다. 그 울림이 없는 둔탁한 소리는 소리가 아니라 침묵을 나타내는 그 저 고요함의 몸짓 같은 것입니다. 흙은 소리를 내지 않고 오히려 주위의 소리를 빨아들여 정적을 돋울 뿐입니다.

　지상의 모든 존재는 흙에서 나왔습니다. 하늘에서 그저 뚝 떨어진 것이 아니라 흙의 힘으로 빚어진 흙의 몸들입니다. 세계 곳곳의 신화와 여러 종교의 경전에서도 자상하게 일러주듯이 처음에 하나님 또는 조물주가 흙으로 모든 것을 빚었습니다. 특히 사람은 하나님의 모습을 따라 그리고 입김을 불어넣어 공들여 빚었습니다. 모든 존재는 흙에서 나와 흙으로 돌아갑니다.

　그런데 참 이상한 일이지요. 흙은 소리가 없지만 그 흙의 자식들은 하나같이 모두 제소리를 냅니다. 제 몸통을 울려 소리를 내며 웁니다. 벌레도 울고 새도 울고 짐승도 웁니다. 심지어 풀잎이나 나뭇잎이나 돌멩이나 쇠붙이나 모두 무엇에 부딪혀 소리 내며 웁니다. 모든 존재는 제 몸을 흔들어 울면서 존재합니다. 그러니 모든 존재는 제 몸을 흔들어 우는 동안 존재한다고 말할 수 있을 듯도 합니다.

　당신은 어떻게 생각하십니까. 사람을 제외한 푸나무나 짐승들이 다 울지 못한 사연이나 소리 내어 울 수 없는 울음을 제 속에 간직하고 있을까요. 절대로 그럴 수는 없겠지요. 그때그때 그것들은 울고 나면 그만입니다. 미진한 것이 없습니다. 그러니까 그것들은 남김없이 울면서 온전히 존재하는 것입니다.

　그런데 흙의 맏자식인 사람만이 소리 내어 다하지 못한 말을, 울 수 없는 울음을 가슴에 간직합니다. 언제나 미진한 것이 남아있습니다. 다른 생물이나 무생물과 달리 의식을 가진 사람만이 어머니의 흙 가슴의 슬픔에 공명할 수 있기 때문이고 제 흙 가슴의 가슴앓이가 어머니의 가슴앓이와 닮았음을 알기 때문입니다. 이렇게 보면 푸나무나 짐승들은 울면서 온전히 존재하지만, 사람은 다 울 수가 없으니 언제나 불완전하게 존재할 수밖에 없습니다. 숙명적인 슬픔이고 비극입니다.

제 자식들의 덧없는 주검을
가슴에 묻어 두고 삭일 뿐
소리를 낼 수가 없다

흙에서 나온 것들은 모두 덧없는 존재들입니다. 특히 하늘과 땅의 유구함에 비하면 그 안에서 살아가는 것들은 참으로 덧없기 짝이 없습니다. 태어난다는 것은 결국 죽기 위한 것이 되고 맙니다. 하루하루 살아간다는 이야기는 하루하루 죽어간다는 말과 같습니다.

한번 둘러보십시오. 지상의 존재들치고 무엇 하나 오래가는 것이 있습니까. 차라리 태어나자마자 죽어간다고 말하는 것이 옳을 듯도 합니다. 어머니인 흙은 그런 슬픈 운명의 어린 자식들을 가슴에 묻어 두고 삭일 뿐소리가 없어 울지도 못합니다. 사람도 어린 자식이 죽으면 제 가슴에 묻는다고 흔히 말합니다. 가슴에 묻어 두고 소리 없이 속으로 혼자 웁니다. 그것이 어머니의 가슴을 닮은 사람의 흙 가슴입니다.

그러나 흙은
제 몸을 떼어 빚은 사람을 시켜
살아있는 동안
하늘에 종을 걸고 치게 한다

어머니인 흙은 아버지라 할 수 있는 하늘의 천체 운행의 기운에 호응하여 자식들을 낳고 기르고 그 주검들을 소리 없이 가슴에 묻어 둘 뿐입니다. 그러나 어머니는 어머니의 가슴과 공명하는 유일한 자식 사람을 시켜 살아있는 동안 하늘에 종을 걸고 치게 합니다. 무슨 비원을 담아 종을 칠까요. 구곡간장이 녹아있는 무슨 말을 곡진하게 하고 싶어서일까요. 아버지에 대한 원망일까요. 아버지를 향한 한없는 하소연일까요.

그러나 몸이라는 형체를 지닌 어머니와 자식들이 아무리 종을 쳐도 몸의 형체가 없는 아버지 하늘이 과연 무엇을 들을 수 있을까요. 과연 무슨 뜻을 보여줄 수 있을까요.

소리 없는 가슴들
흙덩이가 온몸으로 부서지는
소리를 낸다.

어머니의 흙 가슴과 사람의 흙 가슴이 함께 온몸으로 울며 무엇인가 하늘에 대고 외치고 있습니다. 그러나 아무리 몸부림치고 소리를 질러도 아무 소리가 나지 않습니다. 소리는커녕 그 흙덩이가 부서지는 침묵의 소리만 한없이 깊고 푸른 침묵의 하늘빛을 돋우고 있을 뿐입니다.

당신도 당신의 흙 가슴을 한번 들여다보십시오. 거기 당신의 가슴에도 분명 못다 한 무슨 말이 있고 못다 운 무슨 울음소리가 있을 것입니다.
귀를 기울여 보십시오.
흙덩이가 부서지는 무한히 깊은 종소리가 들리십니까.

섬

별 속에는 섬이 있다
아직 아무도 가보지 않은
섬 하나 떠 있다
꺼지지 않는 그 섬 하나 있기에
멀리 보는 눈빛마다
별들은 오래오래 반짝이리

꽃 속에는 섬이 있다
아직 아무도 발 딛지 않은
섬 하나 숨어 있다
지워지지 않는 그 섬 하나 있기에
닿지 않는 손끝에서
꽃들은 철철이 피어나리

눈물 속에는 섬이 있다
아무도 노 저어 닿지 못한
섬 하나 살고 있다
손짓하는 그 섬 하나 있기에
멀리서 그대와 나는
날마다 저물도록 헤매이리.

－『썩지 않는 슬픔』

☞ 섬.

한 글자, 단음절의 이 말.

가만히 소리 내어 서ー口, 하고 발음해 봅니다. 잇새에서 불어오는 바람을 두 입술로 감싸 안으며 끝나는 말. 그리고 침묵. 저 속에서 불어오는 바람을 어디로도 보내지 않고 멀리 울려 보내지도 않고 조용히 감싸 안으며 홀로 제 속을 들여다보는 다소곳하고 고적한 모습과 소리.

참, 그러고 보니 섬이라는 글자와 소리는 가장 섬을 닮은 것 같습니다. 그렇지 않습니까. 실제로 수평선 멀리 섬을 바라보십시오. 외따로 떨어진 채 있는 듯 없는 듯 물이랑 사이에서 가물거리는 섬을 보십시오. 현실 속의 모습 같기도 하고 꿈결 속의 모습 같기도 합니다.

섬은 그 아득하고 꿈결 같은 모습으로 우리를 홀로 고즈넉이 침잠하게 하고 꿈을 꾸게 합니다. 깊은 물길 아득한 거리에 있는 섬을 우리는 갈 수가 없습니다. 갈 수 없고 닿을 수 없는 거리에 있는 것들은 우리를 꿈꾸게 합니다. 너무 멀어 알 수가 없으니 신비하고, 그것이 신비하게 보이면 보일수록 우리의 꿈도 깊어집니다.

  별 속에는 섬이 있다
  아직 아무도 가보지 않은
  섬 하나 떠 있다

사람은 하늘과 땅 사이에서, 즉 하늘과 땅이라는 주어진 조건 속에서 살아갑니다. 하늘을 올려다보고 땅을 내려다보며 살아갑니다. 하늘에서 가장 아슬히 멀게 느껴지는 것은 밤하늘의 별입니다. 밤하늘에서 반짝이는 별들은 참으로 신비하고 아름답습니다. 닿을 수 없는 아득한 높이에서 별은 우리를 꿈꾸게 합니다.

그런데 '별 속에는 섬이 있다'고 말합니다. 별도 아득한 거리에서 이미

하나의 섬과 같이 우리를 꿈꾸게 하는데 그 별 속에 섬이 있다니 왜 그럴까요.

우리의 꿈은 멀리 있는 것에 가 닿기 마련이지만, 그 멀리 있는 것 속의 보이지 않는 것은 더욱 우리의 꿈을 강화하기 마련입니다. 저 속에 무엇이 있을까. 저 바다 건너 산 너머에 무엇이 있을까. 그렇게 우리의 꿈은 날개를 펼치는 것입니다. 보이는 것 속의 보이지 않는 것은 더욱 멀고 알 수 없는 것이어서 꿈은 마냥 안타까이 그 주위를 맴돌게 되고, 그래서 보이지 않는 신비한 그 무엇은 마침내 섬이 되고 맙니다.

짐승은 보이는 것 속에 무엇이 있는지 궁금해하지도 않으니 꿈이 없습니다. 사람만이 그 무엇 속의 보이지 않는 것을 꿈꿉니다. 보이지 않고 알 수 없는 그것은 그래서 섬이 되는 것입니다.

꺼지지 않는 그 섬 하나 있기에
멀리 보는 눈빛마다
별들은 오래 오래 반짝이리

별 속에 있는 그 보이지 않는 섬은 역설적이지만 보이지 않으므로 불멸하는 것입니다. '꺼지지 않는 그 섬', 즉 그 불멸의 섬이 별을 별답게 만들고 반짝이게 하는 것입니다. 그런데 '멀리 보는 눈빛마다' 별이 반짝인다는 것은 무슨 뜻일까요. 꿈꾸는 눈, 즉 '멀리 보는 눈빛'으로 섬을 보니까 별들은 아름답고 신비하게 반짝인다는 뜻입니다.

그렇습니다. 사람만 꿈을 꿉니다. 짐승은 자기가 살고 있는 세계와 하나로 연결되어 있습니다. 세계와 하나로 연결되어 있다는 것은 오직 현재의 지금과 여기를 살고 있다는 뜻입니다. 그것은 가능성의 세계가 아니라 오직 사실의 세계이고 본능의 세계입니다. 그리고 신이 생각하는 것은 모두, 현실적 세계가 됩니다. 그것이 신성神性입니다. 그러니까 신성에도 가능성의 세계는 없습니다.

사람만이 짐승과 신의 사이에서, 즉 사실과 신성 사이의 거리에서 가능성의 세계를 살아가고 있습니다. 바로 이 가능성의 세계가 꿈을 만드는 것이지요. 그래서 사람은 숙명적으로 과거 현재 미래도 사실도 모두 꿈을 통해서 밖에 볼 수가 없습니다. 이것이 사람이 지닌 인식의 한계인 것입니다.

당신도 별을 보며 먼 이상을 꿈꾸고, 때로는 어느 시인처럼 별 하나마다 추억과 동경, 그리고 아름다운 이름들을 붙여 불러봅니까. 어찌 당신만 그렇겠습니까. 앞으로도 인간의 역사가 지속되는 한, 사람들은 꿈을 꿀 것이고 꿈을 꾸는 동안 별들은 오래오래 빛날 것입니다.

꽃 속에는 섬이 있다

하늘에서 가장 멀리 있고 아름다운 것이 별이라면 땅에서는 그와 같은 것이 무엇일까요. 꽃입니다. 꽃은 가까이 있어 쉽게 꺾을 수도 있지만 꺾여지는 것은 다만 하나의 물체의 덩어리일 뿐, 그 꽃의 신비와 아름다움 자체는 손아귀에 쥘 수가 없습니다. 그것은 언제나 '닿지 않는 손끝에서' 안타까이 아름다운 빛을 뿌리고 있습니다.

꽃은 가까이 있으면서도 아득히 먼 거리에 있습니다. 왜 그럴까요. 보이는 꽃 속에 보이지 않는 섬이 있기 때문입니다. 그 섬이 꽃을 꽃답게 만들고 신비하고 아름답게 만드는 것입니다. 이 꽃 속의 섬도 '지워지지 않는' 불멸의 섬입니다. 그 섬에 우리들의 꿈 꾸는 눈길이 가닿는 한, '꽃들은 철철이' 오래오래 피어날 것입니다.

눈물 속에는 섬이 있다

하늘에 별이 있고 땅에 꽃이 있다면, 하늘과 땅 사이에 살고 있는 사람에게 그와 같은 것은 무엇일까요. '눈물'입니다. 사람에게 눈물처럼 진실하고 아름다운 것은 더 없을 것입니다. 김현승 시인이 "흠도 티도, / 금가지 않은 / 나의 전체는 오직 이뿐!" 이라고 노래한 것이 바로 이 사람의 눈물입니다.

사람만이 꿈을 꾸듯 오직 사람만이 눈물을 흘립니다. 마음속 깊고 먼 곳에 무엇이 있기에 방울방울 진주 같은 눈물을 맺히게 하는 것일까요. 흔히 사람들은 아무도 자기의 속을 모른다고 말합니다. 아무도 모르는 마음속의 그것이 고독, 외로움, 슬픔, 억울함, 안타까움 등등 무엇이든지 간에, 말로 다할 수 없고 자신으로서도 어찌할 수 없는 그 무엇이 눈물을 지어낼 것입니다.

아무도 모르는, 그리고 마음속 깊고 먼 곳에 있는 그것은 섬이 되고 맙니다. 그래서 '눈물 속에는 섬이' 있게 되고 사람들도 모두 섬이 됩니다. 그 섬이 그 사람을 그 사람답게 만들고 꿈꾸게 합니다. 그렇지 않습니까. 아무리 많은 사람들과 함께 있어도 사람은 제 속을 들여다보며 섬이 됩니다. 스스로 섬이 되어 꿈꾸는 눈빛으로 세상을 보게 됩니다.

섬이 된 사람들. 이제 사람들이 보는 것은 모두 섬이 됩니다. 별도 꽃도 새도 나무도 모두 섬입니다. 사랑하는 사람도 원수도 권력도 명예도 예술도 모두 섬입니다. 스스로 섬이 되어 〈-의 속〉에 있는 섬에 가 닿고자 합니다. 그래서 섬은 꿈을 낳고 그리움을 낳고 사랑을 낳습니다. '손짓하는 그 섬 하나 있기에' 사람들은 그 섬에 가기 위해 날마다 날마다 노고를 아끼지 않습니다. '날마다 저물도록' 분투하며 헤맵니다.

내가 당신을 사랑한다면 당신 속의 그 섬을 그리워하기 때문인 것입니다.

당신이 울고 있다면 당신이 꿈꾸던 그 섬에 가 닿지 못했기 때문입니다.

사람이 꿈을 꾸면서 살 수밖에 없다면 인간이 존속되는 한 그 섬도 오래오래 손짓하고 있을 것입니다.

그렇다면 도대체 그 섬은 무엇일까요.

아무도 그 섬에 가보지 않았으니 아무도 말해주는 사람이 없습니다.

당신이 그 섬을 찾고 그 섬에 대해 이야기해야 합니다. 지금 이 글을 읽고 있는 바로 당신이.

이 시는 3연으로 구성되어 있는데 각 연이 모두 6행이고, 각 연의 각 행은 서로 정확히 대응하고 있습니다. 형식적으로 보면 1연을 변주하면서 2연과 3연이 반복되고 있는 셈입니다. 정형시적 균제미를 드러내고 있다고 볼 수 있습니다. 이와 함께 율격 또한 정형시적 반복을 보이고 있습니다. 그래서 이 시는 낭송해 보면 그 맛이 살아납니다.

각 행은 대체로 3음보 율격을 보이고 있지만 읽는 이에 따라서는 어떤 행은 4음보로도 읽힐 수 있을 것 같습니다.

그리고 3연의 끝 행에 나오는 '헤매이리'는 능동사 〈헤매다〉에 피동형 어간 〈이〉가 첨가된 형태입니다. 그러니까 어쩔 수 없이 〈헤매게 될 것이다〉 라는 뜻입니다. 예전에 어느 신문 기자와 인터뷰를 하는 중에 그 젊은 기자가 이 부분을 지적하며 〈헤매리〉가 옳지 않으냐고 질문한 일이 생각나서 이야기하는 것입니다.

범인

삽질하던 손을 멈추고
사내는 주위를 둘러본다
여전히 하늘은 푸르고
골짜기는 가랑잎만 살랑인다
손발이 묶인 어린 계집아이를
구덩이 속으로 사납게 밀어 넣는다
버둥대는 계집애의 질린 얼굴이
파놓은 흙빛과 하나다
후미진 양지밭에
흰 들국화가 오종종 몰려 서 있다
사내는 냄새를 맡아보고
꽃잎을 손으로 짓이겨본다
가랑잎 소리에 주위를 둘러보고
거칠게 수음을 하기 시작한다
산길을 내려가는 사내의 손에
딸애한테 주려고 꺾은
빨간 까치밥 열매가 들려 있다
하늘이 푸르고 적막하다.

─『썩지 않는 슬픔』

30

☞ 당신은 인간의 얼굴을 보았습니까.

당신은 당신의 얼굴과 가족과 주위 사람들의 얼굴을 떠올리며 얼른 보았다고 말합니다.

당신은 인간의 얼굴을 아십니까.

당신은 인간의 얼굴을 보았으니까 안다고 대답하려다가 잠시 머뭇거리며 이내 입을 다물고 맙니다.

우리는 많이 경험할수록 많이 알 수 있습니다. 그렇다고 해서 우리가 무엇을 알기 위해 일일이 다 경험해 볼 수는 없는 일이지요. 어느 정도의 경험을 바탕으로 미루어 짐작해서도 알 수 있는 것입니다.

그런데 참으로 역설적이지만 인간인 우리가 인간 자신에 대해서 알고자 한다면 어느 정도의 경험으로 미루어 짐작해서 안다는 것이 거의 불가능해집니다. 참 이상한 일이지요. 전자 양자 중성자 등 소립자의 세계까지 그 정체를 상당한 정도로 밝혀 알고 있는 인간이 저 자신에 대해서는 무지한 채로 남아 있다니 얼마나 역설적인 일입니까.

그렇지 않습니까. 당신도 남에 대해서는 잘 아는 체하면서도 당신 자신의 정체에 대해서는 실로 거의 무지하지 않습니까. 우울증, 강박증, 노이로제 등으로 시달리고 자기도 알 수 없는 순간적인 충동으로 돌이킬 수 없는 일을 저지르면서, 내가 왜 이러는지 모르겠다고 말하지 않습니까. 정말 우리는 우리 자신을 잘 모르고 있습니다.

누군가 인간은 하나의 동물원이라고 말했습니다. 맞는 말입니다. 태초에 하나의 생명체가 생겨 장구한 세월 동안 여러 종으로 갈라지면서 진화해 온 결과로 인간도 탄생한 것 아니겠습니까. 그러니 어찌 인간이 동물원이 아니겠습니까. 언젠가 TV에서, 연쇄적으로 어린아이들을 성폭행하고 잔인하게 죽여 버린 범인이 현장검증을 하면서, 내 속에 괴물들이 살고 있어요, 라고 울부짖으며 흐느끼는 장면을 본 일이 있습니다.

우리가 날마다 길에서 흔히 볼 수 있는 평범한 모습의 청년이 어떻게 그렇게 끔찍한 일을 저질렀을까 하고 모두 의아해 했습니다. 그런데 우리의 모습과 별반 다를 것이 없는 그 청년은 분명한 목소리로 내 속에 괴물들이 살고 있다고 외쳤습니다. 그렇습니다. 그 잔인한 사건은 그 평범한 청년의 내부에 숨어있던 어떤 괴물이 튀어나와 저지른 것입니다.

우리의 내부에도 역시 그 청년과 같이 알 수 없는 수많은 괴물들이 살고 있다는 것을 알아야 합니다. 그 알 수 없는 괴물들이 바로 인간성입니다. 그 청년은 평소에 그 괴물들이 튀어나오지 않도록 우리를 튼튼히 하고 잘 관리를 했어야 할 터인데 그 점을 소홀히 했던 것입니다. 당신은 어떻습니까. 당신 속에 살고 있는 그 괴물들을 잘 길들이고 우리도 튼튼하게 관리하고 있습니까.

내부의 괴물들을 모두 합성할 수 있다면 우리는 아마도 어렴풋이나마 인간의 얼굴을 알 수 있을 것입니다. 그것이 가능한 일일까요. 어림없는 일입니다.

나는 「범인」이라는 이 작품에서 가능한 인간의 얼굴 중 하나의 얼굴을 그려보고 싶었습니다. 인간의 얼굴을 굴절 없이 잘 보고자 한다면 주관적 감정, 평가, 판단, 설명 등을 완전히 배제할수록 좋을 것입니다. 그래서 객관적 관찰자 시점, 또는 작가 관찰자 시점을 택하여 가감 없이 있는 그 대로의 인간의 얼굴을 그려보고자 했습니다. 이런 시점은 차라리 카메라 렌즈 시점이라고 말하는 것이 더 낳을 것 같습니다. 이 시는 마치 몰래 카 메라가 당사자 몰래 소리 없이 촬영한 무성영화의 몇 장면 같은 것입니다. 당신은 이 시를 감상하면서 바로 이 무성영화와 같은 카메라 렌즈 시점을 충분히 이해해야만 합니다.

삽질하던 손을 멈추고
사내는 주위를 둘러본다

여전히 하늘은 푸르고
골짜기는 가랑잎만 살랑인다

　첫 장면은 한 사내가 산속에서 주위를 조심스럽게 살펴보면서 구덩이를 삽으로 파고 있는 모습입니다. 청명한 가을입니다. 가을은 잘 익은 열매가 떨어져 땅으로 돌아가게 하고 푸른 잎들을 가랑잎으로 물들여 다음 생을 준비하게 합니다. 하늘은 늘 그렇듯이 깊게 푸르고 그윽합니다. 아무 일도 없습니다. 이것이 아무것도 억지로 하지 않으면서도 다하지 않음이 없다는 무위자연의 모습입니다. 그런데 이런 자연의 순리 속에서 한 사내가 무슨 일을 저지르고 있습니다. 자연과 인위가 어긋나 있습니다.

손발이 묶인 어린 계집아이를
구덩이 속으로 사납게 밀어 넣는다
버둥대는 계집애의 질린 얼굴이
파놓은 흙빛과 하나다

　어떤 연유로 이 사내는 계집애를 생매장하려는 것일까요. 돈을 노린 유괴범인지 성폭행범인지 무슨 은원이 있는 것인지 우리는 짐작할 수가 없습니다. 다만 카메라 렌즈가 소리 없이 보여주는 것을 보면서 끔찍한 느낌이 들 뿐입니다. 아이의 질린 얼굴이 '파놓은 흙빛과 하나다'라고 합니다. 자연스럽게 물들어 흙으로 돌아가는 '가랑잎'과, '계집애의 질린 얼굴이' 흙으로 돌아가는 모습이 심하게 어긋나 있습니다.

후미진 양지밭에
흰 들국화가 오종종 몰려 서 있다
사내는 냄새를 맡아보고

꽃잎을 손으로 짓이겨본다
가랑잎 소리에 주위를 둘러보고
거칠게 수음을 하기 시작한다

끔찍한 생매장 살인을 아무 일도 없다는 듯이 끝내고 범인이 산길을 내려갑니다. 끔찍한 사건을 보고 하얗게 질린 듯, 한 무더기의 들국화가 양지밭 한켠에 떨며 몰려 서 있습니다. 사내는 '꽃잎을 손으로 짓이겨본' 다음 거칠게 수음을 하기 시작합니다. 아, 한숨이 절로 나는 장면입니다. 살인을 하고 꽃잎을 짓이기고 그리고 수음을 하다니 도대체 인간이 이럴 수 있을까요.

놀라운 일이지만 인간은 그럴 수 있습니다. 살아가는 일이 죽어가는 일과 함께 가듯이 죽음의 본능과 삶의 본능은 언제나 한 쌍이 되어 움직입니다. 죽음 곁에 삶이 있습니다. 죽음, 곧 파괴 본능은 삶의 본능, 곧 성욕과 한 짝이 되어있습니다. 그렇지만 여기 이 장면에서 사내가 보여주고 있는 것은 자연스러운 삶과 죽음의 어울림이 아닙니다. 그것은 인위적으로 심하고 거칠게 왜곡되고 일그러진 모습입니다. 자연과 심하게 어긋나 있습니다.

산길을 내려가는 사내의 손에
딸애한테 주려고 꺾은
빨간 까치밥 열매가 들려 있다
하늘이 푸르고 적막하다.

사내가 다시 산길을 내려갑니다. 그런데 자기의 딸애한테 주려고 꺾은 듯 빨간 까치밥 열매가 들려 있습니다. 따사로운 가을 햇볕에 빛나는 빨간 열매가 정말 앙증스럽게 느껴집니다. 이 장면을 보면 참으로 기가 막힙니다. 생매장으로 죽은 계집애와 범인의 딸애는 아마도 같은 또래일 것입니다. 하나는 잔인한 죽임의 대상이 되었고 하나는 따뜻한 사랑의 대상이 됩니다. 한 사람의 이 상반된 얼굴. 아, 이것이 인간의 얼굴입니다. 당신은 이런 인간의 얼굴을 아십니까.

그리고 당신도 이미 눈치를 채셨겠지만, 범인이 딸애한테 주려고 까치밥 열매를 꺾었다고 말하는 것은 카메라 렌즈 시점에서 인간적 화자의 시점으로 바뀌었다는 사실을 보여줍니다. 카메라 렌즈가 그 까치밥 열매를 누구한테 주려고 하는 것인지까지는 알 수가 없을 것이기 때문입니다. 오직 이 구절에서만 그것이 함축하고 있는 비극적 모순을 극명하게 드러내기 위해서 어쩔 수 없이 시점의 변화가 필요했던 것입니다.

맨 마지막 행은 카메라의 앵글이 비극적 사건이 벌어지고 있는 지상으로부터 멀어지면서 하늘에 초점을 맞춘 장면입니다. 하늘이 푸르고 적막합니다. 지상의 끔찍한 사건과는 아무 상관 없이 하늘은 늘 그렇듯이 푸르고 적막할 뿐입니다. 하늘은 말이 없습니다. 신은 아무 말도 없이 침묵하고 있습니다.

하늘의 깊고 깊은 푸름과 그 침묵 속에 인간의 슬픔이 고요히 번집니다. 적막합니다. 적막한 하늘에 슬픈 인간의 얼굴이 희미하게 보이는 듯합니다. 아, 그렇군요. 마지막으로 또 인간이 사는 땅과 하늘이 심하게 어긋나 있군요.

숯

숯을 아시나요
마파람 하늬바람 모두 잠들고
어두운 길로 다니던 뭇 짐승들
아득한 벼랑으로 떨어져 버린
고요 속의 검은 뼈를 아시나요

벼락의 고요 속 등잔불도 꺼지고
춘하추동 층층이 쌓이어 묻힌
사투리의 무덤을 아시나요

남루한 옷들은
타오르는 불길에 벗어버리고
살 속의 불길에 주어버리고
썩지 않는 뼈로 남아
길을 껴안는 숯을 아시나요

깊고 먼 자정
당신의 벌판에도 눈이 내리면
맑은 이마에서 소리 없이 타오르는
불과 이별한 빛으로 타오르는
당신 영혼의 숯을 아시나요.

－『썩지 않는 슬픔』

☞ 이 시는 벽두부터 다짜고짜 하나의 질문을 내던집니다. 이 경우 주인이 손님 즉, 객에게 묻고 있는 것으로 상황을 설정하고 보면 이해하는 데 좀 도움이 될 듯합니다. 즉각 객의 대답이 없자 그 묻는 내용을 좀 더 쉽게 풀어서 다시 묻습니다. 답을 조용히 기다립니다. 여기까지가 제1연입니다.

대답은 없고 침묵이 이어집니다.

이윽고 다시 그 질문의 내용을 좀 더 다른 말로 바꾸어 던집니다. 이것이 제2연입니다.

역시 대답은 없고 침묵만 이어집니다.

이번에는 그 물음의 뜻을 아주 직핍하게 들어 묻습니다. 이것이 제3연입니다.

그런데 이 3연에서 주인은 아직 객이 대답은 하지 않았지만, 비로소 그 질문이 지닌 뜻의 실마리를 어렴풋이 헤아리고 있는 단계에 이르렀다는 기미를 느낍니다. 그래서 그 기미를 놓치지 아니하고 바투 다가가 실마리를 놓치기 전에 얼른 답을 일러줍니다. 아주 조용하고 낮은 목소리로 아주 깊숙이 숨겨둔 비밀이나 보석을 보여주듯 일러줍니다.

그러나 일러주는 그 답은 여전히 질문의 형식입니다.

답이란 있을 수 없고 답은 어디에 갇혀서도 안 되기 때문입니다.

그 답은 무한하게 열려있어야 하기 때문입니다.

당신이 마침내 대답해야 하기 때문입니다.

이것이 이 시의 마지막 제4연입니다.

그리고 이어지는 침묵. 끝입니다.

숯을 아시나요

벽두의 질문입니다. 숯을 모르는 사람은 없습니다. 당신도 잘 압니다.

그렇지 않습니까. 그러나 당신은 어쩌면 숯을 만드는 방법이나 그것의 여러 종류와 쓰임새나 성분 등을 잘 알기 때문에 그것을 안다고 생각할지도 모릅니다.

하나의 모래알 속에 우주가 잠겨있다는 말을 당신도 들어보았을 것입니다. 이 말은 오늘날 과학이 의미심장하게 수긍하고 있는 사실이기도 합니다. 사태가 이러하다면, 더욱이 하나의 사물이 가지고 있는 또는 암시하고 있는 정신세계나 상징적인 의미에 이른다면 과연 우리가 그것을 안다고 대뜸 말할 수 있을까요.

숯이라는 평범한 사물이 도대체 어떤 정신적 혹은 상징적 의미를 암시하고 있기에 이렇게 정색하고 물어볼까요.

마파람 하늬바람 모두 잠들고
어두운 길로 다니던 뭇 짐승들
아득한 벼랑으로 떨어져 버린

숯을 들여다봅니다. 검은색만 보입니다. 나도 당신도 이 숯덩어리가 예전에 어떤 나무였는지, 얼마나 많은 세월을 살았는지, 얼마나 크고 어떻게 생겼는지 본 일도 없고 알 수도 없습니다.

다시 한 번 숯을 가만히 들여다봅니다. 아주 옛날 어린 시절의 추억이 희미하게 떠오르듯이 어렴풋이 어떤 나무가 보이고 나무들이 울울한 숲과 산이 보입니다. 그 산에 살고 있는 이름 모를 짐승들도 어른거리며 이따금 보입니다. 그러자 이제는 사계절이 바뀌면서 샛바람 높새바람 마파람 하늬바람이 번갈아 불고, 눈이 오고 비가 오고 천둥이 울고 벼락 치는 모습이 좀 더 뚜렷이 보이고 들립니다.

이것이 이 한 덩이 검은 숯이 지닌 전생의 내력입니다. 그런데 그 전생은 벌써 옛이야기가 되어버렸습니다. 이 세상에 존재하거나 살아있던 것들은 그와 같이 잠시 머물며 한살이를 마치고 사라져버립니다.

어떻게 사라질요. '마파람 하늬바람'에 시달리고 부대끼며 살다가 사라집니다. 세상살이는 바람 잘 날이 없으며 이 바람 저 바람에 부대끼는 것입니다. 더구나 사람을 비롯한 뭇 짐승들은 저 밝고 평화롭고 영원한 하늘이 아니라 시련 많은 이 땅의 '어두운 길'을 걷다가 그 어디에 도착하지도 못한 채 그 길 위에서 사라집니다.

이 지상의 존재들은 한순간에 '아득한 벼랑으로 떨어져 버린' 신세가 됩니다. 벼랑의 이쪽과 저쪽은 바로 삶과 죽음입니다. '아득한 벼랑'으로 떨어지는 것은 창졸간에 일어나는 일이어서 무엇을 갈무리하고 남기고 예비할 순간도 없습니다. 그저 아득한 것이지요. 그렇게 벼랑으로 떨어진 뒤에야 '마파람 하늬바람 모두 잠들고' 시련의 '어두운 길'도 사라집니다.

고요 속의 검은 뼈를 아시나요

시련의 길도 그 길을 불어가는 바람도 잠들고 나면 고요해집니다. 그 '고요 속의 검은 뼈'가 보입니다. 그것이 숯입니다. 그러니까 숯은 덧없이 사라지고 썩을 것이 다 썩어 없어진 뒤에 남는 뼈와 같은 것입니다. 그래서 뼈라는 것은 영원한 것, 참다운 것, 변하지 않는 보편적 가치 같은 것을 암시하게 됩니다. 이제 숯은 상징적인 의미를 뿌리기 시작합니다.

하나의 상징은 호수에 돌 하나를 던지면 수많은 파문이 주위로 연속 퍼져나가듯이 수많은 의미를 방사하는 것입니다. 그런데 퍼져나가는 파문은 연속적으로 퍼지는 움직임이기 때문에 어떤 하나의 뚜렷한 윤곽으로 잡을 수가 없습니다. 그것은 흐릿하고 모호합니다. 그러나 하나의 파문이 퍼지면서 수많은 파문을 낳아 호수 전체를 움직이게 하듯 그것은 아주 강렬한 것입니다. 상징도 그와 같이 모호하지만 수많은 의미를 방사하면서 그 의미에 반응하는 사람의 정신 전체를 흔듭니다.

이제 당신은 당신의 정신 속에서 숯이 어떤 의미로 파문을 지으며 퍼지는지 마음을 호수처럼 고요히 하고 느껴야 할 것입니다. 수면이 고요해야만 새로운 파문이 생길 수 있으니까 말입니다.

> 벼락의 고요 속 등잔불도 꺼지고
> 춘하추동 층층이 쌓이어 묻힌
> 사투리의 무덤을 아시나요

존재의 길 삶의 길은 '벼락' 치는 '어두운 길'입니다. 벼락을 맞다, 벼락처럼 해치우다, 벼락같은 소리 등으로 우리는 일상생활에서 벼락이라는 말을 많이 씁니다. 모두 우리가 원하지 않는 시련과 고통, 순식간에 벌어지는 일, 고막이 찢어질 듯한 큰 소리 등으로 인간의 힘이 미칠 수 없음을 뜻합니다. 존재와 삶이 이와 같은 벼락 속에서 이루어집니다.

그렇지 않습니까. 그 벼락 뒤에 벼락보다 큰 고요가 남습니다. 풍전등화라는 말이 있습니다. 그렇습니다. 벼락 치는 비바람 속에 있는 가련한 등잔불이 존재요 삶입니다.

그 '등잔불'이 꺼지고 남은 것, 즉 벼락이 남긴 '고요 속의 검은 뼈'와 같은 숯을 우리는 까마득한 옛날 지질시대의 지층에서 만나게 됩니다. 아득한 세월이 흘렀어도, 즉 '춘하추동 층층이 쌓이어 묻힌' 속에서도 그 숯을 볼 수 있습니다. 검은 석탄과 화석들이 바로 그것입니다. 그런데 그것은 또 '사투리의 무덤'이라는 의미의 파문으로 퍼져나갔습니다.

사투리는 무엇입니까. 당신은 어떤 사투리를 쓰시나요. 사투리는 표준어가 아닌 각 지방의 방언입니다. 표준어는 인위적으로 만든 공식적인 화폐와 같은 것, 우리의 실생활 또는 실존적인 삶과 얼마간 격절되어 있는 추상적인 기호입니다. 하지만 사투리는 우리가 각 지방에서 실생활을 하면서 쓰는, 우리의 살과 피와 땀 냄새가 나는 구체적인 토착어입니다.

더 나아가서 한 사람 한 사람 각 개인들의 개성과 삶이 배어있는 말이기도 합니다. 그러니 이 세상에는 모든 존재의 수만큼 사투리가 있고 그 수많은 사투리들이 시끄럽게 부딪치며 갈등 투쟁하고 있다고 볼 수 있습니다. 바벨탑의 전설이 이 세상 삶의 사투리가 지닌 비극을 잘 이야기하고 있지 않습니까.

그래서 숲은 추상적인 기호로 표현되는 존재와 삶의 무덤이 아니라 구체적인 시간과 공간, 즉 사투리 속에서 이루어지는, 실존적 존재와 실존적 삶의 무덤인 것입니다.

남루한 옷들은
타오르는 불길에 벗어버리고
살 속의 불길에 주어버리고

'남루한 옷들은' 무엇일까요. 쉽게 벗어버릴 수 있고 쉽게 썩어 없어지는 것들입니다. 당신은 아름다운 꽃잎과 푸른 잎이 어느덧 시들어 떨어져서 지저분하게 썩어가는 모습을 보았습니까. 바로 그 꽃잎과 푸른 이파리의 눈부신 아름다움이 겉보기와는 달리 '남루한 옷'과 같은 것입니다. 그런데 사람들은 '남루한 옷'에 붙어 타오르는 '살 속의 불길', 즉 살과 피의 열정과 그 욕망의 불길에 눈이 멀어 춤추며 따라만 갑니다.

불은 반드시 의지하는 것에 붙어서 일어납니다. '남루한 옷들'을 '불길'에 벗어버리면 그것들은 함께 사라집니다.

썩지 않는 뼈로 남아
길을 껴안는 숲을 아시나요

'남루한 옷들'에 붙어서 일어난 불이 꺼지고 나면 '썩지 않는 뼈로 남아'

있는 불후의 숲이 거기 있습니다. 그런데 그 숲은 '길을 껴안'고 있습니다. 이 '길'은 '불길'이 아니라 영원한 길 혹은 참다운 길이겠지요.

당신은 이미 눈치를 채셨겠지만 숲, 뼈, 무덤, 길 등은 제4연의 영혼과 함께 한 가지 계열의 의미 또는 이미지라고 할 수 있습니다. 상징은 계열을 따라 무한히 의미를 방사합니다. 그러면 숲의 반대편에 있는 계열적 의미는 어떤 것들일까요. 바람, 어두운 길, 벼락, 춘하추동, 사투리, 남루한 옷, 살, 불 혹은 불길 등일 것입니다.

> 깊고 먼 자정
> 당신의 벌판에도 눈이 내리면

'자정'은 밤의 끝과 낮의 처음이 맞닿아 있는 곳입니다. 다른 말로 하면 삶과 죽음이 등을 맞대고 있는 곳입니다. 당신이 만일 그곳에 있다면 '당신의 벌판에도 눈이' 내릴 것입니다. 배접된 삶과 죽음을 당신이 고요히 자각할 때 당신은 아무것에도 구속되지 않고 홀로 있음을 깨달을 것입니다. 홀로 있는 그곳이 오직 당신만의 벌판입니다. 그 벌판에 한없이 고요한 눈이 내리고 그 고요 속에서 당신의 정신은 처음으로 어떤 빛을 봅니다.

> 맑은 이마에서 소리 없이 타오르는
> 불과 이별한 빛으로 타오르는
> 당신 영혼의 숲을 아시나요

당신이 참으로 고요해졌을 때, 무엇에 의지하여 타오르고 무엇이든 태워버리는 불빛이 아니라, '불과 이별한 빛으로 타오르는' 영원한 빛을 보게 됩니다. 곧 당신의 영혼을 느낄 수 있게 됩니다. '영혼의 숲'이 타오르는 것입니다.

'당신 영혼의 숯을 아시나요' 하고 묻고 있습니다.
당신은 지금 대답해야 합니다. 내일은 없습니다.
지금 이 순간에 당신의 영혼이 빛으로 타오르고 있습니다.
'당신 영혼의 숯을 아시나요'
대답이 없으면 이 열린 질문은 계속 당신 마음의 항아리에서 메아리칠
것입니다.
왜냐하면 마침내 당신은 대답해야만 하기 때문입니다.

이 작품 「숯」에 얽힌 에피소드입니다. 나는 한국일보 신춘문예에 이 작
품과 「단식」을 각기 다른 이름으로 응모했었습니다. 그런데 공교롭게도 당
시 심사를 맡았던 김현승 선생은 「단식」을 끝까지 당선작으로 밀었고 서정
주 선생은 「숯」을 또한 끝까지 당선작으로 밀었습니다.
그러다가 결국은 「단식」이 당선작으로 결정되었는데, 아무리 당선 통지
를 해도 작가로부터 소식이 없자 급기야 「숯」으로 당선작을 바꾸자는 논의
가 신문사와 심사위원 간에 있었던 것입니다. 그때 김현승 선생이 나서서
우선 「단식」을 당선작으로 발표하고 나면 작가로부터 소식이 있을 터이니
그렇게 하자고 우겨 결국 그렇게 되었다고 합니다.
그때 나는 전국 여기저기를 떠돌다가 나중에 그 사실을 알았습니다. 그
래서 당선자의 당선 소감도 없이 작품만 발표되었는데, 작품이 발표된 지
보름쯤 지나서야 연락이 되어 인터뷰 기사로 겨우 작가가 소개될 수 있었
습니다.
지금 돌아보니 김현승 선생은 당신의 취향에 따랐고 서정주 선생도 당
신의 취향을 따라 작품 선정을 한 것 같아 여러 가지 의미 깊은 생각을 하
게 됩니다.

감옥

가슴 깊이
별을 지닌 사람들은
모두 감옥에 갇힌다
별 향한 창틀 하나 달린
감옥 속에

한번
푸른 하늘을 본 사람들은
모두 감옥에 갇힌다
하늘 향한 창틀 하나 달린
감옥 속에

타는 그리움으로
노래를 불러본 사람들은
모두 감옥에 갇힌다
귀를 향한 통로 하나 달린
감옥 속에

순한 짐승들은 숲 속을 서성이고
꿈꾸는 사람들은
한평생 감옥 속을 종종이고

사람들은 누구나
제 키만 한 감옥 속에
조만간 갇히게 된다
갇혀서 마침내 작은 감옥이 된다.

– 『썩지 않는 슬픔』

☞ 이 시가 처음 어떤 문예지에 발표될 때는 제목이 「화엄행華嚴行」이었습니다. 화엄은 불교의 화엄경이니 화엄철학이니 할 때의 그 화엄입니다. 행은 한시의 한 체이지만 그저 범박하게 시, 노래 등의 뜻으로 보면 됩니다. 그러니까 화엄행은 화엄의 노래라는 뜻이 됩니다. 그러나 이 시는 심오한 화엄철학의 내용을 직접 노래한 것이 아니라 다만 하나의 시적 비유로 끌어다 쓴 것일 뿐입니다.

이런 연유로 일본에서 나온 세계현대시문고 11권 『한국현대시집』에는 이 시가 처음 발표된 당시의 제목 그대로 「화엄행」으로 번역되어 있습니다. 그런데 이 제목이 너무 현학적인 냄새가 짙어서 철학이 아닌 시를 말하는 데에는 부적절하다고 판단되어 내 첫 시집에 수록할 때 시의 내용과 부합하도록 「감옥」으로 개제한 것입니다.

이 시를 전체적으로 살펴보면 1연, 2연, 3연은 모두 각 5행으로 되어있고 각 연의 각 행은 또 정확히 대응하는 구조로 되어있습니다. 정형시적인 형식미와 율격을 드러내고 있다고 볼 수 있습니다. 그래서 1, 2, 3연은 하나의 주제를 변주하면서 세부적 의미의 음영만이 달라지기 때문에 크게 보아 하나의 연으로 본다면, 이 시는 4, 5연과 함께 3연으로 구성된 것이라고 볼 수도 있을 것입니다. 이렇게 3연 구성으로 보면 1연은 주제의 제시부, 2연은 전개 전환부, 3연은 결말부가 됩니다.

이와 같은 구성을 염두에 두고 본다면 이 시는 상당히 단순한 조직입니다. 그리고 그 주제를 끌고 가는 시적 전개와 문장도 매우 투명하고 간결하고 논리적이기까지 합니다. 될 수 있는 대로 수사적 군더더기를 쳐내버리고 견고한 의미의 골격만을 보여주고 있는 꼴입니다.

그러니까 그 주제의 핵심적인 의미만을 골라낸다면 사실상 이 시는 더이상 구구하게 설명할 건더기가 없는 셈입니다. 이런 시를 관념적이라고 할 수 있겠지요. 그러나 이런 시는 읽는 이가 그 핵심적 의미를 혼자 깊이 파고들어 음미해야만 시의 맛을 제대로 느낄 수 있다는 점에서 경우에 따라서는 난관이 있을 수 있는 것이기도 합니다.

이 시를 작자가 설명하기 시작하면 자칫 장황하고 난삽한 철학적 이야기의 수렁 속에 빠지기 쉽습니다. 다시 말하지만 읽는 이가 자신의 경험과 생각을 가지고 시적 주제의 의미를 깊이깊이 천착하며 음미해야만 합니다. 이런 관념적인 시는 독자에게 바로 그와 같은 사유의 경험과 즐거움을 주는 것을 본령으로 삼고 있습니다. 그래서 나는 여기서 당신에게 이 시를 자세히 설명할 수가 없습니다. 나는 당신이 길을 찾도록 자세하고 분명한 지도를 보여주는 대신 매우 소략한 약도를 보여줄 수밖에 없습니다.

> 가슴 깊이
> 별을 지닌 사람들은
> 모두 감옥에 갇힌다
> 별 향한 창틀 하나 달린
> 감옥 속에

당신도 가슴 깊은 곳에 남몰래 지니고 있는 별이 있을 것입니다. 그 별을 당신이 이루고자 하는 이상, 소원, 욕망 등등 무엇이라고 부르든지 간에 결국 그것들은 한 가지입니다. 쉽게 말해서 그것들은 당신의 꿈입니다. 꿈이 없는 사람은 없습니다. 사람은 짐승과 달리 원래 꿈꾸는 동물이니까요.

당신은 왜 꿈을 꿀까요. 당신의 현재 상태가 무엇인가 결핍되고 불만족스러우니까 충족되고 만족스러운 상태를 꿈꾸는 것입니다. 결핍된 여기에서 충족된 저기로 가고 싶은 것입니다. 당신은 결핍된 여기에 갇혀 있습니다. 그래서 여기를 벗어나 저기로 가고자 합니다.

예를 들어 당신이 지금 여기서 몹시 가난하다고 하면 돈에 구애받지 않는 저기의 부자가 되고 싶어 합니다. 그래서 당신은 장사를 하거나 사업을 하거나 부자가 되는 길로 매진하게 될 것입니다. 그때부터 당신은 꿈으로 가는 그 길에 갇히고 맙니다. 모든 꿈이 이와 같습니다.

꿈은 이루기 어려운 것입니다. 내내 당신은 꿈으로 가는 길에 갇혀 고군 분투 여러 가지 시련과 고통을 감내해야 할 것입니다. 그리고 설령 천신만 고 끝에 그 꿈을 이루었다고 칩시다. 그러면 당신은 이루어진 그 꿈속에서 더없는 충족과 만족을 느끼며 더 이상 꿈을 꾸지 않을까요.

조금만 생각해 보면 결코 그렇지 않다는 것을 당신 자신이 잘 이해할 것 입니다. 인간의 욕망 또는 꿈이란 절대로 끝나는 것이 아닙니다. 그것이 끝날 수 있는 것이라면 처음부터 꿈이 아니겠지요. 하나의 꿈은 또 다른 꿈을 위한 발판이 될 뿐입니다. 이래저래 꿈은 당신을 가두는 감옥이 되고 맙니다.

그것은 어떻게 생긴 감옥일까요. '별 향한 창틀 하나 달린' 감옥입니다. 당신을 가두는 감옥은 언제나 그 감옥을 벗어나 또 다른 별로 갈 수 있도 록 그 별을 선명하게 보여주는 '창틀'을 가지고 있습니다. 그러니까 감옥에 갇혀 있다는 말은 실상 '창틀'에 갇혀 있다는 말과 같습니다. 다시 말하면 갇혀 있는 하나의 창틀에서 벗어나 또 다른 창틀에 갇히게 되는 연속적인 과정을 보여주고 있는 것입니다.

틀이란 무엇입니까. 형식입니다. 존재도 삶도 어떤 일정한 틀에 갇혀서 구체적이고 실존적인 존재와 삶이 되는 것입니다. 그 틀이 없으면 우리는 아무것도 감각할 수 없고 알 수도 없습니다. 밤나무는 밤나무의 형식에 갇 혀 밤나무가 되고 소나무는 소나무의 형식 속에 있어서 소나무가 됩니다. 만일 까치의 생명이 멧돼지의 형식 속에 있다면 그것은 까치가 아니라 멧 돼지라고 할 수밖에 없을 것입니다. 갑돌이는 갑돌이 같은 틀 속에 있고 갑순이는 갑순이 같은 틀 속에 있어서 서로 구별되며 존재하는 것이지요.

그렇다면 그 틀은 어떻게 만들어지는 것일까요. 인격이라는 말이 있습니다. 사람 됨됨이의 틀이란 뜻입니다. 당신의 인격은 당신이 경험하고 깨닫고 모르고 알고 하는 등속의 모든 것을 총합한 것에 의해 결정됩니다. 당신은 그렇게 결정된 당신만의 그 틀로 세상을 내다보고 꿈을 꿉니다. 흔히 제 눈의 안경이라는 말을 많이 합니다. 당신이 세상을 내다보고 꿈을 꾸는 그 틀이 바로 제 눈의 안경이고 '창틀'인 것입니다.

모든 존재는 그 나름의 형식, 즉 틀 속에 갇혀서야 이 세상에 구체적인 감각적 존재로 태어납니다. 그리고 다른 존재와 달리 사람은 제 눈의 안경인 '창틀'을 통해서 꿈을 꾸며 여기의 감옥을 벗어나고자 하지만, 벗어나자마자 저기의 또 다른 감옥에 갇히게 됩니다. 이것이 존재의 조건이고 꿈의 존재론입니다. 그러니까 요약하면, 필연과 자유의 순환, 구속과 해방의 순환이라는 끝나지 않는 고리를 우리 모두 맴돌고 있는 셈입니다.

사실 필연과 자유, 구속과 해방이란 한 물건의 양면에 불과합니다. 그것은 마치 하늘에서 지구를 내려다보면 지구는 둥근 원형이지만, 땅에 발을 딛고 지평선을 바라보면 끝없이 펼쳐진 평면으로 보이는 것과 같습니다. 다시 말하면 우리는 어떤 사물의 앞면과 뒷면, 그리고 내부를 멀리서 가까이서 동시에 볼 수가 없습니다. 이것이 우리의 한계이고, 그 한계 내에서 꿈을 꿀 수밖에 없는 것이 우리의 숙명입니다.

한번
푸른 하늘을 본 사람들은
모두 감옥에 갇힌다

2연과 3연은 모두 1연이 포괄하고 있는 의미를 음영을 달리하여 펼쳐 보이는 것에 불과합니다. '푸른 하늘'은 온갖 구속과 제약을 받고 있는 지상의 조건과 완전히 다릅니다. 그것은 완전한 해방과 자유를 상징합니다. 그래서 자유를 꿈꾸는 사람들은 '창틀'을 통해 하늘을 바라보며 다시 감옥에 갇히게 됩니다.

　타는 그리움으로
　노래를 불러본 사람들은

　그리움의 대상이 어떤 이념이거나 가치이거나 사랑이거나 간에, 그 '노래'를 부르는 자가 '노래'를 듣는 자의 '귀를 향한 통로'를 통해 꿈을 꾸고 있다면, 노래를 부르는 자는 노래를 듣는 자를 애타게 부르고 있다는 사실을 뜻하는 것입니다. 고립된 개인적 주체가 또 다른 개인이나 집단, 즉 타자를 요구하고 있다는 말과 같습니다. 그러니까 '통로'를 향해 타자를 꿈꾸는 고립된 주체는 감옥에 갇혀 있는 것입니다. 이 주체와 타자의 관계도 앞에서 본 필연과 자유, 구속과 해방의 관계와 같은 것이지요. 그리고 1연과 2연이 수직적 상승의지의 표현이라면 이 3연은 수평적 확장의지의 표현이라고 할 수 있을 것입니다.

　순한 짐승들은 숲 속을 서성이고
　꿈꾸는 사람들은
　한평생 감옥 속을 종종이고

　짐승들은 환경세계와 한 몸으로 고착되어 갈등이 없습니다. 본능으로 순편하게 살아갈 뿐 꿈을 꾸지 않습니다. 갈등 없이 조건 속에 순응하여 살기 때문에 '순한 짐승들'입니다. 그러나 사람은 꿈을 꾸며 한평생 감옥의 연쇄 고리에 갇혀 맴돕니다.

　사람들은 누구나
　제 키만 한 감옥 속에

조만간 갇히게 된다
갇혀서 마침내 작은 감옥이 된다.

사람은 누구나 '제 키만 한 감옥', 즉 제 눈의 안경인 틀 속에 갇히게 됩니다. 이것이 꿈꾸는 삶의 주어진 조건입니다. 결국 인간은 저 자신이 감옥이라는 것을 깨닫게 됩니다.

이제 당신은 어떻게 생각하십니까. 꿈을 꾸어야 할까요, 말아야 할까요.

삶의 원동력은 더 말할 것 없이 욕망, 즉 꿈입니다. 꿈을 꾸지 않으면 죽음이지요.

그런데 우리는 이 세계와 삶을 부분적으로밖에 볼 수가 없습니다. 전체를 볼 수가 없습니다. 그러니 삶에 대한 위와 같은 전망을 비관적이니 낙관적이니 하고 잘라서 말할 수도 없는 일 아니겠습니까. 그렇지 않습니까.

당신은 이제 삶과 꿈의 실상을 이해했습니다.

어떤 꿈을 어떻게 꾸어야 할 것인지는 오직 당신의 틀을 통해 선택할 수밖에 없습니다.

썩지 않는 슬픔

멍들거나
피 흘리는 아픔은
이내 삭은 거름이 되어
단단한 삶의 옹이를 만들지만
슬픔은 결코 썩지 않는다
옛 고향집 뒤란
살구나무 밑에
썩지 않고 묻혀 있던
돌아가신 어머니의 흰 고무신처럼
그것은
어두운 마음 어느 구석에
초승달로 걸려
오래오래 흐린 빛을 뿌린다.

-『썩지 않는 슬픔』

☞ 이 시는 슬픔이라는 감정을 해석하고 형상화하고 있습니다. 내가 과문한 탓이겠지만 고금동서에 슬픔 자체의 성격을 주제화하여 노래한 시는 아직 보지 못했습니다. 그것이 사실이라면, 그런 점에서 이 시는 아주 이채로운 작품이 아닐 수 없습니다.

인간의 보편적인 감정 중에서 가장 대표적인 것이 희로애락, 즉 기쁨, 노여움, 슬픔, 즐거움입니다. 그런데 문학작품 속에서 직접 슬픔 자체가 주제화되는 경우가 극히 희소하다고 하더라도, 어떤 주제, 사건, 상황을 묘사하고 표현하는 데에 다른 감정들에 비하여 슬픔이 압도적으로 많이 드러나는 것은 무슨 까닭일까요.

당신도 살아가면서 이래저래 슬픔을 느끼는 경우가 많을 것입니다. 한 번 잘 생각해 보십시오. 슬픔은 다른 감정들과 무엇이 다를까요. 우선 무엇보다 슬픔은 내향적으로 수렴하며 조용히 침잠하게 합니다. 매우 정적이고 외로움과 짝하고 있는 감정입니다.

이에 비해 다른 감정들은 외부적으로 발산하며 동적인 그리고 강렬하게 영향을 미치는 것들입니다. 대표적으로 노여움을 생각하면 쉽게 이해가 될 것입니다. 노여움은 외부의 대상을 향하여 강렬하게 발산되고 영향을 미칩니다. 기쁨이나 즐거움도 외부로 발산되고, 때로는 그것을 다른 사람과 함께 나눌 수도 있습니다. 이 감정들은 슬픔과 달리 외로움 건너편에 있습니다.

그러나 슬픔은 언제나 외로움과 짝하여 조용히 침잠합니다. 어떤 사람의 슬픔에 공감하여 슬픔을 나누어 가질 수도 있지만, 그때에도 그 슬픔은 외향하지 않고 외롭게 내향하여 조용히 침잠합니다. 어떤 슬픈 일에 당해서 격렬하게 몸부림치며 슬퍼하는 경우도 있지만, 그 경우는 외향적으로 발산하는 원망과 같은 모종의 부정적인 감정이 덧입혀진 것일 뿐 순수한 슬픔의 감정은 아닌 것입니다.

뭐니 뭐니 해도 슬픔이 그 본질을 드러낼 때는 까닭 없이 슬퍼지는 경우입니다. 심지어 까닭이 없는 것은 물론이고 노엽고 기쁘고 즐거운 일을 보면서도 저 내면의 깊은 곳에서 슬픔이 안개처럼 피어오르는 때가 있습니다. 꽃이 피고 새가 우는 봄날의 아름다운 정경을 보거나, 축제를 즐기며 사람들이 홍소를 터뜨리거나, 신에게 치성을 드리고 기도하는 것들을 보면서도 어느새 슬픔이 저물녘 보랏빛 이내처럼 내면에 퍼지고 있음을 느끼는 때가 있습니다.

당신도 까닭 없이 찾아오는 이런 슬픔을 더러 느꼈을 것입니다. 도대체 이 슬픔은 어디서 오는 것일까요. 비천민생悲天憫生이라는 말이 있습니다. 모든 것이 한정된 시간과 공간 안에서 이렇게 존재하며 궁핍하게 살아가도록 한 하늘을 슬퍼하고, 이렇게 존재하며 살 수밖에 없는 것들 자체를 안타깝고 불쌍하게 여기는 것을 뜻하는 말입니다. 이것이 우주적 비정, 즉 우주적인 슬픈 마음인 것입니다.

나는 이 우주적 비정이 원초적 슬픔이라고 생각합니다. 그러니까 이 원초적 슬픔은 노여움, 기쁨, 즐거움 등 다른 감정들 밑바닥에도 근원적으로 깔려있는 것입니다. 그래서 즐거운 일을 보면서도 슬픔을 느끼는 것 아니겠습니까.

멍들거나
피 흘리는 아픔은
이내 삭은 거름이 되어
단단한 삶의 옹이를 만들지만
슬픔은 결코 썩지 않는다

흔히 젊어서 고생은 사서도 한다고 말합니다. 그리고 아픔을 겪은 만큼 철들고 성숙해진다고도 말합니다. 우리는 살아가면서 '멍들거나 / 피 흘리는 아픔'을 수없이 겪습니다. 그러나 이런 고통들은 시간이 지나면서 곧

치유되고 잊혀집니다. 아이를 낳을 때 겪는 죽을 것 같은 산통도 출산하자마자 씻은 듯 사라집니다.

좋은 일 궂은일 쉼 없이 겪어가면서 거기에 따르는 희로애락의 마음고생에 시달리는 과정이 우리의 삶입니다. 그러나 아무리 큰 아픔의 고통일지라도 결국은 그 상처가 아물고 잊히듯이, 결코 잊을 수 없을 것 같던 그 생생한 희로애락의 파문도 색이 바래고 희미하게 지워지기 마련입니다. 그래서 그 모든 고통과 감정들은 '이내 삭은 거름이 되어' 우리가 다시 또 살아갈 수 있는 힘이 되어줍니다. 어떤 시련에도 꿋꿋하게 살아갈 수 있는 '단단한 삶의 옹이'를 만들어 주는 것입니다.

그런데 '슬픔은 결코 썩지 않는다'고 말합니다. 왜 그럴까요. 우리가 현실에서 겪는 개별적인 슬픔은 희미하게 바래질 수밖에 없기는 하지만, '이내 삭은 거름이' 되지 않고 마치 사진의 음화처럼 오래오래 남아서 지속됩니다. 왜냐하면 보편적 감정의 근원에 깔려있는 원초적 슬픔 때문입니다. 개별적인 슬픔의 음화는 모든 존재가 지속되고 있는 한 사라질 수 없는 원초적 슬픔과 언제나 직접 공명하고 있기 때문입니다.

옛 고향집 뒤란
살구나무 밑에
썩지 않고 묻혀 있던
돌아가신 어머니의 흰 고무신처럼

나는 어머니를 일찍 여의었습니다. 어느 해 봄날, 어머니의 처녀 적 치마의 연분홍빛과 같은 살구꽃이 만발한 날, 꽃모종을 하기 위해 살구나무 밑을 파다가 나는 그만 괭이질을 멈추고 한참이나 넋을 잃은 채 멍하니 서 있었습니다. '썩지 않고 묻혀 있던 / 돌아가신 어머니의 흰 고무신'이 나왔기 때문입니다. 어머니의 죽음에 대한 슬픔은 벌써 잊었다고 생각했는데,

그 '흰 고무신'을 통해서 그 슬픔의 음화가 떠올랐던 것입니다.

어머니가 돌아가셨을 당시의 생생한 슬픔은 그 음화 속에서 바래어 흐릿하지만, 아주 웅숭깊은 울림을 주고 있었습니다. 영원히 사라지지 않을 원형 같은 것을 보는 느낌이었습니다. 그때 어머니의 죽음에 대한 슬픔은 바로 원초적 슬픔과 공명하고 있었던 것입니다. 만물이 살아나오는 봄날에, 나의 개별적 슬픔이 유한한 시공을 살다가 사라진 덧없는 존재들에 대한 우주적 비정, 즉 원초적 슬픔과 공명하면서 말할 수 없는 감동을 전해 주었던 것입니다.

> 그것은
> 어두운 마음 어느 구석에
> 초승달로 걸려
> 오래오래 흐린 빛을 뿌린다.

슬픔은 외로움과 짝하고 조용히 침잠하게 합니다. 그것은 있는 듯 없는 듯 '어두운 마음 어느 구석에 / 초승달로 걸려' 흐릿한 빛을 뿌릴 뿐입니다. 그러나 그것은 쉽게 사라지지 않고 영원한 원초적 슬픔과 공명하면서 오래오래 지속되는 것입니다.

자, 나는 지금까지 당신에게 이 시의 주제인 슬픔에 대해서 그 의미의 앙상한 줄거리만을 성글게 엮어 보여 주었습니다. 그러나 시는 의미의 줄거리가 아니라는 것을 당신도 잘 압니다. 시가 시인 까닭은 의미의 감각적 형상화에 있고 그 감각적 형상이 아지랑이 같은 미묘한 정서적 느낌을 우리 가슴속에서 피어오르게 하는 데에 있는 것입니다. 그러면 이 시에서 여러 정서적 느낌을 환기하는 감각적 형상 중에 이 시 전체에 계속 파문을 일으키며 작용하는 가장 핵심적인 것은 무엇일까요.

그렇습니다. 〈썩지 않는 슬픔 = 썩지 않고 묻혀 있던 어머니의 흰 고무신 = 초승달〉 바로 이 세 가지 이미지의 고리입니다. 그리고 완만하게 활처럼 굽은 버선 모양의 흰 고무신과 또 그런 모양을 한 초승달의 절묘한 결합은 '오래오래 흐린 빛을' 뿌리는 슬픔의 형상화에 그야말로 화룡점정이 되었습니다. 당신이 만약 이와 같은 것들을 느끼고 보았다면 당신은 시를 보는 아주 밝은 눈을 가지고 있다고 할 만합니다.

마지막으로, 슬픔이 시적 주제가 될 만큼 중요한 까닭은 무엇일까요.

나는 앞에서 모든 존재와 생명이 유한한 시공 속에서 잠시 머물다 덧없이 사라지도록 한 하늘과, 그러한 숙명적 조건 속에서 궁핍하게 존재할 수밖에 없는 유한한 것들을 모두 슬퍼하고 안타까이 여기는 마음, 즉 원초적 슬픔을 이야기했습니다. 그리고 우리의 슬픔이 그 원초적 슬픔과 공명하면서 지속된다고도 말했습니다.

그렇다면 슬픔은 모든 존재와 생명에 직접 공감하는 힘이라고 할 수 있을 것입니다. 직접 공감하기 때문에 그것은 매우 단순합니다. 그러나 그와 같이 단순하기 때문에 오히려 변치 않는 강력한 힘입니다. 그래서 그것은 쉽게 썩은 거름이 되어 '단단한 삶의 옹이'를 만들지는 않지만, 우리들의 삶을 바르고 튼튼하게 잡아주고 사랑하는 마음을 일으키는 진정한 힘인 것입니다.

당신도 한번 생각해 보십시오. 사람이 어떻게 외로움과 슬픔 속에서 공격적이고 이기적일 수만 있겠습니까. 어떻게 외로움과 슬픔 속에서 동시에 노여움과 같은 파괴적 힘이 될 수 있겠습니까.

외로움과 슬픔만이 진정한 힘입니다.

외로움과 슬픔만이 인생과 예술의 궁극적인 바탕입니다.

여기 외로움과 슬픔을 노래한 시 한 편을 덧붙입니다.

그대에게

그대여 외로워하지 마라
많은 사람들이 아직
외로움의 뼈를 보지 못 했나니
그대는 그 뼈를 짚고
먼저 일어서리라

그대여 슬퍼하지 마라
많은 사람들이 아직
슬픔의 뗏목을 지니지 못 했나니
그대는 그 뗏목을 타고
쉬이 강물을 건너리라.

− 『바람의 애벌레』

바다

바다는 벙어리의
귓속에 잠들어 있고

바다는 벙어리의
붉은 가슴속을 출렁이고 있고

달려도 달려도
캄캄한 대낮은 이마 위로
소리 없이 무너져 내리고

울음 속에 빠뜨린 그물은
영원히 찾을 길 없고

살아있는 죽음이여
한 개의 돌멩이 속에 입적入寂하라

달려도 달려도
바다는 벙어리의
입속에 돌멩이로 굳어 있고
육지 하나 끝없이 누워 있고.

- 『썩지 않는 슬픔』

☞ 아, 이 시를 이야기하려고 하니 그만 아득해지는군요. 무엇을 이야기해야 하나. 어디서부터 시작해야 하나. 참으로 막막합니다. 왜냐하면, 이 작품은 긴 세월 동안 도무지 그 정체를 알 수 없는 그 무엇과의 숙명적 씨름을 안겨준 기연을 가지고 있기 때문입니다.

내가 열여덟 살이 되던 해 가을 어느 날 이 시는 그야말로 홀연히 나를 찾아왔습니다. 마치 생전 처음 보는 기묘한 짐승이 난데없이 눈앞에 나타나듯이 말입니다. 그 살아서 꿈틀거리는 알 수 없는 짐승의 모습은 정확히 다음과 같습니다.

바다는 벙어리의
귓속에 잠들어 있고
바다는 벙어리의
붉은 가슴속을 출렁인다.

이 시는 처음에 정말로 무슨 짐승처럼 느껴졌습니다. 몇 번이나 입속으로 되뇌어 보아도 말로서는 분명하게 설명할 수도 없고 더 이상 말로서는 풀어낼 수도 없는, 그냥 살아서 꿈틀거리고 있는 물렁물렁한 덩어리처럼 느껴졌습니다. 그리고 그것은 경이로운 것이었습니다.

너무나 기막히게 좋은 절창이라고 생각되어 과연 이것이 내 머릿속에서 나온 것인지 의심이 들 정도였습니다. 그런데 분명 의미심장한 절창이라 느껴지지만, 그 함축하고 있는 뜻이 너무나 묘묘渺渺하고 망망茫茫하여 아무리 곱씹어도 확연히 잡히지가 않았습니다. 그것은 마치 말의 의미로 요량하여 포획하려는 것을 한사코 거부하는 짐승 같았습니다.

그런데 한편으로는 절창이라 느끼면서도 이 시가 아직은 미완의 작품이라는 생각을 떨칠 수가 없었습니다. 주어진 이 시의 뒤를 이어서 더 써야만 완성이 될 것 같았습니다. 그러나 아무리 해도 더는 이어서 쓸 수가 없었습니다.

그 후, 어쩔 수 없이 이 미완의 작품을 가슴에만 담아둔 채 세월이 흘렀습니다. 그러나 내내 답답했습니다. 틈만 나면 이 시를 수백 번 되뇌며 멍하니 앉아 있곤 했습니다. 이미 모든 걸 다 말해버려서 그것으로 완성되었다는 생각도 더러 들긴 했지만, 꼭 뒤보고 밑씻기를 하지 않은 것처럼 영 꺼림하고 미진하여 늘 가슴 한구석에 돌 하나가 박혀있는 듯했습니다.

어쨌든 나는 이따금 틈이 나면 마치 자기가 헛보고 있는 도깨비와 가망 없는 씨름을 하듯 그 시 구절과 씨름하는 것이 버릇이 되어버렸습니다. 그렇게 어느덧 20여 년이 흐르자, 이제는 결단을 내야 한다고 다짐하며, 어림없이 성은 차지 않지만 해 거르며 안간힘으로 한 구절씩 이어나갈 수밖에 없었습니다.

이렇게 일진일퇴 악전고투 끝에, 그 시가 홀연히 찾아온 지 스무예닐곱 해만에, 그러니까 불혹이 지난 나이에 드디어 이것을 억지로 끝맺을 수 있었습니다. 그러나 말 그대로 그 끝맺음은 억지춘향으로 화상을 그려놓은 것 같아 처음이나 지금이나 영 미진하게 느껴지는 것은 물론이고, 처음 그랬던 것처럼 그 속뜻 또한 지금도 묘막하고 몽롱하기는 마찬가지입니다. 그럼에도 불구하고 이 작품은 미진하고 몽롱한 대로 더 이상 나로서는 손을 쓸 수가 없다고 생각할 수밖에 없었던 것입니다.

30년 가까이 매만져 써 놓았지만 나 자신도 이 시가 여전히 몽롱하게 느껴지는 것은 웬일일까요. 처음부터 이 시는 모호한 상징의 옷을 입고 찾아왔기 때문입니다. 그리고 30년 가까이 나 또한 시 전체를 상징으로 응축시키면서 겨우 완성했기 때문입니다.

상징은 하나의 사물이 무한한 정신의 세계와 의미를 암시하면서 계속 파문으로 퍼지기 때문에 그 무수한 의미의 파문이 교향악처럼 총체적으로 마음속에 울려주는 메아리를 잘 느낄 수밖에 없는 것입니다.

사정이 그렇다고 해서 지금 당신에게 이 시를 설명한다는 것이 지난한 일이니 그냥 읽고 느껴보라고 말할 수만은 없지 않겠습니까. 무슨 실마리가 될 만한 것을 찾아 빈약하나마 의미의 줄거리 같은 것을 내보여야 할 것입니다. 그래서 예의 시가 난데없이 내게 찾아오게 된 그 배경과 내력을 잠시 건너가기로 합니다.

나는 열일곱 살 때 한 해를 변산반도 마포라는 포구의 코앞에 있는 하섬이라고 하는 아주 작은 섬에서 독거하며 홀로 지낸 일이 있습니다. 흡사 수도자와 같은 생활이었습니다. 많은 시간을 섬의 끄트머리에 앉아서 바다를 바라보며 날을 보냈습니다.

바다를 바라보고 있자면 무엇보다도 무한하고 영원하다는 느낌 때문에 가슴이 그만 먹먹해집니다. 그 무한과 영원의 느낌은 아주 광막한 것이어서 자잘부레한 현실의 모든 소리와 움직임을 하얗게 지워버리는 듯합니다. 그러다가도 문득 가까이 바다를 보면 그것은 생전 처음 보는 무슨 괴물처럼 꿈틀거리며 다가와 나도 모르게 흠칫 놀라게 됩니다. 그것은 바다라고 내가 알고 있던 바다가 아닙니다. 아주 낯설고 징그럽고 무서운, 이름도 알 수 없는 그 무슨 짐승 같은 것입니다.

그래서 그랬던 것일까요. 어느 날 나는 문득 깨달았습니다. 처음에는 밤낮 끊임없이 들려오던 파도 소리 때문에 잠까지 설치고는 했는데 그 바닷소리가 들리지 않았습니다. 바닷소리는 고요함으로 바뀌어 있었습니다. 늘 같은 소리를 듣다 보면 둔감해져서 그 소리가 들리지 않는 일종의 마비 현상 같은 것하고는 분명히 달랐습니다. 바닷소리는 분명 들렸습니다. 그러나 그 소리가 오히려 고요함을 일깨우고 있었습니다.

그리고 그 고요함과 동시에 쉼 없이 움직이던 바다가 꼼짝 않고 정지해 있음을 깨달았습니다. 분명히 바다는 끊임없이 꿈틀거리며 움직이고 있었습니다. 그러나 그 움직임이 오히려 움직이지 않는 고요한 모습을 밝게 드러내고 있었습니다.

참으로 이상한 경험이었습니다. 몇 번이나 정신을 가다듬고 보아도 그런 현상은 달라지지 않았습니다. 그때부터 나는 바다의 소리와 고요함을, 바다의 움직임과 움직임 없는 고요함을 함께 보기 시작했습니다. 그러면서 소리가 있는 바다와 고요한 바다가 따로 있는 것이 아니고 다 하나라는 것, 움직이는 바다와 움직이지 않는 고요한 바다가 각기 따로 있는 것이 아니라 다 하나의 바다라는 사실도 함께 깨달았습니다. 그러니까 바다는 소리가 있기도 하고 고요하기도 한 것이며, 움직이기도 하고 움직임이 없는 고요한 것이기도 한 것이었습니다. 그래서 이렇게도 저렇게도 보이는 그 하나의 바다가 더욱 괴물 같고 신비하게 느껴졌습니다.

　내 귀와 눈에는 분명히 소리와 움직임으로 존재하는 바다가 동시에 그 소리와 움직임 너머에서 고요함으로 존재한다는 기묘한 사실. 이 기묘함은 곧바로 놀랍게도 소리 있음은 소리 없음이고 움직임은 움직이지 않음이라는 사실을 가리키는 것이었습니다. 나는 내내 이 기묘한 화두에 침잠했습니다.

　그러나 그뿐이었습니다. 이 기묘한 화두는 그저 막연히 돌덩이처럼 답답한 가슴에 남아있을 뿐 무엇 하나 분명하게 생각할 수는 없었습니다. 그리고 상당한 시간이 흐르고 난 뒤, 그 이상한 경험도 잊힐 무렵 어느 날, 예의 시가 그야말로 벼락처럼 홀연히 텅 빈 내 마음속을 울렸던 것입니다. 그리고 오랜 시간 그 모호한 상징은 계속 파문을 지으며 나를 괴롭혔던 것입니다. 그러니까 처음에 무슨 짐승처럼 느껴졌던 그 시는 실상 내 무의식 속에서 충분히 자란 다음 튀어나온 것이지요.

　이제 당신은 이 시가 태어나고 자라온 과정을 대강 알았습니다.

　어떻습니까. 나는 당신이 이 시를 이해할 수 있는 어떤 실마리를 어렴풋이나마 보았으리라 생각합니다. 그것은 어렴풋이 볼 수밖에 없는 것이고 그렇다면 그것으로 된 것입니다.

세파에 시달린다고 말할 때 그 세파라는 말이 보여주듯이 우리의 무의식 속에 이 세상은 풍랑이 거센 바다로 깊이 새겨져 있습니다. 또 어느 옛 유행가의 가사가 '거친 인생바다' 라고 직접 표현하고 있듯이 우리의 삶 또한 바다와 같은 것으로 각인되어 있습니다.

그렇습니다. 처음도 끝도 없이 풍랑과 물거품을 만드는 바다와 같은 것이 세상이고 인생입니다. 그래서 고해苦海라고도 합니다. 이 고해인 세상과 삶을 불경에서는 불타는 집, 즉 화택이라고도 하고, 불타오르는 바다와 같다고도 말합니다. 왜냐하면 삶이 끊임없는 욕망의 꿈으로 불타오르고 그 불길이 무수한 갈등과 투쟁과 고통을 낳으며 잠시도 조용히 멈추지 않고 움직이고 있기 때문입니다.

물과 불을 동시에 말할 수밖에 없는 이 모순의 불타오르는 바다를 당신은 도대체 어떻게 표현할 수 있겠습니까. 아무리 해도 언어의 의미를 따라 명료하게 표현할 수는 없을 것입니다.

한번 생각해 봅시다. 여기 도토리 한 알이 있습니다. 그것은 분명히 사과보다 작습니다. 그런데 좁쌀 한 알보다는 분명히 큰 것입니다. 자, 그렇다면 이 도토리의 진실은 크고도 작은 것이라고 할 수밖에 없습니다. 가만히 살펴보면 모든 것이 이와 같습니다. 앞에서 바다는 고요하기도 하고 고요하지 않기도 하다고 했습니다. 낮기도 하고 높고, 좋기도 하고 나쁘고, 이것이기도 하고 저것이기도 한 것입니다.

다시 말하면 이것과 저것은 서로 의지하여 생겨나는 것이고, 이것과 저것을 구별하는 것은 인간이 급급하게 코앞만 보면서 그중 하나를 선택하며 살 수밖에 없기 때문입니다. 주어진 시간과 장소에서 당신은 냉면을 먹거나 비빔밥을 먹거나 선택해야 하는 것입니다. 그 음식이 맛있거나 맛없거나 그저 그렇다거나 선택적으로 평가하고 말해야 합니다.

이제 당신도 이와 같은 사정이 분명해졌으리라 봅니다. 그래서 이것과 저것의 분별이 다름 아닌 언어의 분별이라는 사실을 알았을 것입니다. 하나의 도토리는 큰 것도 아니고 작은 것도 아니며, 바다는 움직이는 것도 움직이지 않는 것도 아닙니다. 다만 언어의 분별입니다. 하나의 도토리와 바다라는 실재는 언어의 분별 너머에 있는 알 수 없는 괴물 같은 것입니다. 그러나 불행히도 우리는 언어에 포획되지 않는 것은 알 수가 없습니다.

당신의 의식을 한번 들여다보십시오. 당신의 의식은 언어이고 그 언어의 분별을 거쳐 활동합니다. 언어가 사라지면 당신의 의식은 텅 비게 되고 분별도 사라집니다. 그러면 분별이 사라진 곳에 무엇이 있습니까. 도토리라는 말을 벗어버린 그것이 있고 바다라는 말을 벗어버린 그것이 있습니다. 그것은 아직 우리가 알 수 없는 그 무엇입니다.

이제 당신은 분명히 알았을 것입니다. 즉 이 세계와 삶을 이해한다는 것은 언어와 불가분의 관계가 있다는 사실을 말입니다.

이제 시 「바다」에서 바다가 왜 '벙어리' 속에 '잠들어 있고' 또 동시에 '출렁이고 있는'지 당신은 알았을 것입니다. 그렇습니다. 겹겹의 모순을 만들며 일면만을 드러내는 언어의 분별로는 삶을 결코 설명할 수 없습니다. 벙어리의 몸짓과 냉가슴 앓는 침묵 외에는 달리 표현할 길이 없습니다. 그러니 이 시는 결국 불립문자, 즉 말로 할 수 없는 것, 그리고 언어도단, 즉 말의 길이 끊어진 것을 말하고자 하는 불가능한 일에 도전하고 있는 셈입니다.

이 시는 따지고 보면 1연과 2연을 계속 변주한 것에 불과합니다. 맨 처음에 4행으로 찾아온 예의 시를 2연으로 나누고, '붉은 가슴 속을 출렁인다'의 종결어미를 '출렁이고 있고'의 연결어미로 바꾸어 진로를 열어줌으로써 그 변주는 마침내 가능했던 것입니다. '벙어리의 붉은 가슴'은 물론 말 못하는 벙어리의 그 답답하게 울혈이 된 가슴을 묘사한 것입니다. 그것은 마치 붉은 노을 속에서 출렁이는 바다의 정경과 같은 것입니다.

3연의 '달려도 달려도'는 '가도 가도 사막의 길, 꿈속에도 사막의 길'이라는 유행가 가사의 구절에 있는 '가도 가도'와 그 기능이 흡사합니다. 다만 말 못하는 벙어리의 답답함, 절망감 등을 보다 절박하게 표현하기 위해서 '달려도 달려도' 라고 한 것입니다. 그런데 아무리 달려도 아무 전망도 보이지 않는 캄캄한 어둠뿐입니다. 그 어둠뿐인 절망감을 바로 '캄캄한 대낮'이라고 표현한 것입니다. 이와 동시에 밤과 대낮의 분별 또는 어둠과 밝음의 분별이 결국 모두 같으면서 다르다는 진실을 암시하기도 합니다.

4연의 '울음'은 무엇일까요. 이 세계와 삶이 위에서 말한 바와 같이 무한한 모순 속에서 단편적으로 분별될 수밖에 없기 때문에 알 수도 없고 말할 수도 없다면 가위 절망적인 것이 아닐 수 없습니다. 바로 그 절망의 몸부림과 절규가 '울음'입니다. 따라서 '영원히 찾을 길 없'는 '그물'은 이 세계와 삶의 의미를 건져 올리는 언어 또는 인식 행위를 뜻하는 것이겠지요.

5연의 '살아있는 죽음이여' 는 더 설명할 필요 없이 삶 곧 죽음이라는 진실을 말합니다. 그런데 인간의 의식 또는 언어의 분별이 삶과 죽음 사이에서 온갖 투쟁과 갈등과 고통을 만들기 때문에, 의식도 언어의 분별도 없는 '한 개의 돌멩이 속에 입적하라' 라고 외치는 것입니다. 입적이라는 말은 불교에서 고요함 속으로 들어가는 것, 즉 열반을 이르는 말입니다. 그러니 이것은 이루어질 수 없는 비원인 것입니다.

마지막 6연에서 이제 '바다는 벙어리의 / 입속에 돌멩이로 굳어' 있습니다. 그래서 바다는 소리도 움직임도 없이 고요합니다. 이렇게 해서 이 고요한 바다는, 끊임없이 움직이던 바다와 대조적으로 조금도 움직일 수 없어 고요하기만 한 '육지'가 되는 것입니다.

여기서 우리가 마지막으로 놓칠 수 없는 것은 바다가 움직임 없이 고요하다거나 그래서 고요한 육지로 끝없이 누워있다고 의식하고 분별하고 언표하는 한, 육지는 다시 어쩔 수 없이 바다가 되고, 고요한 바다는 또 끊임없는 투쟁의 아우성과 움직임이 되기도 할 수밖에 없다는 사실입니다. 분별은 순환하며 한없이 이어질 수밖에 없기 때문입니다.

그리고 이 시는 각 연이 종결되지 않고 계속 〈-하고〉로 숨 가쁘게 이어 집니다. 이루어질 수 없는 비원을 외치는 제5연만 중간에 한번 숨을 고르기 위해서 절박한 명령형 어미를 쓰고 있습니다. 마지막 연에서조차 그와 같이 계속해서 이어지는 연결어미를 사용하여 끝맺지 못하고 중단할 수밖에 없었던 것은 분별의 끝없음과 순환을 드러내기 위한 것입니다.

상징의 교향악을 하나의 악기 소리에만 의지하여 단선적인 소리로 어렵게 표현해 보았습니다. 당신의 마음속에서 이 단순한 소리가 원래의 교향악으로 복원되어 울려 퍼지기를 간절히 바랍니다.

그리고 그것을 들었다면 이제 들었다는 사실조차 잊기 바랍니다.

마음을 빈 도가니처럼 만드십시오.

아구
― 잠언 1

온통 입뿐이어서
웃음이 절로 나는 그놈을
저녁거리 삼아 배를 갈랐다
기분 나쁘게 미끈거리는
그 어둡고 답답한 내장 속에
아주 작고 이쁜 입을 가진
통통하게 살 오른 참조기 한 마리가
온전히 통째로 들어 있지 않은가
큰 입 작은 입 보글보글 함께 끓여서
오랜만에 째지게 맛있는 저녁을
아귀아귀 먹어치우기 시작한다
그러다가 문득
저 텅 빈 허공의
주린 뱃속을 둘러보면서
더없이 행복한 미소를 지어본다
저 광대한 허기 속에서
우리들은 시원하게 숨 쉴 수도 있고
모두가 공평하게
아주 서서히 소화되는 동안
이렇게 맛있는 것들을 즐기면서
아직 살찔 수 있다니
얼마나 다행한 일인가.

― 『썩지 않는 슬픔』

☞ 아구는 입을 뜻하는 말로서 아귀와 같은 말입니다. 무엇을 속으로 집어넣을 수 있는 구멍이나, 무엇을 움켜쥘 수 있는 갈라진 곳 또는 틈을 모두 아귀라고 합니다. 바로 입아귀, 손아귀 등에서 그 용례를 볼 수 있습니다. 또 아귀가 세다고 말할 때는 쉽게 제 뜻을 굽히지 않고 고집을 부린다는 뜻이기도 합니다. 그러고 보면 아구 또는 아귀는 무엇이든지 움켜쥐어 제 속으로 집어넣고자 하는 것인데 그 의지가 아주 집요하고 세다는 것을 알 수 있습니다.

과연 그렇습니다. 흔히 사람이 사는 데에 가장 기본이 되는 것이 의식주라고 하지만 그중에서도 먹는 것, 즉 식이 으뜸이지요. 옷이야 누더기를 걸쳐도 목숨에는 지장이 없는 법이고 집도 움막이 아니라 한 데서 기거한들 목숨 부지하는 데에 무슨 상관이 있겠습니까. 생명이 있는 것치고 먹지 않고 사는 것은 아무것도 없습니다. 식물이건 동물이건 먹는 입 모양이 다르고 방식이 조금씩 다를 뿐 집요하게 움켜쥐어 먹으려고 하는 의지는 모두 한가지입니다.

먹고도 굶어 죽는다는 말이 있습니다. 아무리 먹어도 먹어도 허기진 기갈을 채울 수 없다는 말입니다. 목구멍이 포도청이고, 사흘 굶어 담 넘지 않을 놈이 없고, 굶은 놈은 세 치 앞도 못 보는 법이고, 금강산도 식후경이요, 새남터에 나가도 먹어야만 하는 것이 목숨 부지하고 사는 일입니다. 그렇지 않습니까. 온 세상이 먹고 살기 위해 뜨더귀판을 만들고 피투성이 아귀다툼을 하고 있지 않습니까.

온통 입뿐이어서
웃음이 절로 나는 그놈을
저녁거리 삼아 배를 갈랐다
기분 나쁘게 미끈거리는
그 어둡고 답답한 내장 속에

당신은 이 시를 읽을 때 화자가 말하는 말씨, 즉 어조에 민감해야 합니다. 말씨는 화자의 태도를 미묘하게 반영하면서 의미를 결정합니다. 예를 들어, 좀 못생긴 아이를 보면서 허, 그놈 참 잘 생겼다고 말할 때 그 아이가 자기가 잘 생겼다는 말로 알아듣고 좋아한다면 어떻게 되겠습니까. 웃음거리지요. 이런 것을 반대로 말하는 방식, 즉 반어법이라고 하지 않습니까.

또 아주 푹푹 찌는 더운 날씨에, 날씨 한번 뜨듯하니 좋구나 하고 말한다면, 정말 날씨가 따뜻해서 좋다는 말은 아니지 않습니까. 이처럼 무엇을 과소하고 과장하는 말씨도 웃음을 자아냅니다. 시치미를 떼고 조롱조로 말하거나 냉소적으로 말할 때도 웃기기는 마찬가지인데 듣는 사람이 그 말씨를 제대로 감지하지 못하고 곧이곧대로 듣는다면 정말 웃기는 일이지요. 이와 같은 여러 가지 말씨를 쓰면서 말하는 대상을 일정한 비판적 거리를 두고 바라볼 때 우리는 그런 태도를 풍자적이라고 합니다.

이 시는 풍자적인 말씨를 쓰고 있으니 당신은 그 말씨에 속지 말아야 합니다. 풍자적인 말씨가 이 시 전체의 맛과 멋입니다. '온통 입뿐이어서 / 웃음이 절로 나는 그놈을' 저녁거리로 삼았습니다. 온통 입뿐이니 웃음이 절로 나는 것은 당연합니다. 그런데 한번 생각해 보십시오. 옛날에는 이 아구를 먹지 않았습니다. 어부들도 재수 없다고 버렸던 것입니다. 쥐치도 개불도 물메기도 먹지 않았습니다. 특별한 경우가 아니면 뱀도 개구리도 지렁이도 굼벵이도 먹지 않았습니다. 그런데 먹을 것이 넘치는 오늘날에 인간들은 오히려 먹거리가 모자란 듯이 마구마구 모조리 먹어 치우고 있습니다. 그런데 아구를 보고 절로 웃음이 난다고 말합니다. 입으로 치자면 인간이 아구의 입을 보고 웃을 일만은 아니라는 속뜻을 교묘히 숨기고 있는 표현입니다.

'그 어둡고 답답한 내장'을 지닌 아구가 먹으면 얼마나 먹겠습니까. 고래 같으면 내장 속도 그렇게 답답하지는 않겠지요. 작은 고기는 작은 내장을 가지고 있고 큰 고기는 큰 내장을 갖게 마련입니다.

아주 작고 이쁜 입을 가진
통통하게 살 오른 참조기 한 마리가
온전히 통째로 들어있지 않은가

아구의 뱃속에는 '작고 이쁜 입을 가진' 참조기 한 마리가 소화도 되지 않은 채 들어있습니다. '작고 이쁜 입을 가진' 참조기는 입도 작으니 아구보다 덜 먹을 것이고 내장은 더 답답할 것입니다. 그래도 그놈은 '통통하게 살 오른' 놈입니다. 이 말도 교묘하게 조롱이 섞여 있습니다. 그 작은 입으로 열심히 먹고 살이 쪄서 기껏 아구의 먹이가 되었다는 말인가 하는 냉소 띤 조롱이 숨어있습니다. 인간이 잡아먹기 위해 사육하는 개나 돼지를 보십시오. 그놈들은 먹이를 주면 한 입이라도 더 먹으려고 서로 밀치며 싸우고 야단입니다. 그렇게 분투한 끝에 통통하게 살이 오르면 인간의 밥상 위로 올라갑니다.

큰 입 작은 입 보글보글 함께 끓여서
오랜만에 째지게 맛있는 저녁을
아귀아귀 먹어치우기 시작한다

'큰 입 작은 입' 가리지 않고 함께 먹는 인간의 입에 대한 풍자적 묘사입니다. 이것이 비정한 먹이사슬 아닙니까. 생태계는 먹이사슬로 이루어져 있습니다. 먹이사슬의 최고 정점에 있는 것이 인간입니다. 아마 참조기도 '작은 입'으로 저보다 더 작은 것들을 맛있게 먹었을 것이고 아구는 '큰 입'으로 저보다 더 작은 것들을 맛있게 먹었을 것입니다. 그런데 인간은 그

'큰 입 작은 입'을 함께 끓여서 '째지게 맛있는 저녁을' 먹습니다. 그것도 '아귀아귀' 먹어치웁니다. '아귀아귀'는 의태어이지만 '아구'와 아귀餓鬼를 뜻하는 중의적 표현이기도 합니다. 이 과장된 말씨와 '아귀아귀'라는 언어 유희적 표현은 냉소적인 조롱을 머금고 있는 것입니다.

> 그러다가 문득
> 저 텅 빈 허공의
> 주린 뱃속을 둘러보면서
> 더없이 행복한 미소를 지어본다

'아귀아귀' 맛있는 저녁을 먹다가 허공의 '주린 뱃속을 둘러보면서' '행복한 미소를 지어본다'고 말하고 있습니다. 허공을 '주린 뱃속'으로 보고 있습니다. 당연한 얘기지요. 이 우주 안에 존재하는 것치고 저 허공 속으로 사라지지 않는 것은 아무것도 없지 않습니까. 활유법으로 표현된 이 살아 있는 거대한 허공이야말로 우주 생태계의 최정점에 있는 것이지요. 이 허공의 시원하고 광대한 내장 속에서 아직은 숨 쉬고 먹고 살아갈 수 있으니 '행복한 미소'를 지어볼 수 있지 않겠습니까. 그러나 이 말씨도 아주 자조적이고 반어적이어서 신랄하기조차 합니다.

> 모두가 공평하게
> 아주 서서히 소화되는 동안
> 이렇게 맛있는 것들을 즐기면서
> 아직 살찔 수 있다니
> 얼마나 다행한 일인가

허공의 내장 속에서 '모두가 공평하게' 소화되고 있는 것이니까 특별히

억울할 것까지야 없는 것이지요. 그리고 새남터, 즉 사형장으로 나가더라도 우선 먹어야 하니까 '아직 살찔 수 있다니 / 얼마나 다행한 일'입니까. '통통하게 살 오른 참조기'가 되어, 살진 돼지가 되어 결국 허공의 맛있는 먹이가 되더라도 말입니다. 당신은 이 능청을 떠는 말씨에서 묻어나는 쓰디쓴 웃음을 감지해야 합니다. 비극을 희극적으로 표현하면 웃을 수도 없고 울 수도 없고 쓴웃음만 나오는 법이지요. 이것이 우리네 삶의 모습 아닙니까.

모든 생명이 입으로 유지됩니다. 그래서 사람의 숫자도 인구, 즉 사람의 입으로 표현되고 한솥밥을 먹는 사람들도 먹는 입, 즉 식구라고 하지 않습니까. 그런데 이 모든 입이 결국 허공의 입을 위한 것이라니 기가 찰 노릇입니다. 너무 코앞만 보면서 먹고 사는 동안은 삶의 세계가 얼마나 겹겹의 모순을 드러내고 있는지 알 수 없습니다. 이 시는 입을 중심으로 그것을 보여주고 있습니다.

이빨

아주 작은 한 사내가
초겨울의 땅거미를 밟고
감옥소의 철문을 나온다
언제나 그랬듯이
외진 가로수 밑으로 걸어가
아주 작게 웅크리고 앉아서
그보다 더 작은 어머니가 내놓은
두부를 말없이 먹는다
거듭되는 징역살이에
몸은 이미 거덜 난 지 오래지만
아직도 튼튼한 이빨 하나로
겨우 버티고 있는 그가
이빨은 소용없으니 세우지 말라고
조용조용히 일러주는
물렁물렁한 두부를
고개 수그리고 묵묵히 먹는다
지상의 촘촘한 그물코에 갈앉은
초겨울의 어둠 속
이윽고 달무리처럼
그의 이빨만 하얗게 남는다.

－『썩지 않는 슬픔』

☞ 작품 『아구』에서 보았듯이 모든 생명의 운동은 먹는 것으로부터 시작됩니다. 먹어서 자기 존재를 지속시키고 보다 크게 확장하려고 하는 것이 생명의 기본적인 운동입니다. 살아있는 것들은 모두 이 존재의 지속과 확장이라는 삶의 의지를 가지고 있습니다. 어느 철학자가 말했듯이 이 세계는 어쩌면 살고자 하는 집요한 그 의지 자체인지도 모릅니다.

그런데 당신도 잘 알다시피 주어진 현실에서 먹이를 얻는 일이 그렇게 쉬운 일입니까. 먹이를 움켜쥐기 위한 개인과 집단의 의지들이 서로 부딪치며 비정한 무한투쟁을 하는 것이 현실입니다. 그래서 사람들이 모듬살이를 하는 우리 사회는 언제나 사회적 강자와 약자가 있기 마련입니다.

의지라는 것은 그 속성이 끈질기고, 무한하게 자기 확장만을 일삼는 것이기 때문에 강자는 먹어도 먹어도 배가 고파 약자들의 먹이마저 무자비하게 먹어 치웁니다. 먹이는 물질적인 것 자체만이 아닙니다. 부와 권력과 명예와 온갖 가치가 먹이가 되고 심지어 사랑마저 먹이가 됩니다. 모든 것이 먹이가 되고 소유됩니다. 도덕과 법과 제도와 여러 종교적 가르침마저 그 원래의 목적과는 달리 마침내 강자들의 약육강식을 위한 교묘한 장치가 되고 소유물로 변질되기까지 합니다.

유전무죄요 무전유죄라는 말이 있지 않습니까. 또 개가 개를 먹는 개 같은 세상이라는 말도 있지 않습니까. 이렇게 비정하고 살벌한 세상에서 어떻게 옴치도 뛰지도 못하고 겨우 목숨만 부지하고 있는 약자들이 있습니다. 너무 미약해서 눈에 잘 띄지도 않고 그래서 사람들이 대부분 잊고 사는 그들의 모습은 어떤 것일까요.

나는 이 「이빨」이라는 시에서 사회의 그늘에 가려 잘 보이지 않는 그 약자의 한 모습을 그려보고자 했습니다. 화자를 내세워 주관적인 감정 표현이나 해석을 섣불리 하지 않고 냉정하고 객관적으로 슬프디슬픈 풍경화를 그리고자 했습니다.

아주 작은 한 사내가
초겨울의 땅거미를 밟고
감옥소의 철문을 나온다

초겨울의 으스스한 저녁입니다. 대개 감옥소에서 만기 수형자를 출소시킬 때는 어둑어둑한 저녁에 내보냅니다. 사람들의 눈에 띄지 않도록 베푸는 최소한의 인간적 예의요 배려겠지요. 그 사내가 무슨 죄를 짓고 징역살이를 했는지는 알 수 없지만, '아주 작은 한 사내'라고 표현한 것으로 보아 무슨 끔찍한 큰일을 저지른 사람은 아닐 것이라는 짐작이 듭니다.

언제나 그랬듯이
외진 가로수 밑으로 걸어가
아주 작게 웅크리고 앉아서
그보다 더 작은 어머니가 내놓은
두부를 말없이 먹는다

그 작은 사내가 감옥소의 철문을 나와 어머니가 기다리고 있는 가로수 밑으로 걸어갑니다. 그런데 '언제나 그랬듯이'라고 표현한 것으로 보아 그 사내는 자주 징역살이를 했던 것임이 틀림없고, 출소할 때마다 매번 똑같이 가로수 밑에 웅크리고 앉아서 아들을 기다리고 있는 어머니를 만나곤 했던 것이 분명합니다.

당신은 이 장면에서 사내보다 '더 작은 어머니'가 쭈그리고 앉아서 아들을 기다리고 있으며, 아들과 만나는 장소도 '외진 가로수 밑'이라는 점을 의미심장하게 주목해야 합니다. 그리고 그들이 만나서 한마디 말도 건네는 일 없이 그저 어머니는 묵묵히 두부를 내놓고, 아들은 또 '아주 작게 웅크리고 앉아서' 그저 '두부를 말없이 먹'고 있는 정경을 눈여겨보아야 합니다.

여기서 아들이나 어머니가 모두 왜소한 모습이라고 반복적으로 강조하고 있고 말이 없음을 내비치는 까닭은 무엇을 암시하고자 하는 것일까요. 이는 그들의 체구가 다른 사람들에 비해 작다는 사실을 넘어 그들의 삶이 여유롭지 못하고 겨우 목숨이나 부지하고 있을 정도로 극심하게 곤핍한 형편임을 말하고자 하는 것입니다. 그리고 그들은 그와 같은 극심한 삶의 형편을 이미 체념으로 받아들인 지 오래여서 새삼 거기에 대해 말할 힘조차 없음을 암시하고자 하는 것입니다.

그들은 아주 작고 미약해서 눈에 잘 띄지 않습니다. 그리고 있는 듯 없는 듯 '외진 가로수 밑'과 같은 사회의 그늘에서 겨우 명맥을 유지하고 있습니다. 삶의 운동이 기본적으로 자기 존재의 지속과 확장이라고 볼 때 그들은 확장은커녕 간신히 목숨 하나 이어가는 것도 힘든 지경이라는 것을 알 수 있습니다. 보다 넓은 공간을 필요로 하는 확장운동은 사회적 강자들의 몫이 되어버렸습니다. 만약 약자인 그들이 조금이라도 자기 확장을 꾀하다가는 자칫 강자들이 숨겨놓은 수많은 덫, 즉 돈과 권력과 명예 등의 힘, 그리고 그 힘에 동조하기 쉬운 온갖 법과 규칙과 질서 등 괴상한 명분에 치여 피를 흘리기에 십상입니다.

살고자 하는 의지의 무한 투쟁이 벌어지는 이와 같은 무자비한 현실에서 그렇다면 약자들은 어떻게 될까요. 불가불 그들은 덫에 치이지 않기 위하여 외부를 향한 확장이 아니라 오히려 내부를 향한 응축의 방향으로 몸을 틀 수밖에 없습니다. 그래서 그들은 목숨을 부지하는 최소한의 공간으로 축소되어 아주 작아질 수밖에 없고 있는 듯 없는 듯 말이 없어집니다. 이것이 사회적으로 아주 미약한 그들 개인 개인이 지닌 삶의 내면적 자세입니다.

아직도 튼튼한 이빨 하나로

–중략–
물렁물렁한 두부를
고개 수그리고 묵묵히 먹는다

　사내는 '거듭되는 징역살이에' 몸은 이미 거덜 났지만 아직 '튼튼한 이빨' 하나가 남아있습니다. 최소한의 공간으로 응축되면 외부의 부피가 축소되면서 내부의 밀도는 강밀해지기 마련입니다. 그 강밀해진 공간에 남아있는 것이 바로 단단하게 강밀해진 '튼튼한 이빨'입니다. 즉 최후에 남아있는 삶의 의지 그 자체의 표상인 것입니다. 그러니까 이것은 무엇을 먹기 위한 공격적 무기라기보다 마지막 생명 자체를 보존하려는 자기방어의 본능적 의지 그 자체에 가까운 것입니다.

　당신은 혹시 자신의 피를 뽑아 팔기 위해 병원 앞에 줄지어 서 있는 작고 헐벗은 사람들을 본 일이 있습니까. 그들은 피를 팔아 겨우 자신의 먹이를 얻는 사람들입니다. 그야말로 서글픈 일이지만 완전무결한 자급자족이 아닐 수 없습니다. 이들의 축소된 내면공간에도 어김없이 그 '이빨'은 소리 없이 빛을 뿌리고 있겠지요.

　그런데 사내는 그 '이빨'로 '물렁물렁한 두부를' 묵묵히 먹고 있습니다. 징역을 살고 나오면 가족이나 친지들이 으레 두부를 먹이는 풍속이 있습니다. 악착같이 그 '이빨'을 드러내지 말고 두부처럼 물렁물렁하게 살면서 사회적 순응을 하라는 뜻이겠지요.

　그러나 그 작은 사내한테 그런 권고는 어쩌면 잔인하기조차 한 것입니다. 왜냐하면 보아하니 그 사내는 기껏해야 이른바 생계형 잡범임이 틀림없고, 사회적 순응이 싫어서가 아니라 그것조차 정상적으로 할 수 없는 상황이어서 축소된 공간의 '이빨' 하나로 겨우 버티고 있음이 분명해 보이기 때문입니다. 생명 보존을 위한 그 마지막 '이빨'마저 드러내지 말라고 한다면 그를 보고 죽으라고 말하는 것에 다름 아니기 때문입니다.

지상의 촘촘한 그물코에 갈앉은
초겨울의 어둠 속
이윽고 달무리처럼
그의 이빨만 하얗게 남는다.

우리가 살고 있는 이 지상은 삶의 의지와 그 의지의 온갖 위장된 변형들이 무한투쟁을 하는 종식되지 않는 싸움터입니다. 그 싸움을 공평하게 하고 모듬살이가 순조롭고 온전하게 되게 하려고 수많은 법과 규약과 사회적 질서의 틀을 만들었습니다. 그러나 무한대로 확장하려는 막강한 의지의 힘들이 이러한 질서의 틀을 오히려 교묘하게 이용하고 소유하게 되면서, 현실은 더욱 치열한 투쟁의 장이 되고 온갖 비리와 모순과 부조리가 난마처럼 얽히게 되었습니다. 비유적으로 말하자면 이제 지상은 일견 평화로운, 그러나 수많은 덫들이 은폐된 비무장지대가 된 것입니다.

이 지상의 수많은 덫들이 바로 '지상의 촘촘한 그물코'입니다. 아무것도 무장할 수 없는 사회적 약자들은 이 촘촘한 그물코에 걸려 포획되기에 십상입니다. 그러니 감옥을 출소한 그 사내는 결국 보이지 않는 무서운 그물 속으로 다시 들어온 것에 불과합니다. 그래서 그 사내가 생명을 보존하는 최후의 수단은 감옥에서 그물 속으로 다시 그물 속에서 감옥으로 순환운동을 하는 일밖에 없을지도 모르겠습니다.

이윽고 '지상의 촘촘한 그물코에 갈앉은 / 초겨울의 어둠 속'에 마치 '달무리'처럼 '그의 이빨만 하얗게' 남습니다. 그의 '이빨'만 남았다는 표현은 무엇을 환기합니까. 그렇습니다. 인간적 생명의 확장운동이 아니라 생물의 공통적이고 본능적인 생명 보존의지 그 자체만 남았다는 뜻입니다. 여기서 인간은 사라지고 맙니다.

초겨울의 어둠 속에 달무리처럼 흐릿하게 떠 있는 '이빨'.

당신은 이런 이빨을 본 일이 있습니까.

이것이 으스스한 우리네 삶의 한 모습입니다.

참으로 처연하기 이를 데 없는 풍경입니다.

현장

쇠죽 끓듯 하는 출근길
여자 하나가 방금 치인 듯
마치 목 비틀린 풍뎅이처럼
사지를 따로따로 바둥거리며
피칠갑을 하고 길을 쓴다
그 여자가 다칠까 보아
차량들이 조심조심 우회하고
행인들은 재수 없는 날이라고
너그럽게 자신의 일진을 탓하며
고이 비켜 간다
두어 시간 뒤
다행히 순찰차로 병원에 옮겨져
의사가 자세히 보는 앞에서
여자는 안심하고 죽는다
한 시간만 일렀다면 살 수 있었다고
의사는 전문가답게 말한다
그러나
한 시간을 당기고 늘이는 일은
인력으로 못하는 일이다.

— 『썩지 않는 슬픔』

☞ 현장이란 사건이 일어나는 곳, 사건의 알몸이 드러나는 곳입니다. 현장을 벗어나면 사건의 알몸은 적당히 옷이 입혀지고 분식 되기 마련입니다. 훗날에 일어난 사건을 기록한 역사는 그러니까 온전히 믿을 만한 것이 못 됩니다. 심지어 현장에 참여했던 사람도 현장을 벗어나면 자신의 입장과 주어진 정황에 따라 부지불식간에 사건을 왜곡하게 됩니다.

세상은 온갖 사건이 여기저기서 일어나는 곳이고 온갖 사건을 여기저기서 겪는 과정이 바로 삶입니다. 요즈음 유행하는 말로 하면 세상은 시뮬라크르, 즉 불변의 본질이 아니라 물거품처럼 일어났다 사라지는 사건들의 현장인 것입니다. 사건들은 우리들의 망막에 비행운처럼 나타났다가 왜곡된 잔상을 남기며 흔적 없이 사라집니다.

그런데 오늘날의 사건들은 천재지변이 아니면 사람들 이해관계의 대소, 완급, 강약에 촉발되어 일어나는 인재가 대부분입니다. 그러니까 사건의 핵심적 동력은 언제나 내게 이익이 되느냐 해가 되느냐 하는 이해관계인 것입니다. 그리고 그 이기적 이해타산의 중심에는 화폐가 있습니다. 모든 가치는 화폐의 단위로 환원됩니다. 사람의 목숨도 사랑도 쉽게 거래할 수 있는 화폐의 단위로 치환되고 맙니다. 자본주의 시대에 사람들은 이 화폐의 마술을 편리한 세상이라고 착각하고 있는 듯합니다.

당신도 그렇게 생각하십니까. 편리한 세상, 즉 내게 편하고 이익이 될 수 있는 세상이라는 환상을 갖고 있습니까. 여기서 얘기하고자 하는 「현장」이라는 시는, 우리가 평소에 옷으로 알몸을 가리고 교양 있는 말씨로 세상은 살만한 것이라고 젊잖게 말을 하지만 실제로는 전혀 딴판이라는 것을 까발리고자 한 것입니다. 현장을 벗어나면 모든 것은 왜곡됩니다. 현장의 알몸 속에서 우리들이 얼마나 참담하게 이기적이며 잘못된 편리함에 오염되어 있는지 이 시는 그것을 간략히 스케치하고 있습니다.

그러니까 이 시는 세태를 풍자하고 시속을 냉소하고 있습니다. 당신은 세태를 비꼬고 빈정대며 쓴웃음을 짓게 하는 풍자적인 말씨를 잘 가려서 들어야 합니다. 풍자시는 시인과 독자가 벌이는 일종의 지적 게임과 같은 것입니다. 만일 화자의 말을 곧이곧대로 듣는다면 당신은 이 지적 게임에서 패자가 되고 그야말로 당신 자신이 이 시의 풍자성을 마지막으로 완성해주는 우스운 꼴이 되고 맙니다.

도심의 '쇠죽 끓듯 하는 출근길'에 한 여자가 차에 치였습니다. 소를 먹이는 쇠여물을 가마솥에 끓여서 만든 것이 쇠죽입니다. 볏짚, 콩깍지와 콩, 마른 풀, 허접스런 곡물 등 이것저것을 잡탕으로 욱여넣고 끓이게 되면 뒤섞인 그것들이 일시에 물거품을 피우며 부산하고 소란스럽게 요동을 칩니다. 도심의 출근길은 수많은 사람들과 그 사람들의 각기 다른 목적지와 사정으로 쇠죽가마처럼 들끓고 있는데 거기 한 여자가 치여 뒤죽박죽같이 끓고 있습니다.

> 마치 목 비틀린 풍뎅이처럼
> 사지를 따로따로 바둥거리며
> 피칠갑을 하고 길을 쓴다

목숨이 경각에 달린 사람을 두고 묘사하는 말투가 마치 무슨 벌레의 꿈틀거림을 구경하는 것인 양 비정하기 짝이 없습니다. 당신도 짐작하겠지만 이것은 비정한 세태의 시점을 반영한 것입니다. 곧 나와는 상관없는 사건에 대한 오늘날 시속 인심의 심리적 거리가 과장된 것이지요. 혹시 당신도 딱정벌레의 하나인 풍뎅이를 가지고 어렸을 때 놀아본 경험이 있습니까. 풍뎅이를 잡아 목을 비틀어 뒤집어 놓으면 이놈은 방향을 가누지 못해서 날지를 못하고 마냥 날개로 땅바닥을 쓸며 제자리를 빙빙 돕니다. 그 모양이 아이들에게는 재미있는 구경거리입니다.

차에 치인 여자가 '사지를 따로따로 바둥거리며' 길을 쓰는 모습은 참

혹하지만, 풍뎅이의 그것과 겹쳐지면서 심리적 거리를 두고 있는 사람들의 심상한 구경거리가 됩니다. 아이들이 땅바닥을 쓸고 있는 풍뎅이 옆을 손바닥으로 두드리며, 풍뎅아 풍뎅아 길을 쓸어라 임금님 나가시게 길을 쓸어라, 하고 부르는 노래와 같이 그 여자는 사경 속에서 길을 쓸고 있습니다. 실상 이제 사람들은 모두가 저마다 자기중심적인 임금님이 되어있으니까 '피칠갑을 하고 길을 쓰'는 모습은 처참하지만 잔혹한 현실의 세태와 비극적으로 맞아 떨어지는 것으로 보입니다.

> 그 여자가 다칠까 보아
> 차량들이 조심조심 우회하고
> 행인들은 재수 없는 날이라고
> 너그럽게 자신의 일진을 탓하며
> 고이 비켜 간다

　과연 예상한 대로 사람들은 모두 이기적인 임금님이 되어 쓸어놓은 길을 '고이 비켜' 갑니다. 차량들은 '그 여자가 다칠까 보아' 자비심을 베풀어 조심하면서 우회해 지나갑니다. 정말 그럴까요. 또 행인들은 하나같이 그 사건에 불만을 표시하기보다, '재수 없는 날이라고' 자신의 그날 운수, 즉 '일진'을 탓하는 아주 너그러운 태도를 보이면서 애써 못 본 척 바삐 지나갑니다. 과연 행인들은 그렇게 매사에 자기의 탓이라고 여기면서 남한테 너그러울까요.

> 두어 시간 뒤
> 다행히 순찰차로 병원에 옮겨져
> 의사가 자세히 보는 앞에서
> 여자는 안심하고 죽는다

빛의 속도보다 더 빠르고 바쁘게 움직이는 세상에, 아주 '다행히' 두어 시간 뒤 여유 있게 도착한 순찰차로 부상자는 병원으로 옮겨집니다. 물론 여기서 '다행히'라는 표현은 반어법입니다. 그리고 응급처치를 하기 전에 의사는 우선 사태를 파악하기 위해서 경찰이나 목격자들에게 사건의 경위를 청취하고 환자를 이모저모 자세히 관찰합니다. 목숨이 경각에 달린 그 여자는 비로소 의사의 손길에 맡겨진 것에 안도합니다. 아니, 신랄한 풍자적 말투로 '안심하고' 죽습니다.

    한 시간만 일렀다면 살 수 있었다고
    의사는 전문가답게 말한다

한 시간만 빨리 손을 썼더라면 그 여자는 살 수 있었다고 의사는 말합니다. 그것도 아주 전문가답게 말합니다. 그렇습니다. 모든 전문가는 대개 이와 같습니다. 예컨대, 수많은 사상자를 낸 그 건물의 붕괴는 구조의 역학적 계산이 잘못된 데다가 지반공사가 부실했던 탓이라고 말하는 것과 비슷한 것입니다. 맞는 말입니다. 그러나 그러한 분석적 지식이 당장 실제의 상황을 개선하는 데는 거의 쓸모가 없는 것입니다. 실재와 지식은 어긋나 있고 동떨어져 있습니다. 마치 태어나지 않았더라면 그렇게 죽지는 않았을 것이라고 말하는 것과 그것은 크게 다르지 않습니다.

    한 시간을 당기고 늘이는 일은
    인력으로 못하는 일이다.

화자가 마지막으로 아주 근엄하고 권위 있는 말씨로 최종적인 진단을 내립니다. 시간이란 것은 인간의 힘으로는 어쩔 수 없는 것이라고 말이지요. 그러니까 시간은 우주의 자연법칙일 뿐이고 신의 영역에 속한 것이므로 인간의 책임 밖의 문제라는 것이지요. 당신은 어떻게 생각하십니까. 과연 그렇습니까.

화자는 여기서 짐짓 근엄한 말씨로 세태를 통째로 조소하고 있다는 것을 알아야 합니다. 반어법이지요. 얼마든지 인간의 힘으로 시간을 조종할 수 있다는 뜻입니다. 여기서 말하는 시간은 인간의 힘 밖에 있는 물리적 시간이 아니라 인간적 시간을 말하는 것입니다. 다시 말하면 차량들이 그냥 비켜가지 않고 그 위급한 부상자를 병원으로 옮기거나, 행인 중 한 사람이라도 차를 잡아 부상자를 옮기거나, 하다못해 누군가 재빠르게 경찰 구급차를 부른다거나 했다면 그 위급한 부상자를 충분히 살릴 수 있었을 것입니다.

화자가 최종적으로 진단하는 말씨는 인력으로 얼마든지 가능한 인간적 시간이 불가항력의 범위로 벗어날 수밖에 없는 오늘날의 한심한 세태를 신랄하게 조소하고 통탄해 하고 있는 것입니다. 당신은 이 부분을 어떻게 읽었습니까. 어느 문예지에 실린 글을 보니, 화자의 이 마지막 말을 곧이 곧대로 해석하면서 이 시를 분석하고 해설하는 문학평론가가 있었습니다. 이 시 전체가 거듭거듭 풍자적인 어조로 전개되고 있다는 사실을 그만 끝에서 놓쳐버리고 만 까닭입니다.

화폐가 마술을 부리는 이 편리한 세상.
모두가 임금님이라고 주장하고 착각하는 사람들.
모두가 임금님이면 아무도 임금님이 아니고, 모두가 이기적이면 나도 남도 결코 이롭게 될 수 없습니다.

미루나무

그대가 그리우면
나는 때로 먼 하늘을 바라본다
거기 아슬한 하늘 깊숙이
빈 둥지를 안고 홀로 서 있는
그림자 여윈 미루나무 한 그루

마른 삭정이와 바람으로
겨우 성글게 얽은 둥지 하나
그대가 하냥 그리울 때면
저 여윈 키의 높이
그 빈 가슴 성긴 틈새로
말없이 먼 하늘을 바라본다.

– 『썩지 않는 슬픔』

☞ 강가에 서면 시름없이 생각에 잠기게 됩니다. 흘러가는 강물 때문일까요. 어디론가 끝없이 여울지며 쉼 없이 흘러가는 강물을 하염없이 바라보고 있노라면 지나가 버린 옛일들이 사무쳐옵니다. 흔적 없이 사라져버린 다시는 돌이킬 수 없는 것들. 가슴 저리게 보고 싶은 얼굴, 그리운 사람.

모두 다 흘러가버린 강가에 우두커니 홀로 서서 문득 먼 하늘을 바라봅니다. 거기 키가 큰 한 그루 미루나무도 먼 하늘을 바라보고 있습니다.

그대가 그리우면
나는 때로 먼 하늘을 바라본다

그리운 것들은 언제나 멀리 떨어져 있습니다. 시간적으로나 공간적으로나 손에 닿을 수 없는 먼 거리에서 그것들은 안타까이 손짓하고 있습니다. 그 손짓을 따라 우리들은 아스라이 먼 하늘을 바라보게 됩니다. 푸른 하늘은 아득히 멀고 멀 뿐 아무것도 없습니다. 그냥 텅 빈 허공입니다. 그 손짓이 허공을 가리키고 그 손짓을 따라 우리의 눈길이 닿으면서 비로소 진짜 허공의 실상이 드러나는 듯합니다.

거기 아슬한 하늘 깊숙이
빈 둥지를 안고 홀로 서 있는
그림자 여윈 미루나무 한 그루

자취도 없이 사라져버린 것들은 뒤에 푸른 허공을 남깁니다. 그 푸른 허공 속에 '빈 둥지를 안고' 있는 여위고 키가 큰 미루나무가 홀로 서 있습니다. 미루나무도 먼 하늘을 바라보고 있습니다. 한때는 그 둥지 안에 온기를 함께 나누던 것들이 서로 볼 부비며 살았을 것입니다. 그러나 지금은 모든 것이 사라진 옛일일 뿐입니다.

빈 가슴, 즉 '빈 둥지'를 안고 홀로 남아서 미루나무는 사라진 그 사랑을 안타까이 발돋움하며 발돋움하며 한사코 그리워하고 있습니다. 그 그리움의 안타까운 발돋움이 미루나무를 여위게 하고 '하늘 깊숙이' 목을 빼어 바라볼 수 있도록 키를 자라게 했습니다. 그리움에 애가 닳은 그 모습은 '그림자 여윈' 모습, 즉 언제 가뭇없이 스러질지도 모를 그림자에 가까운 것입니다.

　　마른 삭정이와 바람으로
　　겨우 성글게 얽은 둥지 하나

　둥지는 '마른 삭정이와 바람으로' 아주 성글게 얽은 것입니다. 마른 삭정이로 성글게 얽은 틈새로 바람이 무시로 드나들며 함께하니, 마치 바람이 드나드는 그 빈 곳과 바람에 삭정이를 겨우 기대어 얽어 놓은 듯하여, '삭정이와 바람'으로 얽은 둥지일 수밖에 없습니다.
　그 빈 둥지, 그 빈 가슴은 늘 바람과 함께하니 얼마나 쓸쓸하고 시린 것일까요.

　　그대가 하냥 그리울 때면
　　저 여윈 키의 높이
　　그 빈 가슴 성긴 틈새로
　　말없이 먼 하늘을 바라본다.

　이제 여기서 '저 여윈 키의 높이'에 있는 '빈 둥지'는 기실 바로 화자의 '빈 가슴'이었던 것을 알 수 있습니다. 화자는 처음부터 미루나무를 자기와 동일시했던 것입니다. 다시 말하면 감정이입을 통해서 그 여위고 키가 큰 미루나무를 자기와 동일시하고 자기의 처지와 정서를 표현하는 정서적 등

가물로 여겼던 것입니다.

'그대가 하냥 그리울 때면' '그 빈 가슴 성긴 틈새로' 먼 하늘을 바라볼 뿐입니다.

말없이 하염없이 바라볼 뿐입니다.

그래서 그리움은 못내 가슴을 시리게 합니다.

무지개

흔들리는 그네에 앉아서 보면
먼 산이 가까워지고
가까운 산이 멀어진다
바다가 산이 되고 산이 바다가 된다

흔들리는 그네에 앉아서 보면
이 마을과 저 마을이 하나가 되고
양달과 응달이 하나가 된다
그네는 흔들리면서
이쪽과 저쪽을 지우고
그네에 앉아 있는 그대마저 지우고
마침내 이 세상에
빈 그네 제 그림자만 홀로 남는다

흔들리는 사이
그 빈자리
하늘빛처럼 오래오래
산새 알 물새 알은 반짝이고
풀꽃들은 피고 지리라

눈부신 싸움
허공에 그어지는 저 포물선
아름다운 무지개는
영원히 그렇게 뜨고 지리라.

– 「썩지 않는 슬픔」

☞ 내가 이『무지개』를 쓴 것은 내 나이 40대 중턱을 막 넘어섰을 때인 것 같습니다. 문단에 나온 지 스물세 해만에 첫 시집을 내게 되었는데 이 시는 바로 그 무렵에 썼던 것으로 기억됩니다. 이미 그 나이라면 신산한 세상의 쓴맛 단맛을 어지간히 겪고 난 뒤가 아니겠습니까.

그래서 그런지 이 시는 이전의 시에서 보이던, 시를 얽어 짜는 치밀한 직조의 힘과 집중의 열도가 많이 떨어진 것 같습니다. 그 대신 체념이 어린 조용한 달관의 목소리가 자리 잡고 있습니다. 돌아보니 짧지만은 않은 내 시력에서 이 시가 하나의 전환점을 이루고 있지 않나 하는 생각이 듭니다.

다시 말하면 사회 역사적 지평에 발을 딛고 있던 사유와 상상력이 현상 너머 형이상의 세계로 점차 기울어지고 있지 않나 하는 것입니다. 시를 읽으면서 느꼈는지 모르겠습니다만 시의 말씨는 한결 부드러워지고 평이해지고 여유가 있습니다. 그러나 표현의 날카로움 대신 평범한 말의 그늘이 거느린 웅숭깊은 울림이 예전의 그것과는 좀 다르게 느껴집니다.

무지개는 어렸을 때나 어른이 된 지금이나 언제 보아도 참으로 신비스럽고 아름답습니다. 어느 시인이 "무지개 볼 때마다 내 가슴은 뛰노라" 하고 노래한 것처럼 옛날이나 지금이나 그것은 사람들을 망연히 꿈꾸게 합니다. 전설이나 동화에서 무지개를 찾으러 떠나는 사람들의 이야기를 당신도 한 번쯤은 보았을 것입니다.

빈 하늘 어디쯤 홀연히 나타나는 저 둥그런 반원의 아름다운 무지개는 도대체 무엇일까요. 저것은 우리에게 무엇을 알려주는 현상일까요. 나는 지금 당신에게 무지개는 대기 중에 떠 있는 물방울에 햇빛이 굴절 반사되어 나타나는 현상임을 아느냐고 묻는 것이 아닙니다. 바깥쪽으로부터 빨강, 주황, 노랑, 초록, 파랑, 남, 보라 등 일곱 가지의 색깔로 되어있다는 사실을 아느냐고 묻는 것이 아닙니다. 있는 것처럼 보이지만 실은 없는 것일 뿐이라는 사실을 아느냐고 묻는 것이 아닙니다. 그러한 사실은 아주 단순한 지식일 뿐입니다.

지식은 또다시 지식을 요구합니다. 우선 무지개를 만드는 물은 또 무엇이냐고 물을 것입니다. 물은 수소 두 개와 산소 하나가 결합한 물질이라고 대답합니다. 그러면 또 수소는 무엇이냐고 묻습니다. 수소는 원자번호가 1번이고 원자핵과 몇 개의 전자로 이루어져 있다고 말합니다. 그러면 또 원자핵은 무엇이냐고 묻습니다. 원자핵은 양성자와 중성자 두 개의 입자로 이루어져 있다고 말합니다. 이렇게 지식은 우리를 지치게 합니다. 지식은 이 사실을 저 사실로 교체하면서 끝없는 동어반복을 하고 있습니다.

무지개는 우리에게 무엇을 알려주는 현상일까요. 이 세계의 삼라만상이 어떤 의미를 암시하는 상징이라고 누군가 말했습니다. 그래서 그 상징적 의미를 직관하고 표현하는 사람이 바로 시인이라는 것입니다. 그러니까 이 경우 시인은 암호 해독자와 같은 것이지요. 맞는 말입니다. 하나의 현상, 하나의 사물에 대한 끝없는 동어반복적 지식이 아니라 그것이 암시적으로 가리키는 상징적 의미를 직관할 수 있어야 합니다. 그러한 상징적 의미의 무지개는 어떻게 이루어지고 우리에게 무엇을 알려주는 것일까요.

> 흔들리는 그네에 앉아서 보면
> 먼 산이 가까워지고
> 가까운 산이 멀어진다
> 바다가 산이 되고 산이 바다가 된다

실제로 밧줄을 나무에 매어 놓은 그네를 타고 보면 '먼 산'이 가까워지고 '가까운 산'이 멀어집니다. 그네는 이쪽 끝과 저쪽 끝 양극 지점을 반원을 그리며 반복 순환합니다. 반복과 순환은 결국 같은 것입니다. 그네의 반복적인 순환의 진자운동이 먼 산과 가까운 산을 만듭니다. 반복되는 진자운동의 조건과 관점에 따라서 이것과 저것이 생겨납니다. 이것과 저것의 차이와 분별이 생겨납니다.

벌써 당신은 여기서 '그네'가 하나의 상징적 의미로 작동되고 있다는 것을 알았을 것입니다. 그렇습니다. 여기서 그네는 다의적인 상징입니다. 그네의 반복운동은 무엇보다 자연의 반복적인 순환운동을 떠올리게 합니다. 밤과 낮이, 사계절이, 생물들의 호흡과 맥박과 신진대사가 부단히 순환운동을 하고 있습니다. 순환운동이 그리는 궤적 안에서 쉼 없이 만물이 생성되고 있습니다. 자연은 그 순환운동으로 생생불식, 즉 쉬지 않고 만물을 생성해 내고 있는 것입니다.

지구가 태양을 중심으로 순환하고 태양이 은하계의 중심을 순환하고 은하계가 초은하계를 순환하는 천체의 운동이 멈추지 않는 한 자연의 반복운동은 지속될 것입니다. 그래서 그 반복운동은 결국 '바다가 산이 되고 산이 바다가' 되는 일을 멈추지 않을 것입니다.

> 흔들리는 그네에 앉아서 보면
> 이 마을과 저 마을이 하나가 되고
> 양달과 응달이 하나가 된다

그네의 진자운동, 즉 자연의 반복운동이 '바다가 산이 되고 산이 바다가' 되게 한다면, '이 마을과 저 마을', '양달과 응달'이 하나가 될 수밖에 없습니다. 결국 진자운동의 조건과 관점에 따라 이것과 저것이 생겨나고 이것과 저것의 차이와 분별이 동시에 생겨나는 것입니다. 이 말은 자못 의미심장합니다.

이것을 바다에 한번 비유해 볼까요. 바다는 밀물과 썰물의, 즉 간만의 반복운동을 하면서 천파만파 물결을 만듭니다. 그런데 이 물결과 저 물결은 분명히 차이가 있고 분별이 됩니다. 그러나 그 물결들은 결국 하나의 물일 뿐입니다. 그러니 이 물결과 저 물결은 다르면서 같다고 할 수밖에 없습니다. 그렇지 않습니까. 나와 당신이 겪는 생로병사가, 생명유지의 대사활동이 다르면서도 같은 반복운동 아니겠습니까.

> 그네는 흔들리면서
> 이쪽과 저쪽을 지우고
> 그네에 앉아 있는 그대마저 지우고
> 마침내 이 세상에
> 빈 그네 제 그림자만 홀로 남는다

　자연의 순환운동이 쉼 없이 만물을 생성합니다. 그런데 역설적이지만 생성은 반드시 소멸과 함께 갑니다. 생겨나서 없어지지 않는 것은 아무것도 없습니다. 처음이 있으면 끝이 있고 봉우리가 있으면 골짜기가 있습니다. 너와 내가, 선과 악이, 대소장단이, 승리와 패배가 반드시 있습니다. 그러니 '그네는 흔들리면서' '이쪽과 저쪽'을, 그리고 '그대마저' 필연적으로 지울 수밖에 없는 것입니다.

　존재, 즉 있음은 무無, 즉 없음의 외면이고 무는 존재의 내면입니다. 이어진 하나의 끈의 이쪽 끝은 외면인 존재이고 저쪽 끝은 내면인 무입니다. 그네는 바로 이쪽 끝과 저쪽 끝 사이를 반복운동하면서 만물을 생성하고 소멸시키며, 이 세계의 모든 대립적 분별을 만들어 잠시도 쉬지 않고 부딪치며 생멸하도록 합니다.

　당신은 어떻게 생각하십니까. 그네의 진자운동이 만들어 낸 것들은 가만히 따지고 보면 있으면 있는 것으로 보이지만 없으면 분명히 없는 것, 즉 허깨비와 같은 것 아니겠습니까. 다시 바다의 비유를 들자면, 물결은 존재로 보이지만 실재는 물뿐이고, 물이란 존재는 실상 무가 외면으로 나타난 것에 불과하니 그것조차 허상이 아니겠습니까.

그러니 이 허상이나 다름없는 존재와 무의 숨바꼭질을 지워버린다면 무엇이 남습니까. 진자운동을 하는 그네만 남습니다. 그러나 우리는 그네의 실체가 무엇인지 알 수가 없습니다. 그래서 알 수 없는 그네의 '그림자만 홀로' 남는다고 할 수밖에 없습니다. 그리고 그네의 그림자는 존재가 아니라 반복운동의 궤적에 불과한 것입니다.

저 그네는 도대체 무엇일까요. 천체의 운동 또는 자연의 그것입니까. 그 대답은 동어반복이나 다름없는 지식에 불과합니다. 여기서 묻는 것은 그 운동을 그와 같은 방식으로 있게 한 것이 무엇이며 그 이유와 목적은 무엇인가 하는 궁극적 물음입니다. 우리는 그것을 모릅니다. 다만 옛날부터 그것을 신神이니, 이기理氣니, 도道니, 태극이니 하고 부른다는 것을 알 뿐입니다. 그러나 그것들이 답이 될 수 있을까요. 역시 그런 이름들도 모르는 것을 그렇게 이름 지어 부르는 것일 뿐 여전히 모르는 것은 모르는 것입니다. 결국 동어반복의 위장술이지요.

> 흔들리는 사이
> 그 빈자리
> 하늘빛처럼 오래오래
> 산새 알 물새 알은 반짝이고
> 풀꽃들은 피고 지리라

그네가 '흔들리는 사이 / 그 빈자리'에서 생성하고 소멸하는 것들은 허깨비, 즉 허상입니다. 아무것도 존재하지 않는 '그 빈자리'에 보이는 것은 없음의 무한한 심연의 빛, 곧 '하늘빛'입니다. 그러한 하늘빛만이 영원한 것입니다. 그리고 그 푸른 하늘빛이 있는 한 '산새 알 물새 알은 반짝이고', 즉 만물의 대립적 생성과 소멸은 지속되고, 하늘에서 별빛이 명멸하듯이 땅에서는 '풀꽃'이 피고 질 것입니다.

눈부신 싸움
허공에 그어지는 저 포물선
아름다운 무지개는
영원히 그렇게 뜨고 지리라

그네가 '허공'에 그리는 '포물선'의 궤적 안에서 이루어지는 생성과 소멸
은 잠시도 쉼 없는 투쟁의 과정에 다름 아닙니다. 그렇지 않습니까. 실상
은 그 투쟁이 허공에 그려지는 허상에 불과한 것이지만 말입니다. 역설적
이지만 그것이 허상이므로 또한 그것은 더욱 '눈부신 싸움'이 될 수밖에 없
는 것 아니겠습니까. '눈부신 싸움 / 허공에 그어지는 저 포물선'이 바로
우리가 가슴 벅차게 바라보는 아름다운 '무지개'인 것입니다. 있는 듯이 없
고 없는 듯이 있는 무지개의 그 경계를 황홀이라고 합니다. 참으로 아름다
운 황홀입니다.

그렇다면 어찌 하늘에 걸린 무지개만 무지개이겠습니까. 우리가 보고
듣는 모든 현상이 '저 포물선'의 궤적 안에서 이루어지는 만큼 그 모든 것
들이 무지개와 다름없는 것 아니겠습니까. 저 산과 바다가, 새와 짐승이,
선악이, 애증이, 미추가 모두 무지개일 수밖에 없지 않겠습니까. 당신과
내가 바로 무지개입니다.

무지개는 그렇다면 우리에게 무엇을 암시하는 것일까요.
무지개는 모든 것이 꿈이라는 것을 말하는 것일까요.
꿈이라면 우리의 꿈일까요. 아니면 신의 꿈일까요.
꼬리를 무는 질문에 대답할 사람은 각자 우리 자신뿐입니다.
우리는 각자 나름으로 그 상징의 암호를 해독해야 합니다.

이 시는 3연과 4연에 초점이 맞추어져 있습니다. 1연과 2연은 단지 그 초점을 이루기 위한 배경이 되고 있습니다. 그렇게 보고 그네의 상징적 의미를 음미하면서 다시 한 번 읽어보십시오. '눈부신 싸움', 그 헛된 싸움이 무엇을 의미하는지 다시 한 번 생각해 보십시오. 헛된 싸움이 헛되다는 것을 아는 순간 그것은 참된 싸움이 되는 것은 아닌지 곰곰이 생각해 보십시오. 이 시의 맛은 바로 그런 생각들에서 촉발됩니다.

제2부

바람이 옷을 벗다

바람의 뼈

바람도 죽는다.
죽어서는 오래 삭지 않는 뼈를 남긴다.
단청이 다 날아간 내소사 대웅전
앙상히 결만 남은 목재를 보라
바람의 뼈가 허공 속에
거대한 적멸의 집 짓고 서 있다.

– 『나는 거기에 없었다』(시와시학사, 1999)

☞ 어느 해 가을이던가, 나는 모처럼 한가한 틈을 내어 전북 부안 변산에 있는 내소사에 들른 일이 있습니다. 내소사는 비교적 인위적인 때가 묻지 않아 조촐하고 소박한 대로 옛 모습을 그대로 간직하고 있는 고찰로서 많은 사람이 아름다운 사찰로 기억하고 손꼽는 곳입니다. 특히 대웅전의 목조건물은 국가의 보물로 지정되어 있는데 예사롭지 않은 것은 단청을 하지 않은 채 건물 전체가 나무의 타고난 살결을 그대로 드러내고 있다는 점입니다. 그 자연스러운 아름다움을 그대로 보존하기 위해서 아예 단청을 하지 않은 것입니다.

아름다운 연꽃무늬가 새겨진 문살은 물론이거니와 두리기둥과 하늘을 향해 쳐든 부연 등 모든 목재에 천년세월의 풍화작용이 새겨 놓은 천연의 흔적은 그야말로 자연의 예술품이 아닐 수 없습니다. 풍화작용이 무엇입니까. 장구한 시간이 흐르면서 어떤 것이 점차 풍화, 즉 바람이 되어가는 과정을 말합니다. 눈에 보이던 어떤 것이 눈에 보이지 않게 바람이 되어 사라지며 없어지는 과정인 것입니다. 천년의 풍화에 의해서 그 목재들은 쉼 없이 닳아지고 갈라지고 변색해 갑니다. 그리고 아직 풍화되지 않은 단단한 결들만 앙상하게 남아 버티고 있는 것입니다.

나는 가을 오후의 햇살을 받으며 닳고 닳아 앙상한 두리기둥의 결들을 손바닥으로 쓸어보면서 한참이나 생각에 잠겼습니다. "구름 이니 온 산이 새벽빛이요 / 허공 바람 부니 온 초목이 가을빛이네雲起千山曉 高風萬木秋"라는 법화경을 노래한 옛 시구가 떠올랐습니다. 구름, 허공, 바람, 새벽빛, 가을빛. 이 말들을 곰곰이 음미하면서 나도 모르게 이 시구를 속으로 몇 번이고 되뇌어 보았습니다.

그리고 망연히 가을 햇살을 받고 있었는데, 그때 문득 '바람의 뼈'라는 이미지가 섬광처럼 내 머릿속을 스쳤습니다. 처음에는 나도 잠시 어리둥절하고 놀랐습니다. 바람의 뼈라니! 바람의 뼈라니! 예기치 않은 때에, 예기치 않은 곳에서 난데없이 눈부신 보물을 얻은 듯했습니다.

내소사 일주문까지 나오는 긴 전나무 숲길을 걸으면서 나는 이 「바람의 뼈」라는 작품을 군더더기 없이 완성할 수 있었습니다. 그때 내 머릿속에서 완성된 이 작품은 그 이후 한 글자도 고치지 않았습니다. 모든 것이 금강석처럼 단단하고 명료하다고 생각되어 무엇을 보태고 뺄 수가 없다고 느꼈습니다. 전나무 숲길을 걸어 나오며 이 시는 완성되었지만 그러나 이 시가 마음속에 끝없이 파문을 지으며 증폭시키는 의미와 상징성은 오래오래 생각에 잠기게 했습니다.

당신은 이 시와 함께 이 시를 쓰게 된 배경에 대한 이야기를 읽고 난 지금 더 이상의 설명은 필요가 없다고 느끼실 것입니다. 그렇습니다. 이 시는 사실 '바람의 뼈'라는 이미지를 이해하고 나면 그것으로 끝입니다. 잘 아시다시피 시는 감각적 형상, 곧 이미지를 통하여 말하는 방식입니다. 그래서 어느 유명한 시인이 "방대한 저작을 남기는 것보다 한평생에 단 한 번이라도 훌륭한 하나의 이미지를 남기는 것이 낫다." 고 말했던 것입니다.

그런데 훌륭한 이미지는 만들고 싶다고 해서 만들어지는 것은 아닙니다. 제멋대로 만든 이미지는 진짜가 아니라 싸구려 가짜에 불과합니다. 이미지는 기적처럼 발견되는 것입니다. 준비된, 눈 밝은 이에게 문득 보이는 것입니다. 진리도 그렇습니다. 진리도 만드는 것이 아니라 준비되고 보는 눈을 가진 사람이 발견하는 것입니다. 자연법칙도 마찬가지입니다. 만일 자연법칙이나 진리가 만들어지는 것이라면 정말로 큰일이 나겠지요.

'바람의 뼈'라는 이미지를 당신은 시적으로는 대강 이해했겠지만 그것의 깊은 의미의 울림을 어떤 감동의 결로 연결시키기 위해서는 좀 더 당신 사유의 두레박질이 필요합니다. 그리고 사유를 퍼 올리는 두레박질이 이 시를 제대로 감상하는 맛이기도 합니다. 그러니 그것을 위해서 조금 군말을 붙이기로 합니다.

바람도 죽는다.

죽어서는 오래 삭지 않는 뼈를 남긴다.

  당신은 바람을 보았습니까. 보았다면 바람이 흔드는 나뭇잎이나 바람이 날리는 흙먼지를 보았겠지요. 바람은 몸이 없어 보이지 않습니다. 그것은 허공과 같은 것입니다. 그것은 바로 무無, 즉 없음의 다른 이름입니다. 불교에서는 이 없음을 공空이라고 말하고 무와는 다르다고 합니다. 그러나 여기서 말하는 무는 절대적인 무가 아니라 유有가 되는 상대적 무를 뜻하는 것이니까 결국 같은 것입니다.

  이 허공과 같은 고요한 무의 기척이 바람입니다. 그러니까 무가 꼼짝 않고 있는 것이 아니라 때로는 활성화되어 미묘하게 움직인다는 뜻입니다. 그 바람이 외면화되면 있음, 즉 존재가 되는 것이지요. 「무지개」를 설명하면서 잠시 이야기했습니다만 없음의 외면이 있음이고 있음의 내면은 없음입니다.

  그렇지 않습니까. 한번 생각해 보십시오. 도대체 내면 없는 외면이 있을 수 있고 외면 없는 내면이 있을 수 있습니까. 모든 존재는 볼 수 없는 내면과 볼 수 있는 외면의 일체화에 다름 아닙니다. 그러니 있음과 없음이 한 몸이고 몸과 마음이 하나이고 삶과 죽음이 하나일 수밖에 없는 것 아니겠습니까.

  존재는 무가 외면화된 모습이니까 필연적으로 존재는 소멸하면서 무화無化될 수밖에 없는 것입니다. 따라서 무가 활성화하여 외면화된 존재의 소멸은 되돌려 말하면 곧 바람의 소멸이 되는 것입니다. 좀 더 상식적인 화법으로 말하면, 풍화작용 때문에 어떤 것이 소멸하게 되는데, 그 어떤 것은 원래 바람이었다, 라고 이야기되는 것이지요. 이것이 이 시의 '바람도 죽는다'라는 의미의 배경입니다.

  이제 당신은 여기서 아주 역설적인 현상을 깨달았을 것입니다. 즉 없음이 자기의 진면목을 자기와 반대인 있음으로 드러내고, 있음도 자기의 진면목을 자기와 반대인 없음으로 드러낸다는 사실을 당신은 어렴풋이나마 깨달았을 것입니다. 이것은 마치 당신의 이성과 논리의 능력을 담당한 좌뇌가 반대편 신체의 우측으로 연결되고, 감성과 직관의 능력을 담당한 우뇌가 반대편 좌측 신체로 연결되어 있는 현상과 비슷합니다.

움직임은 언제나 상대적입니다. 불교에서는 이러한 이치를 진공묘유真空妙有라는 말로 대신하고 있습니다. 진공은 있음의 없음이고, 묘유는 없음의 있음이라는 뜻이지요. 어찌 그렇지 않겠습니까. 상대적인 있음과 없음이 일체화되어 있으니 한쪽이 커지면 다른 쪽은 줄어들고 하나가 없어지면 다른 것도 함께 없어질 수밖에 없는 것 아니겠습니까.

그렇다면 없음이 자기의 진면목을 있음으로 드러낸다는 사실은 어떻게 알 수 있습니까. 없음은 존재의 소멸을 통해서 자신의 흔적을 새기고 자신의 정체를 알려줍니다. 없음은 없음이기 때문에 스스로 나타날 수가 없고, 즉 없는 것이 없는 것으로 나타날 수는 없기 때문에, 그것은 존재를 통해서만 자기를 새기고 알려줄 뿐입니다.

이 시에서 바람이 '죽어서는 오래 삭지 않는 뼈를' 남긴다고 한 것은 바로 그런 뜻입니다. 다시 말하면 없음, 즉 바람이 새겨 놓은 소멸의 흔적을 간직하고 있는 서까래, 기둥, 문살 등이 아직 다 삭지 않은 '바람의 뼈'인 것입니다.

단청이 다 날아간 내소사 대웅전
앙상히 결만 남은 목재를 보라.

모든 존재는 반드시 소멸하여 없음이 됩니다. 그리고 없음은 존재의 소멸을 통하여 자신을 증거할 뿐입니다. 그러니까 따지고 보면 오직 소멸하고 죽는 것은 존재일 뿐이지요. 없음이 어떻게 소멸하고 없어지겠습니까.

그러고 보면 이 없음이야말로 우주의 영원하고 진정한 주인이라고 할 수 있을 것 같습니다. 이 무한하고 영원한 없음은 그러니 생기지도 않고 죽지도 않으며, 늘지도 않고 줄지도 않는 불변의 신비 그 자체입니다. 이런 까닭에 존재의 소멸을 통하여 없음이 자신을 증거한 '앙상히 결만 남은 목재' 즉 '바람의 뼈'만 남아있을 수밖에 없는 것입니다.

> 바람의 뼈가 허공 속에
> 거대한 적멸의 집 짓고 서 있다.

'바람의 뼈'가 지은 '거대한 적멸의 집'이 부처님을 모셔 놓은 대웅전입니다. 적멸寂滅은 생성과 소멸의 경계가 완전히 사라져버린 없음 그 자체를 말합니다. 무한하고 영원한 고요함의 심연입니다. 그것을 열반이라고도 합니다.

부처님을 봉안하지 않은 법당을 적멸궁이라고 하는데, 그 까닭은 부처님이 이미 적멸, 즉 열반에 들었으므로 법당은 그냥 텅 빈 허공 같은 적멸만을 안고 있게 한 것입니다. 또 부처님을 봉안했다고 해도 그것은 이미 열반에 든 부처님의 한갓 부질없는 형상일 뿐이니, 이러나저러나 적멸궁, 즉 '거대한 적멸의 집'인 것은 마찬가지입니다.

이제 여기서 다시 한 번 이 시를 잘 살펴보십시오. 이미지와 이미지, 의미와 의미가 없음, 즉 무의 층으로 겹겹이 싸여 있지 않습니까. 대웅전 안에는 무엇이 있습니까. 열반, 즉 적멸에 든 부처의 형상입니다. 형상은 없음이 외면화된 것에 불과하니 그것 또한 결국은 적멸입니다. 그러니 대웅전은 적멸을 알려주는 적멸궁인데, 그 적멸궁을 받치고 있는 것은 '바람의 뼈'로서 그것 또한 적멸이나 다름없는 것입니다. 그리고 그 '바람의 뼈'로 지은 거대한 적멸궁이 '허공 속에' 있다고 합니다. '허공' 또한 적멸의 다른 이름에 불과한 것이니, 이 시는 결국 무, 공, 적멸 등으로 표현되는 없음 그 자체를 겹겹이 둘러놓은 형상이 되어 있습니다.

이 시를 감상하면서 이와 같은 없음의 다층적인 중복현상을 보았다면, 이제 마지막으로 이 시가 보이고 있는 시적 상상력의 관점에서 당신 주위에 있는 사물들을 한번 둘러보십시오. 내소사의 대웅전만 어찌 '바람의 뼈'로 지은 것이겠습니까. 눈에 보이는 소멸되는 모든 것이 '바람의 뼈'입니다. 흔들리는 풀잎마저도 연약한 '바람의 뼈'가 아니겠습니까.

가만히 생각해 보면 그 알 수 없는 없음 그 자체가 궁극적으로는 우리가 사는 세상을 온전히 장악하고 지배하고 있는 것만은 분명한 것 같습니다. 그런데 그것은 끝없이 우리의 지성과 감성을 향하여 손짓하고 있습니다. 특히 시는 그 손짓이 없었다면 아마도 벌써 사라져버리고 말았을 것입니다.

나는 거기에 없었다

가을걷이 끝난 텅 빈 들판에
이따금 지푸라기가 바람에 날리고
지금은 아무도 살지 않는
외딴 빈집
이따금 낡은 문이 바람에 덜컹거린다

바람에 날리는 지푸라기와
바람에 낡은 문이 덜컹거리는 소리는
누가 보고 들었는가?
시를 쓰는 내가?

나는 거기에 없었다.

- 「나는 거기에 없었다」

☞ 이상하게 들릴지 모르겠지만 이 작품은 아직도 미완성 작품입니다. 아직 다 쓰지 않아서 미완성이 아니라 쓰기는 다 썼지만 쓴 말 속의 의미를 충분히 탐색해서 해석해 내지 못했다는 뜻에서 미완성입니다. 달리 말하면, 이 말은 내가 시를 써 놓고도 그 시의 의미를 잘 모르고 있다는 뜻입니다. 좀 황당한 일이지요.

당신은 지금 내가 말도 안 되는 소리를 하고 있다고 생각하십니까. 그렇습니다. 내가 생각해 보아도 좀 어이없기는 마찬가지입니다. 그런데 시를 쓰는 시작 과정은 명료한 의식의 작업만 진행되는 것이 아니라, 다소 무의식적이고 신비한 어떤 힘이 부단히 간섭하고 있다는 사실을 알아야 합니다. 무의식적이고 본능적인 직관이 섬광처럼 찾아와 부지불식간에 작용합니다.

이렇게 순간적으로 직관이 작용한 시 구절은 시를 쓴 뒤에 사후적事後的인 탐구에 의해서 비로소 그 의미의 희미한 실마리를 찾게 되는 경우가 있는 것입니다. 이 점을 생각한다면 시는 완전히 명료하게 해석하고 다 설명하는 것이 처음부터 불가능한 것이라고 볼 수 있습니다.

이 시는 내가 처음에 설정했던 초점이 전혀 예상치 못한 쪽으로 바뀌면서 결국 나도 그 의미를 잘 모르는 작품을 쓰게 될 수밖에 없었던 것입니다. 애초에 생각했던 초점에 맞추어 제1연을 쓰고 나자, 갑자기 이상한 힘에 이끌려 미묘한 초점의 이동과 함께 2연과 3연이 씌어졌습니다. 아주 순식간에 이루어진 일입니다. 다른 작품을 쓸 때와 달리 조금도 머뭇거림 없이 단숨에 완성한 작품이지요. 다 쓰고 나서, 좋아, 아주 완벽해, 하고 속으로 쾌재를 외칠 만큼 만족스러웠던 작품입니다.

그런데 문제를 깨달은 것은 담배를 한 대 피워 물고 시를 음미하다가 어쩐지 낯설고 거친 2연에서, 어라, 이게 뭐야, 하고 나는 마치 무엇인지 알 수 없는 미끈거리고 물컹거리는 어떤 것을 밟은 것처럼 깜짝 놀랐습니다. 합리적인 의미의 맥락은 분명한데 마치 거두절미하고 성급하게 결론을 말하려는 듯한 그 돌출적인 표현에 적이 놀랐던 것입니다.

그 놀라움은 단 1행으로 된 3연에서 비로소 백광白光의 불꽃으로 터지면서 그 실체를 드러냈습니다. 정신을 가다듬고 몇 번이나 시를 읽어보아도 3연의 의미는 아지랑이처럼 가물거릴 뿐인데 마음을 사로잡는 힘은 묘하게도 읽을수록 더해가는 듯했습니다. '나는 거기에 없었다'라는 구절은 의미가 모호한 채로 누미노제numinose, 즉 어떤 신성한 힘의 파장 같은 것마저 방사하고 있는 것처럼 느껴졌습니다.

나는 이 작품을 더는 손을 댈 수가 없다고 생각했습니다. 그러나 언어적 조직과 그 표현으로는 더 이상 손을 쓸 필요가 없지만, 이제 시작 행위를 넘어 그 모호한 의미의 공간을 채워야 한다는 의무가 남아있다고 생각했습니다. 그리고 이 의미의 충전에 대한 의무는 시를 쓴 나 자신뿐만 아니라 이 시를 읽는 사람에게도 지워지는 것으로 생각되었습니다. 다시 말하면 그 의미를 나도 독자도 앞으로 계속 찾아서 마침내 이 시를 완성해야 된다는 이야기입니다.

그러니 시를 쓴 나는 더 말할 것 없지만 바로 당신이 그 의미를 충전하여 시를 완성해야만 합니다. 이런 뜻에서 이 시는 아직도 미완성의 작품인 것입니다.

시 전문을 다시 한 번 읽어보십시오. 가을걷이가 끝난 빈 들판에서 지푸라기가 이따금 바람에 날리고 있습니다. 그리고 외딴곳에 숨어있는 듯 눈에 잘 띄지 않는 빈집은 지금 아무도 살고 있지 않습니다. 주인도 없는 그 빈집의 낡은 문이 저 홀로 이따금 바람에 덜컹거리고 있습니다. 살아있는 것들은 아무것도 보이지 않습니다.

참으로 쓸쓸하고 적막한 풍경입니다. 그런데 시인 자신도 거기에 없었기 때문에 그것을 보지도 않았고 듣지도 않았다고 말합니다. 그러니 아무도 보는 이 없는 모르는 곳에서 그 풍경은 적막하게 바람을 맞고 있었던 것입니다.

당신이 혼자 어디를 가다가 바로 이런 풍경을 만나 잠시 걸음을 멈추었다면 당신은 무슨 생각을 하고 어떤 느낌을 가지게 될까요. 아, 내가 다른 곳에서 일하고 있는 동안에도 내가 모르는 곳에서 이렇게 쓸쓸하게 바람을 맞고 있는 풍경이 내내 있었구나. 이런 생각을 하면서 아무도 보는 이 없는 그 풍경의 쓸쓸함과 함께 문득 당신 자신의 삶의 외로움이 사무쳐 드는 것을 느끼게 되지 않을까요.

그렇습니다. 아무도 찾아오는 사람이 없는 어느 폐허의 주춧돌 밑에서 들려오는 풀벌레 울음소리를 듣거나, 호젓한 산길의 후미진 곳에 자잘하게 피어 햇빛에 반짝이고 있는 풀꽃들을 볼 때, 우리는 그것들의 쓸쓸함과 함께 우리 자신의 형용할 수 없는 외로움을 느끼게 됩니다. 아무도 보지 않는 세계의 고적감과, 그 외딴 세계로부터 외따로 떨어져 있던 나 자신의 고적감이 순간적으로 공명하는 것을 느끼게 되는 것입니다.

세계로부터 외따로 떨어진 인간의 영혼도, 인간의 의식의 눈길이 닿지 않는 세계도 모두 쓸쓸하고 고적할 뿐입니다. 당신이 이 시를 읽으면서 여기까지 느끼고 감상했다면 나무랄 데 없이 아주 훌륭합니다. 그러나 이 시는 이와 같은 감상으로부터 출발하여 한 걸음 더 깊이 들어가야만 그 진경을 맛볼 수 있습니다. 그러니 한 걸음 더 들어가 이 시의 날줄과 씨줄을 살펴보며 되새김을 한번 해 보기로 합니다.

가을걷이 끝난 텅 빈 들판에
이따금 지푸라기가 바람에 날리고
지금은 아무도 살지 않는
외딴 빈집
이따금 낡은 문이 바람에 덜컹거린다

나는 앞에서 「범인」이라는 작품을 설명하면서 카메라 렌즈 시점이라는 말을 쓴 일이 있습니다. 이 1연을 잘 읽어보면 이것도 그러한 시점이라는 것을 알 수 있습니다. 카메라 렌즈에 황량하고 쓸쓸한 하나의 풍경이 아주 무표정하게 나타나 있습니다. 인간의 시점이 보이지 않습니다. 인간의 시점이 보이지 않는다는 것은 구체적인 어떤 인간의 감정과 평가와 판단이 보이지 않는다는 말과 같습니다. 아무도 보지 않는 쓸쓸한 풍경 하나가 그냥 거기에 고스란히 드러나 있습니다.

우리는 끊임없이 무엇인가를 상대하면서 이 세상을 살아갑니다. 밥을 대하고 옷을 대하고 친구를 대하고 사랑과 증오를 대하고 온갖 만 가지를 상대하면서 살아갑니다. 무엇인가 상대하는 것이 없다면 그때는 나도 없어집니다. 그렇지 않습니까. 무념무상의 기적 같은 순간을 제외한다면 무엇인가를 상대하면서 당신은 살아갑니다. 그런데 언제나 상대하는 그 무엇은 손과 같은 객이고 당신은 주인과 같은 주가 됩니다. 손은 주인이 차를 내놓으면 차를 마시고 과일을 내놓으면 과일을 먹으며 주가 이끄는 대로 따르기 마련입니다.

이와 같이 사람들은 모두 주인, 즉 주체가 되어 손, 즉 객체를 대합니다. 주체는 자기가 좋아하고 싫어하는 가치의 기준에 따라 객체를 바라봅니다. 저것은 좋다, 이것은 나쁘다, 하고 자신의 가치의 원근법에 따라 객체를 오려내기도 하고 덧붙이기도 하면서 바라봅니다.

일정한 원근법이 없다면 아예 시각 자체가 생기지 않습니다. 그렇지 않습니까. 당신은 한 알의 사과를 눈에 마주 붙여 놓거나 안 보이게 아주 멀리 놓아두고도 그것을 볼 수 있습니까. 당신의 시력에 알맞게 적당한 원근법을 유지할 때에야 당신은 그 사과를 제대로 볼 수 있을 것입니다.

사람들은 모두 서로 다른 제 나름의 가치가 기준이 된 원근법으로 사물을 바라보게 마련입니다. 세상은 그러니 온통 수많은 가치로 물들어 작건 크건 왜곡될 수밖에 없습니다. 자, 이렇게 되면 어떤 일들이 벌어질까요. 하나의 객체를 두고 각기 다른 주체의 원근법이 끊임없이 부딪치게 될 수밖에 없고, 주체는 주체끼리 주인 자리를 서로 다툴 수밖에 없습니다. 〈나〉를 내세우면 〈너〉는 객체가 되고, 그 〈너〉가 〈나〉를 보면 〈너〉는 주인인 〈나〉가 되면서 〈나〉는 속절없이 한낱 객체로 전락되고 맙니다.

서로 다른 사람들의 원근법이 부딪치며 세상은 한시도 조용할 날이 없습니다. 그러나 사람이 의식을 가진 동물로서 살아가는 한 그것은 어쩔 수 없는 숙명이기도 합니다. 의식의 주인은 바로 〈나〉이기 때문입니다. 다시 말하면 언제나 무엇을 대하며 상대적으로밖에 존재하지 않는 〈나〉가 없으면 의식도 없어진다는 뜻입니다.

〈나〉가 상대적으로밖에 존재하지 않는다고 하는 것은 〈나〉의 절대적인 고유한 본질, 즉 불교의 용어로 자성自性이 없다는 말과 같습니다. 그러니까 〈나〉는 상대적인 의식 속에서 잠시 존재하는 것처럼 보이지만 실상은 허깨비와 같은 것이요. 즉 무아無我입니다. 그렇습니다. 이렇게 보면 주체는 한낱 허깨비입니다.

인간의 시점이 지워지고 주체가 지워진 세계는 어떤 것일까. 과연 그것은 가능한 것인가. 제1연에 나오는 풍경은 나의 의도대로 과연 주체적 시점이 사라진 것인가. 나는 이 시에서 그런 문제에 초점을 맞추고자 했던 것입니다.

바람에 날리는 지푸라기와
바람에 낡은 문이 덜컹거리는 소리는
누가 보고 들었는가?
시를 쓰는 내가?

나는 주체가 지워진 세계의 모습을 좀 더 핍진하게 형상화해 보고 싶었습니다. 그런데 그것은 애초에 불가능한 일이었던 것일까요. 갑자기 이 2

연의 시상이 강렬하게 나를 사로잡고 이끌었던 것입니다.

시인은 시 속에서 발언할 때 가면을 쓰고 말을 합니다. 늙은이의 가면, 소녀의 가면, 도둑의 가면 등등 필요에 따라 가면을 쓰고 그 가면의 목소리로 말을 합니다. 김소월 같은 시인은 남자였지만 여성의 가면을 쓰고 여성의 목소리로 얼마나 한스럽게 하소연을 잘했습니까.

그런데 한편 고전 연극에서는 배우들이 주로 가면을 쓰고 연극을 했는데 그 가면을 라틴어로는 페르소나persona라고 합니다. 그리고 심리학에서는 사람이 사회적 활동을 하면서 그 사회에 적응하기 위해서 필요에 따라 바꾸게 되는 얼굴을 역시 페르소나라고 합니다. 다시 말하면 선생님은 학생들 앞에서는 근엄한 선생님의 가면을 쓰고, 자식 앞에서는 자상하고 다감한 가면을 바꾸어 쓰면서 사회생활을 하게 되는 것이지요.

시의 화자도 페르소나라고 합니다. 시인이 쓴 가면이지요. 그러니까 사람은 연극에서나 시에서나 사회생활에서나 가면을 씁니다. 인간이 의식을 가지고 있는 한, 즉 무엇인가를 상대하면서 주체로서 살아가는 한, 그 주체의 필요에 따라 변화무쌍하게 상대적으로 만들어 쓰는 가면을 인간은 숙명으로 받아들일 수밖에 없습니다.

그렇지 않습니까. 당신은 당신 혼자서 밀폐된 방에 있을 때, 즉 특별히 의식적으로 상대하는 객체가 없을 때, 근엄한 가면을 쓰고 있거나 회사의 사장님으로 쓰고 있던 가면을 여전히 쓰고 있습니까. 만약 그렇다면 상당히 심각한 정신병입니다. 아마도 당신은 밀폐된 방에서 모든 가면을 벗어버리고 벌거벗은 채 있어도 자유로울 것입니다.

그렇다면 내가 아무리 이 시에서 인간적 주체를 지우고 싶다고 해서 그것이 가능하겠습니까. 어림없는 일입니다. 왜냐하면 아무리 카메라 렌즈라는 무표정한 가면 뒤에 가려지긴 했지만 그 렌즈의 각도를 조종하는 것은 바로 시인이라는 주체이기 때문입니다.

주체가 아무리 가면을 바꾸어 써도 주체는 가면 뒤에 언제나 남게 됩니다. 주체가 바로 가면을 쓰고 나타날 수밖에 없는 가면의 다른 이름이기 때문입니다. 앞에서 이야기했습니다만 상대적인 의식 속의 주체는 실상 허깨비, 즉 가면과 같은 것이지요. 그러니까 기묘하게도 가면이 계속 가면을 바꾸어 써도 결국 가면만 남게 된다는 말이 되는 것입니다.

이제 시를 좀 더 자세히 봅시다. 제2연에서, '바람에 날리는 지푸라기'와 '낡은 문이 덜컹거리는 소리'를 '누가 보고 들었는가?'하고 묻는 사람은 바로 이 시의 가면인 화자입니다. 이것은 역설입니다. 왜냐하면 그것들을 보고 듣고 발언한 사람은 명백히 화자일 것이기 때문입니다. 그런데 화자의 물음에, 시인 자신이 화자의 가면을 벗어버리고 튀어나와서 갑자기 '시를 쓰는 내가?' 하고 되묻습니다. 이것도 역설입니다. 화자의 가면을 쓰고 풍경을 서술하던 시인 역시 그것들을 분명히 보고 들었을 것이기 때문입니다.

짧은 시에서 화자와 함께 시인 자신이 등장하여 발언하는 경우는 참으로 희귀한 예라고 할 수 있습니다. 그러나 엄밀히 따지고 보면 '시를 쓰는 내가?'라고 되묻고 있는 시인도 결국은 작품 속의 화자가 되고 맙니다. 즉 시인으로 가장한 화자에 불과합니다. 왜냐하면 실존하는 시인은 작품 밖에 있는 것이고 작품 안에 있는 것은 화자일 수밖에 없기 때문입니다. 만일 여기에다 〈시를 쓰는 내가? 라고 말하는 내가?〉라는 구절을 또 붙이게 되면 어떻게 될까요. 계속 그와 같은 식으로 연결한다 하더라도 시인을 가장한 화자일 수밖에 없는 것입니다.

나는 거기에 없었다

돌연 백광의 불꽃처럼 터지면서 마음속에 연속적인 파문을 짓는 이 말은 도대체 무슨 뜻일까요. 이 시의 화자를 제1의 가면이라 하고, 시인으로 가장한 화자를 제2의 가면이라고 한다면, 여기의 〈나〉는 분명 제2의 가면과 같은 제3의 가면이라고 해야 할 것입니다. 그런데 3의 가면은 1의 가면과 2의 가면, 그리고 그 가면들이 보고 들은 풍경 모두를 부정하면서 '나는 거기에 없었다'고 말합니다. 이것은 참으로 기묘한 자기부정입니다. 아무리 해도 사라지지 않는 주체의 가면과 그 가면의 객체 모두를 부정하면서 '나는 거기에 없었다'고 말하는 〈나〉라는 가면도 동시에 부정하고 있기 때문입니다.

가면을 부정한다면 주체와 객체를 다 부정한다는 뜻인데, 그렇게 부정하는 자기 자신까지도 부정한다는 것은 도대체 무슨 의미일까요. 도대체 그 부정 뒤에 남는 것은 무엇일까요.

제3의 가면이 자신의 가면마저도 부정한다는 것은 진정한 〈나〉는 가면들과 가면들의 객체가 있는 '거기에' 있지 않고 다른 곳에 있다는 뜻일까요. 그렇다면 여기의 〈나〉는 어쩔 수 없이 그런 뜻을 표현하기 위해서 방편으로 가설한 것일 뿐 주체는 아니라는 의미일까요. 또 '거기에' 있지 않고 다른 곳에 있다면 그 다른 곳은 어디에 있을까요. 밖에 있을까요, 안에 있을까요.

나는 이에 대해 대답을 할 수가 없습니다. 대답의 실마리는 모호한 대로 사후적으로 찾았지만 그것은 오직 나의 것일 뿐 다른 사람에게 말하기는 어려운 것입니다. 당신은 당신의 대답을 찾아야 합니다. 그래서 나도 당신도 그 답과 의미를 찾아서 이 시를 완성해야만 합니다.

말을 배우러 세상에 왔네

말을 배우러 나는 이 세상에 왔네
말을 익히며 말을 따라
산과 바다와 들판을 알았네
슬픔이 어떻게 저녁 못물만큼 무거워지는지
삶의 쓰라림과 희망이
어떻게 안개처럼 유리창에 피고 지는지
말을 따라 착하게도 많이 배웠네
이제 아이들에게 말을 가르치면서
말을 배우러 이 세상에 왔노라고
나는 다시 한 번 새삼 깨닫네
더 깊고 더 많은 말을 배우기 위해
이제는 익힌 말을 다시금 버려야 하네
가을 산이 잎 떨군 빈 가지 사이로
아주 먼 길을 보여주듯
말 떨군 고요의 틈으로 돌아가서
푸른 파도가 밤낮으로
바위에게 웅얼거리는 소리를
쪽동백이 날빛에 흰꼬리새 부르는 소리를
이제는 남김없이 들어야 하네
그 말을 배워야 하네
아이들에게 말을 가르치고
말을 배우러 나는 이 세상에 왔네.

－「나는 거기에 없었다」

☞ 말을 배우러 나는 이 세상에 왔네

아주 단도직입적으로, 말을 배우기 위해 이 세상에 왔노라고, 말하고자 하는 요점을 분명하고 확실하게 밝히고 있습니다. 이승의 삶을 살기 위해 이 세상에 왔다는 것도 아니고 어떻게 이처럼 어떤 목적을 가지고 왔다고 확실하게 말할 수 있을까요. 당신은 무엇을 하러 이 세상에 왔습니까. 아마 가장 정직한 대답은, 아무것도 모르는 채 그냥 태어났고 지금도 그 목적은 모를 뿐이라고 하는 말일 것입니다. 처음부터 삶의 목적을 가지고 태어난 사람이 도대체 어디 있겠습니까.

그렇습니다. 어떻게 그리고 왜 이 세상에 왔는지 처음부터 아는 사람은 아무도 없습니다. 그렇다면 모른 채 그냥 짐승처럼 본능에 매달려 생존만을 이어갈 것인지 아니면 알고서 인간처럼 살아가야 할 것인지 그것이 참으로 중요한 일이 아니겠습니까.

그래서 이 시의 화자는 우선 알기 위해서 말을 배워야 한다고 말하는 것이고, 말은 바로 이 세상에서 배우는 것이라고 말하고 있는 것입니다. 그러니까 태어날 때부터 말을 배우려고 온 것이 아니라, 철들고 보니 말을 배워야만 그 모든 것을 알 수 있고 인간으로서 살 수 있다는 것을 알았다는 이야기입니다.

말을 배우기 위해서는 이 세상에 와야 합니다. 이 세상은 말을 배우는 학교입니다. 우리가 사는 세상은 온통 미세한 그물처럼 말로 직조되어 있기 때문입니다. 그렇지 않습니까. 당신의 꿈과 생각이, 희망과 절망이, 슬픔과 분노가 모두 말로 되어 있지 않습니까. 왜 그렇게 화를 내느냐 하고 물으면 이러저러해서 그런다고 말하고, 왜 그렇게 슬퍼하느냐 하고 물으면 이러이러해서 마음이 슬프다고 말을 합니다. 내 생각은 이러이러하다고 말을 합니다.

모든 과학과 학문이, 경제와 법률과 도덕이, 스포츠와 예술이 말로 지탱

되고 있습니다. 바로 우리가 사는 현실이 말의 질서와 의미가 직조한 것입니다.

이제 사람은 감각적이고 물리적인 세계에서 짐승처럼 사는 것이 아니라, 그 감각적이고 물리적인 세계를 그대로 옮겨 놓은 상징적인 지도 속에서 살고 있습니다. 그 지도를 구성하고 있는 기호들이 바로 우리들의 말입니다. 말이 바로 현실입니다.

당신은 무지개가 몇 개의 색깔로 되어있다고 생각하십니까. 빨주노초파남보 7개의 색깔입니까. 그런데 어느 민족은 무지개가 3개의 색깔로 되어 있다고 믿고 있고, 심지어 2개뿐이라고 보는 민족도 있습니다. 그런데 사실은 무지개의 색깔은 그 색깔들의 중간색까지 치자면 아주 많은 것입니다.

어떤 색을 표현할 말이 있으면 확실히 보이고 그런 말이 없으면 잘 보이지 않고 의식되지 않습니다. 말은 우리가 세상을 내다보는 안경과 같은 것이지요. 말이 없으면 세계는 흐릿하고 몽롱하게 구별이 잘 안 됩니다.

이와 같은 까닭에 말이 다른 각 민족의 현실이 다르고 말이 같더라도 말을 아는 깊이와 넓이에 따라서 사람마다 각각 그 현실이 조금씩 다를 수밖에 없습니다. 참으로 말은 현실을 구성하는 막강한 힘이고 우리의 삶을 좌우하는 힘입니다. 한 마디 말로 천 냥 빚을 갚는다는 말이 있지 않습니까. 한 마디의 말이 한 나라의 흥망성쇠를 결정하고 사람의 생사를 결정합니다.

언젠가 서울 남대문 시장에서 상인들끼리 거칠게 싸우는 것을 구경한 일이 있습니다. 한참 구경하다 보니까 싸우는 두 사람이 핏대를 세우며 똑같은 주장을 하고 있었습니다. 애초에 싸울 일이 없는데 싸우고 있더란 말입니다.

왜 이럴까요. 말이 서로 잘 통하지 않았던 것입니다. 우리 모두 이처럼 살고 있습니다. 말이 제대로 통하지 않아서 집단과 집단이, 국가와 국가가, 이념과 이념이 부딪치며 하루도 조용할 날 없이 세상이 시끄럽습니다.

당신도 그 유명한 헬렌 켈러의 이야기를 알고 있을 것입니다. 그녀는 눈 멀고 귀먹고 벙어리인 사람이었습니다. 짐승만도 못한 감각조건을 가지고 태어난 그녀가 어떻게 훌륭한 업적들을 남기며 박사학위까지 받았을까요. 그녀는 말을 배우고서 빠짐없이 말로 그려놓은 지도 속의 세상으로 들어가 짐승의 감각적이고 물리적이기만 한 세계를 벗어날 수 있었기 때문입니다.

인간의 다른 이름이 바로 말입니다. 흔히 사람을 이성적 동물이라고 합니다. 이성은 바로 말의 질서를 뜻하는 것이고 말을 가진 것은 사람뿐이기 때문입니다. 그런데 말을 제대로 깊이 알고 제대로 듣고 쓰는 사람은 아주 드문 것이 우리의 현실입니다.

이것이 '말을 배우러 나는 이 세상에 왔네'라는 언명의 배경입니다.

> 말을 익히며 말을 따라
> 산과 바다와 들판을 알았네

말을 배워서 그 말의 지도가 그려주는 대로 외부 세계를 알았다는 이야기입니다. 말의 지도가 가리켜 보여주는 대로 감각적인 물리적 세계 즉 '산과 바다와 들판'을 경험하고 살아간다는 말입니다. 살아간다는 것은 말을 배우는 과정에 불과합니다. 말이 가리켜 주는 대로 아, 이것은 독버섯이니까 먹지 말아야겠구나, 아, 여기는 절벽이니까 조심해야겠구나, 하면서 안전하게 살아가는 것입니다.

이 말은 거꾸로 해도 마찬가지입니다. 즉 무엇인가 잘 모르고 경험한 뒤에, 아, 이렇게 하니까 이렇게 되는구나, 하고 그 경험을 통해서 새로운 말이 생겨나고 지도를 확충해 나가는 것입니다. 그러나 이 경우도 말의 질서를 통해 깨닫고 말의 힘을 통해 지도를 확충해 나가는 것이지요.

슬픔이 어떻게 저녁 못물만큼 무거워지는지
삶의 쓰라림과 희망이
어떻게 안개처럼 유리창에 피고 지는지
말을 따라 착하게도 많이 배웠네

슬픔과 삶의 쓰라림과 희망과 같은 우리 내부에서 일어나는 마음의 세계도 말이 가리켜 보여주고 밝혀 주는 만큼 배우고 알았다는 것입니다. 말을 배우는 것이 살아가는 과정이니까 그 말에 순응하지 않고서는 살 수가 없습니다. 즉 '말을 따라 착하게도 많이' 배워야 합니다.

그런데 '슬픔이 어떻게 저녁 못물만큼 무거워지는' 것일까요.

못은 연못입니다. 땅이 낮거나 움푹 파인 곳에 물이 고여서 생긴, 늪보다는 조금 작은 것이 못입니다. 못에는 물방도사니, 마름, 쇠뜨기말 같은 여러 수초가 살고 있고 물강구, 소금쟁이 같은 것들이 그 사이를 헤적이며 살고 있습니다. 모두가 아무도 찾지 않고 눈여겨보지도 않는 외롭고 소외된 것들입니다.

그 외로운 것들만 모여 사는 못은 강물이나 호수처럼 흐르거나 맑지도 않고 무겁게 고인 채 한없이 고요한 침묵을 지키고 있습니다. 저녁이 되면 못물은 더욱 어둡고 무겁게 갈앉습니다.

슬픔도 우리의 깊은 가슴속 파인 곳으로 고이게 됩니다. 슬픔은 쉽게 해소되지 않습니다. 슬픔은 흐르지 않고 아래로 아래로 침전하여 가슴 밑바닥에 눈물처럼 고이게 됩니다. 그래서 아무도 돌아보지 않는 못처럼 가라앉은 침묵이 되어 남아 있습니다.

이렇게 해서 슬픔은 '저녁 못물만큼 무거워지'게 되는 것이지요.

또 '삶의 쓰라림과 희망이 / 어떻게 안개처럼 유리창에 피고 지는' 것일까요.

산다는 일은 따지고 보면 희로애락을 겪어가는 일입니다. '삶의 쓰라림' 의 아픔이 없을 수 없습니다. 그러나 그 아픔이 계속된다면 살 수가 없을 것입니다. 아픔이 생겼다가도 기쁨이 오면 사라지고, 사라졌다가는 다시 생기게 되는 것이 '삶의 쓰라림'이지요. 희망도 마찬가지입니다. 밝은 희 망도 피어났다가 어두운 절망이 되고, 밤이 가면 아침이 오듯 절망은 머지 않아 희망으로 바뀌기도 하는 것이지요.

이 모든 것들은 마음속에서 일어나는 일들입니다. 창과 같이 맑은 마음 이 아픔과 절망으로 흐려지면 마음을 통해 세상을 내다보는 유리창도 안 개가 낀 듯 흐려지고, 기쁨과 희망이 되살아나면 안개가 걷힌 듯 마음도 유리창도 맑고 투명하게 드러나는 것이지요.

더 깊고 더 많은 말을 배우기 위해
이제는 익힌 말을 다시금 버려야 하네

'더 깊고 더 많은 말'을 배우기 위해서 이제는 그동안 배운 말들을 버려 야 한다고 말합니다. 그렇다면 지금까지 배운 '익힌 말'은 앞으로 배워야 할 '더 깊고 더 많은 말'에 비하여 아주 얇고 빈약하다는 뜻입니다. 왜 그 럴까요. 가만히 생각해보면 세상을 그대로 옮겨놓은 지도와 같은 것이 말 이라고 하지만, 사실 이 세상에 비하여 말이라고 하는 것은 얼마나 형편없 이 빈약하고 엉성한 것입니까.

말은 이 세상의 구체적인 사물이나 일을 가리키는 한낱 추상적인 기호 에 불과합니다. 실제의 구체적인 장미꽃은 꽃잎의 부드러운 질감과 색깔 과 향기, 그리고 그것들이 어울려 드러내는 아름다운 모양을 갖추고 있습 니다. 그러나 장미꽃이라는 말 속에는 실제의 장미꽃이 가지고 있는 그 풍 부한 구체성을 볼 수가 없습니다.

게다가 구체적인 장미꽃은 잎과 줄기와 가시와 뿌리가 있고 그 뿌리를 감싸고 있는 부드러운 흙과 정원이라는 배경이 있습니다. 그리고 그것들은 우리가 잘 모르는 방식으로 연결되어 일체화되어 있습니다. 우리가 장미꽃을 볼 때는 무의식적이라 하더라도 이 모든 것들을 함께 보는 것입니다.

그러나 말은 꽃, 잎, 줄기, 가시, 뿌리, 흙 등으로 날카롭게 그 차이를 기준으로 분별하게 되고 우리 의식은 그 분별된 것만을 하나씩 보게 됩니다. 이런 까닭에 당신이 경탄해 마지않던 어떤 경치를 아무리 말로 설명해도 미진하고 답답한 것입니다.

또 실제의 우리 내면세계와 말의 관계도 마찬가지입니다. 당신의 마음속에서 일어나는 여러 가지 생각과 느낌, 그리고 복잡한 감정을 당신은 말로 다 만족스럽게 표현할 수 있겠습니까. 아무리 말을 해도 당신 마음속을 그대로 표현할 수가 없어 언제나 미진한 채로 답답함을 느낄 것입니다. 이것이 진짜의 세계 즉 실재와 지도에 불과한 말의 관계입니다. 언제나 실재와 말은 반드시 어긋나게 되어있습니다.

그러니 말의 지도를 통해 세계를 보는 한 우리는 실재를 알 수가 없습니다. 말은 실재를 떠올리는 그물과 같은 것입니다. 그런데 그 그물이 너무 엉성하여 구체성이 다 빠져나가 버리고 맙니다. 아무리 그물코를 촘촘하게 만들어도 실재를 건져 올릴 수가 없습니다.

그물에 건져진, 즉 우리 의식의 빛에 들어온 몇 개의 앙상한 가시 같은 것만 알 수 있을 뿐, 그물코에서 빠져나간 대부분은 여전히 무의식에 잠겨 있어 우리는 알 수가 없습니다. 아무리 그물질을 해도 그물코에 들어오지 않는 무의식의 세계 즉 알 수 없는 세계가 있는 한 우리는 늘 불만의 결핍된 존재로 남아있을 수밖에 없습니다.

이 해소되지 않는 불만과 결핍은 포획되지 않는 실재의 어둠이 풍기는 장기瘴氣와 같은 것입니다. 그러니 이것을 해결하기 위해서는 지금까지 '익힌 말'의 엉성한 그물을 과감히 버려야 합니다.

그리고 이 단계에서 '더 깊고 더 많은 말'을 배워 실재의 세계를 봐야만 하는 것입니다. 그렇다면 실재의 세계를 드러낼 수 있는 그 '더 깊고 더 많은 말'은 무엇일까요. 그것은 참된 말 즉 진언眞言입니다. 실재를 드러내고 보기 위해서는 이 진언을 배워야 한다는 것입니다.

> 가을 산이 잎 떨군 빈 가지 사이로
> 아주 먼 길을 보여주듯
> 말 떨군 고요의 틈으로 돌아가서

가을 산을 보았습니까. 녹음이 우거진 여름에는 그 녹음에 가려져 아무 것도 보이지 않다가 가을이 되면 녹음이 사라지고 '잎 떨군 가지 사이로' 모든 것이 환히 드러나 보이게 됩니다. 아, 저기에 저렇게 먼 길이 있었구나, 아, 저기에도 작은 봉우리가 있고 들판도 있었구나, 하고 우리는 새로운 세계를 발견하고 감탄합니다. 이처럼 화려하고 다채로운 듯 보이는 녹음과 같은 말을 떨구어버리고 그 말에 가려져 보이지 않던 세계를 보아야 한다는 것입니다.

말을 버리면 어떻게 됩니까. 고요와 침묵이 남습니다. 그래서 '고요의 틈으로 돌아가서'라고 말합니다. 왜 '돌아가서'라고 말합니까. 모든 존재와 말은 궁극적인 발생론적 관점에서 본다면 고요와 침묵에서 나왔기 때문입니다. 그러니까 말을 버리고 고요 속으로 돌아가면 비로소 실재의 세계를 볼 수 있다는 뜻입니다. 그 실재를 보는 말이 침묵의 언어인 진언이고 실재 세계에서 통용되는 것이 진언입니다.

> 푸른 파도가 밤낮으로
> 바위에게 웅얼거리는 소리를
> 쪽동백이 날빛에 흰꼬리새 부르는 소리를

이제는 남김없이 들어야 하네
　　그 말을 배워야 하네

　　말을 통해서 내다보는 의식의 세계는 불연속적이고 단편적인 것으로 명료하게 모든 것이 분별됩니다. 그러나 실재의 세계는 우리의 의식이 알 수 없는 방식으로, 그리고 필연적으로 연속되어 있어서 존재는 명료하게 분별되지 않습니다. 그래서 실재의 세계에서는 '푸른 파도'가 '바위에게 웅얼거리는 소리'로 말을 건네고, '쪽동백'이 '흰꼬리새'를 부르게도 됩니다. 그 말들은 침묵의 진언이기 때문에 우리는 들을 수도 없고 알 수도 없습니다.

　　그 실재를 보고 그 진언을 듣기 위해서는 우리 자신이 그 진언을 배워야만 합니다. 진언을 배우기 위해서는 반딧불만한 의식의 불빛과 그 말을 버리고 침묵속으로 들어가야 합니다.

　　자, 이제 이 시의 의미의 줄거리를 대강 살펴보았습니다. 이 줄거리를 염두에 두면서 이 시의 말씨와 비유와 이미지 그리고 거기에서 아지랑이처럼 살아나는 정서를 함께 느껴보십시오.

　　그리고 말을 배우러 세상에 왔다는 의미의 말이 시의 처음과 끝에서, 그리고 중간 중간에서 반복되면서 일깨워주는 듯한 배후의 리듬이 되고 있습니다. 또 그 반복되는 말씨는 어떤 내면의 깨달음을 속으로 확인하며 읊조리듯 하는 조용조용한 그것입니다. 이런 것들까지 함께 느껴보십시오.

극지極地

내 마음에는
아무도 모르는 극지가 있다.

극지에 이를수록 살아있는 모든 것들은
한껏 키를 낮추고
숨소리도 죽이고
작아질 대로 작아져서
푸른 하늘만 끝없이 드넓다.

내 마음에는
바람도 흔들지 못하는
극지의 고요가 살고 있다.

– 『나는 거기에 없었다』

☞ 우리의 마음처럼 빠른 것은 없습니다. 한순간에 빛보다 빠른 속도로 은하계를 돌아오기도 하고 까마득한 과거와 미래를 넘나드는 것이 우리의 마음입니다. 또 잠시도 멈추지 않고 끊임없이 움직이는 것이 마음입니다. 온종일 외부의 온갖 사물들과 일을 만나면서 분주하게 움직이고, 내부의 온갖 생각, 느낌, 감정, 기억, 미래의 계획 등으로 잠시도 쉬지 않고 움직이고 있습니다. 그렇게 빠른 속도로 온갖 것들을 상대하며 분주하니 지치고 피곤하지 않을 수 없습니다.

지친 몸과 마음이 되어 밤에는 잠이 들지만 잠 속에서도 외부와 내부의 온갖 것들을 만나면서 꿈을 꿉니다. 몸은 쉴 수 있지만 마음은 여전히 분주하여 쉴 수가 없습니다. 멈추지도 않고 쉬지도 않으면서 마음은 끝없이 움직입니다. 이 끝없는 움직임이 괴로움을 낳는 것입니다. 그렇지 않습니까. 당신은 당신 마음의 움직임을 멈출 수 있습니까. 그렇다면 좋습니다. 그 멈춤과 쉼이 진정한 당신의 안식이기 때문입니다.

마음을 이야기하다 보니 옛이야기 하나가 생각납니다. 당신도 이 이야기를 아마 들었을지 모르겠습니다.

선종의 개조 달마대사가 소림사에서 9년 동안 면벽 수도를 하고 있을 때입니다. 당시 구도에 매진하던 신광이라는 승려가 있었는데 달마대사의 소문을 듣고 법을 구하러 대사를 찾아갔습니다. 달마는 면벽한 채 신광을 쉽게 만나주지 않았습니다. 구도의 마음이 지극했던 신광도 물러나지 않고 달마가 면벽하고 있는 굴 앞에 꿇어앉은 채 날마다 끈질기게 기다렸습니다. 그러다가 눈이 내려 무릎까지 쌓이게 되었습니다. 그래도 신광은 꼼짝 않고 눈 속에 묻혀 꿇어앉은 채 기다렸습니다. 달마가 신광의 그 구도를 향한 불퇴전의 마음을 읽고 드디어 입을 열었습니다.

"그대는 그렇게 며칠 동안 눈밭에 앉아 무엇을 구하고자 하는 것인가."

"스님께서 감로의 법문을 열어 널리 중생을 구제하기를 원합니다."

"불법은 무상의 심묘한 도이거늘 너의 대단치 않은 그만한 정성으로 그것을 얻겠다는 것이냐."

신광은 달마의 말이 떨어지자 마자 칼을 꺼내어 망설임 없이 왼쪽 팔을 잘라 피가 듣는 팔을 달마 앞에 내놓았습니다. 그제야 달마는 신광의 남다름을 알아보고 물었습니다.

"그래, 그대는 무엇을 알고 싶은가."

"도가 무엇입니까."

"그것은 다른 사람한테서 구할 수 있는 것이 아니다. 너 스스로 구하는 것이다."

"그렇다면 도를 알 때까지 제 마음은 여전히 괴로울 것입니다. 그러니 제 마음을 좀 편안하게 해 주십시오."

"그것은 어려운 일이 아니다. 그러면 어서 네 마음을 가져오너라."

신광은 잠시 눈을 감고 생각하다가 말했습니다.

"아무리 찾아보아도 제 마음을 찾을 수가 없습니다."

"그러면 되었다. 이제 너의 괴로운 마음은 없어졌느니라."

신광은 이 말을 듣자마자 홀연히 깨닫는 바가 있었습니다. 이 신광이 달마의 의발을 전수받은 선종의 두 번째 조사 혜가대사입니다.

참 재미있는 이야기입니다. 이 이야기는 우리에게 두 가지를 알려줍니다. 하나는, 도라는 것은 밖에서 얻는 것이 아니고 저마다 스스로 자기 내면에서 깨닫는 것이라는 것, 둘은 끊임없이 그 무엇과 상대하는 움직이는 마음은 기실 망상이고 집착일 뿐 움직이지 않는 진짜 마음의 정체는 찾을 수 없고 보이지 않는다는 것입니다.

이 말은 자못 의미심장합니다. 무엇인가를 상대하는 움직이는 마음이 망상이고 집착일 뿐이라면, 망상과 집착을 만드는 그 무엇인가를 없애버린 뒤에는 움직이지 않는 진짜 마음이 나타날 것 아니겠습니까. 그런데 그 마음은 찾을 수 없고 찾을 수 없으니 볼 수도 없고 알 수도 없다는 이야기입니다.

왜 그럴까요. 아주 미묘합니다. 마음이 상대하는 무엇인가를 없앤 뒤에, 아, 이제 상대하는 것이 없구나, 라고 한다면 바로 상대하는 것이 없는 마음을 상대하고 있는 움직이는 마음에 불과한 것입니다. 찾은 것도 아는 것도 결국 마음의 객관적인 상대일 뿐인 것입니다.

그러니 움직이지 않는 진정한 마음은 상대되는 것과 상대하는 움직이는 마음이 완전히 함께 없어져야만 나타납니다. 그러나 그렇게 해서 움직이지 않는 마음이 나타난들 무엇인가를 알 수 있는 움직이는 마음이 이미 사라졌으니 그것을 어떻게 알 수 있겠습니까. 알 수 없습니다. 주관과 객관이 동시에 사라지면 알 수 없는 것입니다. 주관과 객관이 사라진다는 것은 결국 그것들이 하나로 합일되는 경지라는 말이니 오묘한 경지라고밖에 할 수 없겠지요.

시 「극지」는 이 움직이지 않는 마음에 대한 탐색의 시적 형상화이고 그 직관의 표현입니다.

　　내 마음에는
　　아무도 모르는 극지가 있다.

극지는 원래 남극과 북극을 가리키는 말입니다. 그러나 일반적으로 극한의 한계지점을 통칭하여 극지라고 부르기도 합니다. 그러니 마음에도 움직이는 마음의 끝 즉 극지가 있겠지요.

마음의 극지는 어떤 것일까요. 잠시도 쉬지 않고 무엇인가를 상대하며 움직이는 마음의 극지는 어떤 상태일까요. 당연히 상대되는 것이 사라지고 그래서 상대하는 마음의 움직임이 멈추어버린 지점, 즉 한없이 고요한 정적의 경계이겠지요.

다음은 그 고요한 정적의 경계가 드러나는 과정을 아주 높은 고산의 봉우리에 이르는 과정으로 간결하게 비유하고 있습니다.

극지에 이를수록 살아있는 모든 것들은
한껏 키를 낮추고
숨소리도 죽이고
작아질 대로 작아져서
마침내 푸른 하늘만 드넓다.

고산의 봉우리 그 극지의 높이에 이를수록 산소는 희박해지고, 살아서 움직이는 것들도 점차 사라지고, 키 낮은 나무도 풀도 사라지고, 판에 박은 듯 땅바닥에 드문드문 붙어있던 이끼 꽃도 사라지고 나면, 마침내 아무 것도 보이지 않는 끝에서 광대무변한 푸른 하늘이 펼쳐집니다. 거기에 이르는 것은 참으로 힘든 일입니다. 그것은 탐험이지요.

마음의 극지에 이르기도 쉽지 않은 탐험입니다. 어찌 그렇지 않겠습니까. 마음의 극지에서 만나는 시작도 없고 끝도 없는 고요의 경계. 그 경계는 분명 축복일 것입니다. 그래서 사람들은 거기에 이르고자 참선도 하고 명상도 하고 기도를 하고 여러 가지 방식으로 노력하는 것 아니겠습니까.

내 마음에는
바람도 흔들지 못하는
극지의 고요가 살고 있다.

'바람도 흔들지 못하는' 그 고요가 움직이지 않는 마음의 정체입니다. 나와 대상이, 주관과 객관이, 이것과 저것의 경계가 함께 사라진 자리입니다. 이런 자리의 그 절대적 고요함을 일러 아무 움직임이 없는 고요 즉 적연부동寂然不動이라고 합니다. 그러나 이 시에서는 마음에 그 '극지의 고요'가 살고 있다고 상대적으로 알고 있는 것이니까 그것은 벌써 짐작이고 시적 상상일 뿐 저 축복의 합일 경지는 아닙니다. 합일의 경지에 갔다면 물론 이런 시도 쓰지 않았겠지요.

그러나 나도 당신도 아무도 모르는 마음속에 그 고요가 살고 있다는 것은 느낄 수 있는 것입니다. 그리고 우리는 그 고요에 한 치라도 조금씩 다가갈 수 있다는 것도 알고 있습니다.

그 고요를 느끼십시오.

그리고 조금씩 다가가십시오.

고요의 소식을 노래한 시 한 편 덧붙입니다.

꽃 소식

푸른 산빛이 눈 되어
나를 바라보고
흐르는 물소리 귀가 되어
내 숨소리 들으니

어디선가 풀꽃 하나
고요히 피었다 지네.

— 『모든 돌은 한때 새였다』

그 빈터

우리가 오랫동안 잃어버리고
까마득히 잊고 있었던
옛 절터나 집터를 찾아가 보라
우리가 돌아보지 않고 살지 않는 동안
그곳은 그냥 버려진 빈터가 아니다
온갖 푸나무와 이름 모를 들꽃들이
오가는 바람에 두런거리며
작은 벌레들과 함께 옛이야기처럼 살고 있다
밤이 되면
이슬과 별들도 살을 섞는다

우리는 살아가면서
가진 것들을 하나씩 잃어버린다
소중한 이름과 얼굴마저 까마득히 잊어버린다
그렇게 많은 것을 잃고 잊어버린 마음의 빈터에
어느 날 문득 이르러 보라
무성히 자란 갖가지 풀과 들꽃들이
마파람 하늬바람과
작은 새 풀벌레들과 오순도순 살고 있다
그 드넓은 풀밭과 들꽃들 위로 지는 노을은
아름답다
참 아름답다.

― 『나는 거기에 없었다』

☞ 우리가 오랫동안 잃어버리고
　까마득히 잊고 있었던
　옛 절터나 집터를 찾아가 보라

　당신은 풀숲에 여기저기 주춧돌의 잔해가 남아있는 옛 절터나 집터를
가본 일이 있습니까. 또는 무슨 일 때문에 온 마을 하나가 어딘가로 이주
해 버리고 남은 옛터나, 외진 산속에서 화전민이 밭을 일구며 살다가 떠난
손바닥만 한 양달의 옛터 같은 것을 본 일이 있습니까.

　절이나 집, 그리고 마을과 화전 등은 우리 인간이 살기 위해서 그 필요
에 따라 자연의 한 모서리를 깎고 허물고 돋우며 짓고 세우고 일군 것들이
아니겠습니까. 그런데 사람들은 그렇게 애써 만든 그 터에서 한동안 살다
가는 또 자기네들의 어떤 필요에 따라 그곳을 남겨둔 채 어딘가로 떠나버
립니다.

　사람들이 살다가 떠나며 버린 것은 기실 인위적으로 그들이 만들어 놓
은 집, 우물, 담장, 밭뙈기 등이지 그것들이 자리 잡고 있었던 터는 아닙
니다. 터는 자연의 일부로서 원래 거기에 있었던 것이고, 자연의 한 귀퉁
이를 차지하고 자연을 이용하며 살아가는 인간이 그 자연을 버릴 수는 없
기 때문입니다.

　사람들은 자기들이 사는 동안 인위적으로 만들어 놓은 집과 밭 같은 것
들을 돌보고 가꾸다 보니 자연을 돌보고 가꾸고 그러다가 버리기도 한다
고 착각하는 경우가 많습니다. 자연이 사람을 돌보고 가꾸는 것이지 사람
이 어떻게 자연을 그렇게 할 수 있겠습니까.

　그래서 다음과 같이 말하게 됩니다.

　우리가 돌아보지 않고 살지 않는 동안
　그곳은 그냥 버려진 빈터가 아니다

사람들은 자신들이 돌아보지 않고 살지 않으면 '버려진 빈터'라고 생각합니다. '우리가 오랫동안 잃어버리고 / 까마득히 잊고 있었던' 것들은 우리가 필요 없으니까 버린 것들 즉 우리가 인위적으로 만든 것들일 뿐입니다. 그 '버려진 빈터'라고 착각하고 있는 그곳은 사람들이 자연에 남긴 상처와 같은 것이지만, 사람들이 떠나고 나면 그 상처는 곧 아물게 되고 자연의 온갖 생명이 모여 함께 살게 되는 것입니다.

> 온갖 푸나무와 이름 모를 들꽃들이
> 오가는 바람에 두런거리며
> 작은 벌레들과 함께 옛이야기처럼 살고 있다

인간의 의식과 상관없이 실제의 자연은 '옛이야기처럼' 살고 있습니다. 자연은 우리 의식이 볼 때는 잘 알 수 없는 방식으로 얽혀져서 마치 한 몸처럼 살고 있습니다. 그 모습은 신화 같기도 하고 동화 같기도 한 모습 즉 '옛이야기'와 같은 신비로운 모습입니다.

> 밤이 되면
> 이슬과 별들도 살을 섞는다

지상에는 맑고 영롱한 이슬방울마다 하늘의 잔별들이 반짝입니다. 하늘에서 영롱하게 반짝이는 잔별들은 지상의 이슬방울들이 씨앗처럼 흩뿌려진 듯합니다. 자연은 신비롭게 서로 몸을 섞으며 살고 있습니다. 사람들이 그곳을 비우고 떠나지 않았다면 이렇게 아름다운 모습은 볼 수 없을 것입니다. 그렇지 않습니까.

우리는 살아가면서
가진 것들을 하나씩 잃어버린다
소중한 이름과 얼굴마저 까마득히 잊어버린다

제1연에서는 주로 우리가 잃고 잊어버린 외부의 '빈터'에 대해서 이야기
했다면 이제 제2연은 주로 내부의 '빈터'를 이야기하고 있습니다. 우리는
나날이 우리의 필요와 욕망에 쫓기면서 살아갑니다. 필요와 욕망의 눈에
들어오는 것들만 쫓고 취하면서 잠시도 쉬지 않고 분투합니다. 욕망의 불
빛에 비치지 않는 것들은 아예 존재하지도 않는 것처럼 여겨집니다.

그렇게 많은 것을 잃고 잊어버린 마음의 빈터에
어느 날 문득 이르러 보라
무성히 자란 갖가지 풀과 들꽃들이
마파람 하늬바람과
작은 새 풀벌레들과 오순도순 살고 있다

그러다가 어느 날 문득 '많은 것을 잃고 잊어버린 마음의 빈터'를 발견
합니다. 그 '마음의 빈터'는 그동안 치열한 욕망과 필요의 범위에서 벗어난
하얀 백지와 같은 곳입니다. 욕망의 초점이 없으니까 마치 모든 것을 있는
그대로 비추어 주는 맑은 거울과 같은 곳입니다. 즉 모든 것을 무심히 그
대로 비추어 주는 거울과 같은 '마음의 빈터'인 것입니다.

이 발견은 놀라운 것입니다. 왜 놀라운 일입니까.

'마음의 빈터'가 비추어 주는 생전 처음 보는 듯한 풍경 때문입니다. 거
기 갖가지 풀과 들꽃들, 마파람과 하늬바람, 작은 새와 풀벌레들이 한 몸
처럼 섞여서 살고 있습니다. 금방 새로 태어난 듯한 그 풍경을 바라보게
될 때 우리는 놀라지 않을 수 없는 것입니다. 아, 내가 까마득히 잊고 있

었던 것들이 여기서 그동안 이렇게 살고 있었구나, 하고 새삼 감회에 젖지 않을 수가 없는 것입니다.

이렇게 풍경을 새롭게 보는 눈은 욕망의 불빛으로 보는 눈이 아닙니다. 욕망이 사라진, 즉 무심한 마음의 눈입니다. 그 눈에 비치는 사물과 풍경은 비로소 원래의 타고난 모습 그대로인 것입니다. 그 모습은 바로 눈앞에서 눈부시고 아름답게 빛을 발하고 있습니다.

이렇게 되면 이제 거꾸로 지금까지 욕망을 좇아 바라보던 사물들과 그렇게 좇기면서 살던 삶의 모습은 빛을 잃고 희미해지면서 참으로 하찮은 것으로 변색되어 버립니다. 욕망과 필요가 사라진 무심한 마음의 눈은 사물과 세계 전체를 있는 그대로 바라보게 합니다.

　　그 드넓은 풀밭과 들꽃들 위로 지는 노을은
　　아름답다
　　참 아름답다.

그렇습니다. 욕망이 사라진 무심한 마음의 눈으로 보는 '그 드넓은 풀밭과 들꽃들 위로 지는 노을은' 참으로 놀랍고 아름답습니다. 욕망에 의해 선택되고 제약받는 시선으로는 아름다움을 발견할 수가 없습니다. 제약받지 않는 무심한 눈만이 전체를 볼 수 있고 아름다움을 볼 수 있습니다.

당신은 때로 무심한 눈으로 세계를 바라보아야 합니다.
그래서 당신은 '마음의 빈터'를 이따금 찾아가야 합니다.
당신은 그 '빈터'에서 새롭게 태어날 수 있습니다.

배롱나무꽃 그늘

사랑하는 이여
사람은 너무 크거나 작은 것들은
아예 듣도 보도 못하나니
제 이목구비만한 낡은 마을을 세우고
때도 없이 시끄럽게 부딪치나니
사랑하는 이여
이제 이 마을 살짝 벗어나
너무 크고 작아 그지없이 고요한 곳
저 배롱나무 꽃그늘에서 만나기로 하자
그 꽃그늘에 고대古代의 호수 하나 살고 있고
호수 중심에 고요한 돌 하나 있으니
너와 나 처음 만난 눈빛으로
배롱꽃 등불 밝혀 돌 속으로 들어가
이제 그만 아득히 하나가 되자.

- 『나는 거기에 없었다』

☞ 모든 생물은 방식과 기능이 조금씩 다르기는 하지만 크게 보아 감각을 통해 이 세계와 만나고 교섭하면서 살아갑니다. 초목과 벌레도 짐승과 사람도 그 차이가 없기야 없겠지만 다 감각을 통해 이 세계에 뿌리를 내리고 자양분을 흡수하면서 자신만의 삶의 세계를 이루어 살고 있습니다. 이러한 모습은 크게 보아 세계와 분리되지 않은 채 세계와 거의 한몸이 되어 사는 것이라고 할 수 있을 것입니다.

감각의 크기와 그것이 지닌 힘의 깊이와 세기에 따라 생물들은 각기 다른 삶의 방식을 이루어 살 수밖에 없습니다. 그런데 인간은 다른 생물들과 달리 이러한 감각의 기초 위에서만 삶을 영위하는 것이 아니라 생각하는 힘을 가지고 감각의 기초 위에 독특한 인간적 세계를 이룩하고 살아갑니다. 그 인간적 세계를 우리는 언어적 세계라고 부릅니다. 그러니까 사람의 삶은 한편으로는, 세계와 거의 한 몸으로 얽혀진 구체적인 감각적 세계에서 멀리 벗어난, 추상적 세계 즉 언어적 세계에서 영위되는 것이기도 합니다.

사람의 삶은 이렇게 해서 이중적인 제약을 받고 있습니다. 구체적인 감각의 제약과 추상적인 언어의 제약 즉 생각하는 힘의 제약이 그것입니다. 이 두 가지의 제약은 인간의 삶이 안고 있는 숙명적인 질곡입니다. 그러나 이 두 제약 중 감각의 제약이 언제나 먼저이고 힘이 센 것입니다. 감각을 기초로 해서 비로소 생각은 움직일 수 있기 때문입니다.

이와 같은 이중의 제약이 이루어 놓은 인간적 세계는 어떤 모습일까요.

사랑하는 이여
사람은 너무 크거나 작은 것들은
아예 듣도 보도 못하나니
제 이목구비만한 낡은 마을을 세우고
때도 없이 시끄럽게 부딪치나니

당신은 얼마나 작은 것부터 얼마나 큰 것까지 볼 수 있습니까. 당신의 감각이 아무리 특출하다 하더라도 '너무 크거나 작은 것들은 / 아예 듣도 보도' 못할 것입니다. 우리가 감각할 수 있는 한계 즉 감각역感覺域이 있는 것입니다. 이 감각역을 벗어나면 우리는 아무것도 감각할 수 없습니다.

우리는 일정한 빛의 파장 범위를 벗어나면 아무것도 볼 수 없고, 일정한 음역의 주파수를 벗어나면 아무것도 들을 수가 없습니다. 돌멩이는 단단한 고체로 보이지만 전자현미경으로 들여다보면 원자 수준의 미립자가 엄청난 속도로 회전하고 있는 텅 빈 공간에 불과합니다.

이렇게 우리의 감각은 한심할 정도로 아주 빈약하고 엉성하기 짝이 없습니다. 그러니까 사람은 제가 감각할 수 있는 적당한 크기에만 반응할 뿐입니다. 제 이목구비에 딱 맞는 것들만 골라서 보고 듣고 그것을 가지고서 이리저리 생각하고 판단하는 것입니다.

그것뿐입니까. 빈약한 감각으로 골라 놓은 것들만을 가지고 생각하고 판단하면서 좋아하고 싫어하다 보니 이제는 제가 싫은 것은 보이지도 않는 해괴한 일도 생기게 됩니다. 당신도 아마 눈은 아주 정상적이고 건강한 사람이 어느 날 갑자기 소경처럼 아무것도 볼 수 없게 된 사람의 이야기를 들어본 일이 있을 것입니다.

정신병원에 가 보면 뜻밖에 이런 환자들이 많이 있습니다. 이런 병증은 감각이 문제가 아니라 언어적 분별세계에서 좋은 것과 싫은 것을 나누고 좋은 것을 욕망하고 싫은 것은 혐오하는 데에서 생긴 것입니다. 사실 따지고 보면 우리가 다 이렇게 살고 있습니다.

사람은 '제 이목구비만한 낡은 마을을 세우고' 살고 있습니다. 왜 '낡은 마을'이라고 할까요. 인류가 모둠살이를 한 이래 사람의 세계는 변하지 않았기 때문입니다. 문화가 변하고 풍습이 변하고 제도가 변했다고는 하지만 그 변화를 만드는 핵심적인 힘 즉 사람의 '제 이목구비만한' 힘의 활용은 옛날이나 지금이나 변화가 없는 것입니다.

빈약한 감각적 느낌의 정도는 엄밀히 말해서 사람의 수만큼 다를 것이고, 그 서로 다른 감각을 활용하는 욕망과 언어적 분별의 다름은 기하급수적으로 분화되어 참으로 상상을 초월할 만큼 다종다기하고 많고 많을 것입니다. 그 서로 다른 감각과 욕망과 분별의 세계는 '때도 없이 시끄럽게 부딪치나니' 세상은 한시도 조용할 날이 없습니다.

이렇게 되면 우리의 마음은 어떻게 움직일까요.

부딪침이 없는 조용한 세계 즉 대립과 갈등이 없는 세계를 원하게 됩니다. 대립과 갈등이 없는 세계는 궁극적으로 모든 것이 하나로 합일된 세계일 수밖에 없지요.

> 사랑하는 이여
> 이제 이 마을 살짝 벗어나
> 너무 크고 작아 그지없이 고요한 곳
> 저 배롱나무꽃 그늘에서 만나기로 하자

'때도 없이 시끄럽게' 부딪치는 이 '낡은 마을'을 떠나서 '너무 크고 작아 그지없이 고요한 곳'으로 가고자 합니다. 시끄러운 것은 한정된 시간과 공간 안에서 이것과 저것이 끊임없이 부딪치기 때문입니다. 보려고 해도 보이지 않는 것을 이夷라 하고, 들으려고 해도 들리지 않는 것을 희希라 하고 잡으려고 해도 잡히지 않는 것을 미微라고 합니다. 이 이희미의 세계가 '그지없이 고요한 곳'이고, 모든 존재가 돌아가는 근원적인 귀일처歸一處, 즉 하나로 돌아가는 곳입니다. 그러니 '그지없이 고요한 곳'은 대립이 소멸되어 합일을 이룬 무한하고 영원한 세계인 것입니다.

예로부터 꽃은 그 신비로운 합일의 세계를 상징합니다. 수많은 동서의 시 작품 속에서, 신화와 동화와 전설 같은 많은 이야기 속에서 꽃은 그와 같은 상징으로 널리 쓰여 왔습니다. 무엇보다 꽃은 상하좌우 할 것 없이 중심으로부터 삼백육십 도 모든 방향에서 대칭적인 균형과 조화를 이루면서 다른 사물에서는 찾아볼 수 없는 아름다움을 발산합니다. 중심이 강조되는 둥그런 원의 모양 같은 조화로운 형상은 설혹 꽃이 아니더라도 만달라와 같이 다 그와 같은 상징적 기능이 있습니다. 그 완벽한 조화와 통일이 합일 세계의 속성인 고요함을 드러냅니다. 그리고 또한 무한한 생명력을 지닌 우주의 신비한 씨앗과 같은 것을 상징하게 됩니다.

그런데 꽃 중에서도 하필이면 왜 '배롱나무꽃'일까요.

배롱나무는 수피도 아름답지만 여름부터 가을까지 면사포를 둘러쓴 듯한 은은한 꽃을 오래 피우고 있어서 많은 사람이 애호하는 꽃나무입니다. 그런데 이 나무는 예전에는 귀신을 부른다고 해서 집안에 심는 일이 없었습니다. 그래서 주로 묘지를 단장하여 심거나 그냥 한적한 산속에 조용히 피고 지는 꽃나무였습니다.

그러니까 이 나무는 산 사람과, 죽은 사람의 귀신 사이에, 이승과 저승의 사이에 서 있는 나무인 것입니다. 달리 말하면 이승과 저승을 그리고 생령과 사령을 합일한 자리에 서 있는 나무입니다. 그러니 배롱나무꽃은 신비한 합일의 세계를 상징하는 것으로는 더할 나위 없는 것이지요. 또 '배롱나무꽃 그늘'은 물론 그와 같은 배롱나무가 거느리고 있는 합일의 세계를 뜻하는 것이지요.

'이목구비만한 낡은 마을'을 떠나 '저 배롱나무꽃 그늘에서 만나기로 하자'고 하는 것은 더 말할 것 없이 바로 거기서 합일을 이루자는 말입니다.

그 꽃그늘에 고대의 호수 하나 살고 있고
호수 중심에 고요한 돌 하나 있으니
너와 나 처음 만난 눈빛으로
배롱꽃 등불 밝혀 돌 속으로 들어가

이제 그만 아득히 하나가 되자.

이 부분은 신비하고 알 수 없는 합일의 세계를 그려내기 위해서 그것을 상징하는 이미지들이 겹겹으로 겹쳐지고 있습니다. 먼저 '배롱나무꽃 그늘'에 있는 것으로 상상되는 '고대의 호수'는 무엇일까요. 그것은 먼 옛날부터 변함없이 존재하고 있는 즉 영원불변의 호수를 뜻합니다. 그리고 호수는 대개 중심이 강조되는 둥그런 원의 모양을 갖춘 물입니다. 그러니까 호수는 상징적으로 꽃과 같은 것입니다.

그리고 당신도 아시다시피 물은 이 세계에 편재하는 유일한 것입니다. 물이 없는 곳은 없으며 모든 물은 하나입니다. 오늘날 과학이 알려주듯이 물은 돌멩이나 심지어 쇠붙이에도 있습니다. 물은 세계와 생명을 궁극적으로 떠받치고 있는 영원불변의 상징이라 할 만합니다.

그래서 어떤 성인도 물은 궁극적인 하나 즉 도에 가까운 것으로 보았습니다. 또 물이 지닌 생동성, 자율성, 소박성, 그 깊이를 알 수 없는 크기 등은 무의식의 특성과 같은 것이어서 심리학이나 정신분석학은 무의식의 전형적인 상징으로 보고 있습니다.

이와 같은 심원한 의미의 상징인 호수에, 그것도 호수의 중심에 '고요한 돌 하나'가 있다고 합니다. 이 '고요한 돌'은 또 무엇을 상징하는 것일까요. 돌은 인류의 원시시대부터 의미심장한 종교적 상징으로 쓰여 왔습니다. 그것의 견고함, 조야함, 항구성 등이 원시인의 심성에 성현hierophany. 즉 신성함의 나타남으로 표상되었습니다. 그래서 거친 자연석이 있는 곳은 영靈과 신들이 사는 곳으로 믿었습니다. 돌은 석화된 영이고 속세와 다른 실재의 무한한 힘을 지닌 것이라고 상상했던 것입니다.

결국 조금씩 의미의 편차는 있지만 꽃, 고대의 호수, 고요한 돌 등은 모두 '그지없이 고요한 곳'으로서 합일 세계 또는 궁극적 실재의 세계를 상징하는 것들입니다. 이 상징들이 겹겹이 둘러쳐진 중심 즉 돌 속으로 낡은 눈빛이 아닌 '처음 만난 눈빛으로 / 배롱꽃 등불 밝혀' 들어가자고 나는 사랑하는 너에게 말합니다. 그리고 그 돌 속에서 '아득히 하나가 되자'고 말합니다.

이제 당신은 '이목구비만한 낡은 마을' 즉 시끄러운 속세를 벗어나 '그지없이 고요한 곳' 즉 영원한 합일의 세계로 가자고 하는 의미를 이해했을 것입니다. 그리고 이것을 남녀의 성적 합일로 잠시 상상했을지도 모르겠습니다. 그렇더라도 그것은 아주 빗나간 상상은 아닙니다. 남녀의 합일을 통해 영원한 실재 세계의 체험을 하고자 하는 밀교의 종교적 수련도 있지 않습니까. 그러나 성적 합일로만 본다면 이 시의 심원한 상징성은 거의 사라지고 맙니다.

끝없이 의미의 파문을 생성하며 퍼져나가는 상징의 힘을 그대로 느껴야 합니다. 모호하고 몽롱한 의미의 파장을 그대로 즐길 힘을 길러야 합니다. 이 힘이 바로 예술을 창조하는 힘이고 예술을 감상하는 힘입니다.

등불 곁 벌레 하나

옛사람들은 그림을 그릴 때
푸나무나 꽃만 그리지 않고
눈에 잘 띄지 않는 어느 구석일망정
작은 벌레 하나가
그 속에서 조용히 살게 하는 일을
결코 잊지 않았다

오늘은 내 홀로
하염없는 생각에 잠겨 있으면서
그 생각의 등불 곁에
작은 벌레 하나를 숨 쉬게 하여
그 가느다란 더듬이로
먼 세상을 조용히 그려 본다.

― 「나는 거기에 없었다」

☞ 천지자연이 어질지 않아 만물을 하찮게 여긴다天地不仁 以萬物爲芻狗라는 말이 있습니다. 정말 그럴까요. 생명이 있는 것이거나 없는 것이거나 간에 만물은 자연의 조건과 법칙에 따라 생기기도 하고 없어지기도 합니다. 물과 공기와 햇빛이 있고 밤낮이 바뀌고 사계절이 순환하고 있어서 그 조건 속에서 만물은 존재하고 살아가는 것입니다. 그러니까 자연은 만물의 어머니이고 만물은 그 어머니의 젖을 먹으며 살아갑니다.

자연은 어머니이니까 자애롭고 어질어야 하는 것일까요. 심한 가뭄이 들면 강바닥도 마르고 논밭도 갈라 터져 물고기도 농작물도 다 타서 죽습니다. 굶어 죽는 사람들도 생깁니다. 혹한에 눈이 쌓이면 짐승도 사람도 추위를 이기지 못하여 죽기도 합니다. 벼락이 치면 불이 나서 숲이 잿더미가 되기도 합니다. 그렇다면 어머니인 자연은 잔인한 것일까요.

자연은 어진 것도 아니고 잔인한 것도 아닙니다. 오직 사람만이 이렇게 저렇게 생각할 뿐입니다. 무생물은 물론이고 생물인 초목도 짐승도 이렇게 저렇게 생각하지 않습니다. 당신은 지금 만물의 영장인 사람을 그런 무생물이나 미물들과 비교하는 것은 말이 안 된다고 생각하시나요. 누가 사람을 만물의 영장이라고 했습니까. 사람이 스스로 영장이라고 생각하고 사람의 말로 그렇게 표현한 것입니다.

사람이 영묘한 힘을 가장 많이 지닌 영장이라면 자연 또는 세상에 대해서 과연 얼마나 많이 알고 있을까요. 아니 세상은 고사하고 저 자신에 대해서는 과연 얼마나 많이 알고 있을까요. 생각하고 따져볼수록 저 무한한 자연의 크기와 깊이에 비한다면 인간의 앎이란 참으로 초라하고 하찮은 것입니다. 그렇지 않습니까. 오늘날 양자역학의 불확정성의 원리만 보더라도 인간의 앎이 매우 한정된 조건 속에서만 성립되는 하찮은 것이라는 걸 알 수 있지 않습니까.

자연은 만물에게 공평합니다. 공평한 자연의 힘에 순응하기도 하고 거스르기도 하면서 만물은 각자의 방식으로 존재하고 있는 것입니다. 사람만이 특출한 존재라고 생각하는 것은 사람의 오만한 착각은 아닐까요. 공평한 자연의 힘 앞에서 사람도 결국 크게 보면 저 초목이나 벌레나 짐승 같은 미물들과 평등한 것은 아닐까요.

> 옛사람들은 그림을 그릴 때
> 푸나무나 꽃만 그리지 않고
> 눈에 잘 띄지 않는 어느 구석일망정
> 작은 벌레 하나가
> 그 속에서 조용히 살게 하는 일을
> 결코 잊지 않았다

여기에서 말하고 있는 그림은 물론 동양화를 염두에 둔 것입니다. 당신은 이 부분을 읽으면서 좀 의아스럽게 생각했을지도 모르겠습니다. 풀과 벌레를 그리는 초충화라면 몰라도, 산수화나 민화를 보면 드물게 벌레가 '눈에 잘 띄지 않는 어느 구석'에 그려져 있기는 하지만, 그렇게 그리는 것을 '결코 잊지 않았다'고 단정할 만큼 일반적인 일은 아니기 때문입니다. 그러니까 이 시는 사실을 상당히 왜곡하고 있습니다. 사실이 아닌 것을 사실처럼 말하고 있는 것입니다.

그런데 어떻습니까. 이렇게 왜곡된 사실이 이 시의 전체적인 의미의 짜임새와 흐름에 아주 어울리지 않고 당신의 마음에 크게 거슬립니까. 만일 그렇다면 당신은 아직 시를 읽을 마음의 준비가 되어있지 않은 것입니다. 그런데 만일 당신이 시는 반드시 사실만을 표현하는 것이 아니라 사실이 아닌 것을 사실처럼 전제한 토대 위에서 얼마든지 전개될 수 있는 것으로 생각한다면 당신은 상당한 심미적 수준을 갖추고 있다고 볼 수 있습니다.

시는 사실이 아니라 시적 진실을 표현합니다. 시적 진실이 표현될 수 있다면 사실이거나 사실이 아니거나 그것은 큰 문제가 되지 않는 것입니다. 누군가 이야기하지 않았습니까. 암사슴은 뿔이 없지만 뿔이 있는 암사슴을 아름답게 그려서 공감을 일으킬 수 있다면 예술적 성취를 이룬 것이라고 말입니다. 이처럼 시적 진실이 표현될 수 있다면 사실이 아닌 것도 허용되는 것입니다. 이 시적 허용을 시적 정의poetic justice라고도 부릅니다.

어쨌든 그림을 그릴 때 그리는 사람은 자신의 가치관, 심미적 기준 등에 맞추어 그릴 대상을 선택합니다. 다시 말하면 인간적 시선과 가치에 따라 해석된 대상이 선택되는 것입니다. 그러니까 어떻게 보면 그림을 통해서 인간 자신의 얼굴과 주장이 화폭에 가득 담긴다고 볼 수 있습니다.

그런데 '옛사람들은' 화폭의 '어느 구석일망정 / 작은 벌레 하나가' 살게 했다고 하는 것은 무슨 뜻일까요. 자연의 품안에서 사람만이 사는 것이 아니라 벌레와 같은 미물도 함께 살고 있다는 뜻입니다. 이것은 자연 앞에서 갖는 '옛사람들'의 소박하고 넉넉한 그리고 겸허한 삶의 태도를 말하는 것입니다. 오늘날 자연을 착취와 이용의 대상으로만 보는 인간의 오만한 태도와 분명히 대조되는 것이지요.

오늘은 내 홀로
하염없는 생각에 잠겨 있으면서
그 생각의 등불 곁에
작은 벌레 하나를 숨쉬게 하여
그 가느다란 더듬이로
먼 세상을 조용히 그려 본다.

누군가 사람은 생각하는 갈대라고 말했지요. 참, 잘 짚은 말입니다. 사람은 갈대처럼 연약하고 아무 힘이 없는 존재입니다. 그러나 짐승과 달리 생각할 수 있는 힘이 있기 때문에 스스로 만물의 영장이라고 자부심을 가질 수도 있는 것이지요. 생각이란 의식의 움직임입니다. 당신도 아시겠지만 의식이란, 거대하고 캄캄한 밤바다와 같은 무의식의 물결 위에 켜져 있는 꺼질 듯 말 듯한 등잔불과 같습니다. 그 반딧불만한 불빛으로 무엇인가를 비추면서 움직이는 의식을 생각이라고 합니다.

우리가 볼 수도 없고 알 수도 없는 무한대 크기의 무의식에 비한다면 그 의식 즉 생각은 얼마나 초라하고 하찮은 것입니까. 그 반딧불만한 의식의 불빛으로 우리가 사는 세계를, 밑도 끝도 없는 우리의 삶을 비추어 보면서 생각하는 것입니다. 그러니 그 한정된 생각이 이렇다 할 분명한 것을 잡을 수 없는 것은 정한 이치 아니겠습니까. 그래서 이렇다 할 확실한 앎에 정박하지도 못하고 뜬생각만 그침 없이 이어지는 것을 '하염없는 생각'이라고 합니다.

꺼질 듯 말 듯 미약한 '그 생각의 등불 곁에 / 작은 벌레 하나를 숨 쉬게 하여'라고 말하고 있습니다. 아주 작은 등불이 제 주위에 흰 손수건만한 밝음을 짓고 있는데 그 어느 구석에 귀뚜라미 같은 작은 벌레 하나가 조용히 숨 쉬고 있는 모습이 떠오릅니다.

왜 그 생각의 등불 곁에 작은 벌레 하나를 숨 쉬게 하였을까요. 알 수 없는 거대한 그리고 공평한 대자연의 품안에서 어쩔 수 없이 인간도 저 벌레와 같은 미물일 수밖에 없다는 뜻입니다. 벌레도 인간도 어머니인 대자연의 품안에서 사는 평등한 식구입니다.

사람이 생각의 불빛으로 더듬어 보며 세상을 제 방식으로 그려보듯이 작은 벌레도 더듬이로 더듬어 보며 세상을 제 방식으로 그려보면서 살아갑니다. 그래서 어느덧 사람의 생각도 벌레의 더듬이가 되어, '그 가느다란 더듬이로 / 먼 세상을 조용히 그려 본다'고 말하게 되는 것이지요.

알 수 없는 멀고 먼 세상을 생각의 등불을 비추며 더듬어 봅니다.
저 무의식 속에 있는 먼 세상을 조용히 더듬이로 더듬어 봅니다.
당신의 더듬이로 더듬어 본 세상은 어떤 것입니까.

이슬 속에는

한 방울 이슬 속에는
어디론가 끝없이 떠나는 사람들의
뒷모습이 어른거린다
콩꽃 같은 흰 옷고름이
안쓰럽게 얼비치고
가슴에 묻은 날카로운 칼날도
눈물에 삭고 휘어
이따금 찌르레기 소리에 반짝인다.

― 『나는 거기에 없었다』

☞ 옛 고전에 보면 조균朝菌이라는 버섯은 아침 한나절만 살기 때문에 새벽과 저녁을 모르고 혜고蟪蛄라는 메뚜기는 여름 한 철만 살기 때문에 봄과 가을을 모른다고 합니다. 또 명령冥靈이라는 거북이는 5백 년씩을 한 계절로 삼아 살고 대춘大椿이라는 나무는 8천 년씩을 한 계절로 삼아 산다고 합니다.

그뿐입니까. 불교의 경전에서는 더 엄청난 시간을 이야기하고 있습니다. 겁劫이라는 시간은 사방과 상하가 각기 약 15km나 되는 성 안에 겨자씨를 가득 채운 다음 100년만에 한 알씩 꺼내어 그것이 다하는 동안이라고 합니다. 그런데 이렇게 까마득한 시간인 겁을 억겁 또는 무량겁까지 이야기하고 있습니다. 그리고 찰나는 대략 백분의 일초 정도의 짧은 시간을 가리킨다고 합니다.

당신은 이런 이야기를 단순히 옛사람들의 터무니없는 공상이라고만 생각하십니까. 그렇지 않습니다. 오늘날 천문학과 물리학이 밝혀준 대로 보자면 시간에 관한 이 정도의 상상은 지극히 당연한 것일 뿐 조금도 놀랄 일이 아닙니다. 행성마다 시간의 길고 짧음은 다 다른 것입니다. 더구나 시간은 무한히 상대적이라는 과학적 사실을 전제한다면 지구의 100년은 이 무한대 우주의 어느 곳에서는 단 1초에 불과한 시간이라는 것을 우리는 인정해야만 합니다.

영원한 시간과 찰나의 시간. 그 시간과 함께하는 존재와 삶. 생각하면 할수록 이 시공 속에서 영위되는 존재와 삶이 신비할 뿐입니다. 그래서 우리는 이 지상에서 이루어지는 짧은 삶의 여정을 흔히 꿈결 같다고 말합니다.

꿈속에서는 만리장성을 몇 번이나 쌓았다가 허물기도 하지만 깨어보면 잠시 잠깐의 시간인 것입니다. 그래서 꿈속의 삶은 간절한 곡절이지만 그것은 단지 한순간이라는 것을, 어떤 시인은 "잠깐 조는 사이 몇천 리 강남 땅을 다녀왔지요枕上片時春夢中 行盡江南數千里"라고 노래하기도 합니다.

이 시 「이슬 속에는」은 꿈결 같은 우리네 삶의 모습을 잔가지를 쳐내어 여백을 최대한 강조하는 선화禪畵의 기법으로 형상화해 본 것입니다.

> 한 방울 이슬 속에는
> 어디론가 끝없이 떠나는 사람들의
> 뒷모습이 어른거린다

'한 방울 이슬'은 참으로 투명하고 영롱하고 아름답습니다. 그러나 한숨에도 그만 흔적 없이 흩어져 사라집니다. 해가 뜨기 전 잠시 영롱하게 빛나다가 없었다는 듯이 사라져 버리고 맙니다. 그러나 어찌 이슬만 그렇게 덧없이 사라지겠습니까. 지상에 존재하고 사는 것치고 저 무한대의 상대적 시간에 비한다면 이슬 같지 않은 것이 어디 있겠습니까. 그래서 인생은 풀잎에 맺힌 이슬 즉 초로와 같다고 말하는 것이겠지요.

그런데 초로와 같은 인생 즉 찰나지간의 삶의 모습은 너무나 순식간의 현상이기 때문에 언제나 '끝없이 떠나는 사람들의 뒷모습'만 보일 수밖에 없는 것입니다. 현재의 사는 모습은 너무나 짧아서 보는 순간 사라지는 '뒷모습'만 보이는 것이지요. 그러니까 찰나지간의 '이슬' 속에 비치는 것들은 모두 찰나지간의 존재들뿐입니다. '한 방울 이슬 속에' 지상에서 존재하는 모든 것들의 뒷모습이 아주 미미하게 비치는 것입니다. 다시 말하면 그 이슬 속에 이 찰나지간의 세상이 다 비친다고 보아야 하겠지요.

> 콩꽃 같은 흰 옷고름이
> 안쓰럽게 얼비치고

꿈이 그러하듯이, 아무리 짧은 인생이지만 사는 동안 사람들은 잘 풀리지 않는 매듭 같은 삶의 우여곡절 속에서 얼마나 많은 쓰라림과 슬픔과 근심에 부대꼈을까요. 얼마나 가슴을 조이고 긴 시간 안타까운 마음에 속을 태웠을까요. 때로는 못다 한 말도 슬픔도 울음도 속앓이하는 가슴에 다 묻어 두고 살았을 것입니다. 답답해서 손바닥으로 두드려도 가슴은 소리가 나지 않는 무덤이었을 것입니다. 더구나 옛 여인네들의 삶은 더욱 그랬겠지요.

바람이 조금만 불어도 앞가슴에서 소리 없이 나부끼는 '흰 옷고름'은 바로 그와 같은 가슴을 뜻하는 환유입니다. 그 옷고름의 색깔도 정원에서 가꾸는 장미나 모란의 그것도 아니고, 산에 들에 피어나는 자운영이나 들국화의 그것도 아닙니다.

한여름에도 먹고 살기 위해서 땀 흘리며 일을 해야만 했던 콩밭, 그 콩이파리의 겨드랑이에서 애잔하게 흔들리던 '콩꽃 같은 흰' 빛깔입니다. 그 '흰 옷고름'이 눈물 같은 한 방울의 영롱한 이슬 속에 참으로 '안쓰럽게 얼비치고' 있습니다.

　　가슴에 묻은 날카로운 칼날도
　　눈물에 삭고 휘어

한평생 살아가면서 가슴 깊이 묻어 둔 것이 어찌 못다 한 말이나 슬픔 같은 한뿐이겠습니까. 삭이려야 삭일 수 없는 분노와 증오도 있었을 것입니다. 불같은 분노와 증오를 차갑게 가라앉히며 벼리고 벼린 날카로운 비수도 때로는 남모르게 가슴 깊이 묻어 두었겠지요.

그러나 세월이 가고 살다 보면 아무리 날카로운 칼날이라도 가슴속에서 흐르는 눈물에 삭을 수밖에 없는 것입니다. 소금기의 눈물에 삭아서 마치 가락지와 같이 둥글게 휘어지기 마련입니다.

이따금 찌르레기 소리에 반짝인다.

'눈물에 삭고 휘어'진 날카로운 칼날이 한 방울의 이슬 속에 얼비치며 반짝입니다. 그것도 '찌르레기' 우는 소리에 말입니다. 찌르레기는 산에서 쉽게 볼 수 있는 아주 작고 예쁜 새입니다. 찌르륵, 찌르륵 하고 우는 소리는 사금가루에 자잘한 햇살이 흩어지듯 가늘고 희미합니다. 그 찌르레기 우는 소리에 화답이나 하듯 이따금 이슬 속에서 '눈물에 삭고 휘어'진 칼날이 반짝이는 것입니다.

둥근 이슬방울 속의 삭고 휘어진 칼날.

그 칼날을 삭이고 휜 눈물.

눈물 같은 이슬방울 속의 칼날과 찌르레기의 울음소리가 화답하는 소리 없는 반짝임.

이런 이미지들을 음미하다가 보면 칼날도 눈물을 흘리는 것 같이만 느껴지기도 합니다. 이것은 나만의 느낌일까요.

그리움

한 사람을 그리워한다는 것은
갈꽃이 바람에
애타게 몸 비비는 일이다
저물녘 강물이
풀뿌리를 잡으며 놓치며
속울음으로 애잔히 흐르는 일이다

정녕 누구를 그리워하는 것은
산등성이 위의 잔설이
여윈 제 몸의 안간힘으로
안타까이 햇살에 반짝이는 일이다.

– 「나는 거기에 없었다」

☞ 옛날부터 그리움이라는 주제만큼 시인들이 많이 노래한 것도 없을 것입니다. 그만큼 그것은 시적 감성의 마르지 않는 샘물이라 할 수 있을 것입니다. 무엇보다도 그리움은 가장 인간적인 원초적 감정의 하나입니다. 왜냐하면 사람은 짐승과 달리 꿈을 꾸면서 살 수밖에 없고, 그리움이란 본질적으로 꿈꾸는 일과 같기 때문입니다.

꿈은 지금 여기에 없는 것을 그리는 것이고 그것이 이루어지기 어려운 것일수록 꿈은 간절해집니다. 그리움도 지금 여기에 없는 것을 꿈꾸는 것이고 그 꿈이 이루어지기 어려울수록 그리움은 더욱 간절해지는 것입니다. 그리움은 꿈이고 꿈은 그리움입니다.

그러니까 꿈과 그리움은 결국 깊은 결핍의식의 표현입니다. 결핍된 그 무엇이 지금 나에게 없기 때문에 나는 불완전하고 무력하고 한없이 외로운 것입니다. 결핍된 그 무엇을 채워야만 나는 비로소 완전해지고 활력을 얻어 정상적으로 삶을 꾸려나갈 수 있게 됩니다. 그래서 꿈을 꾸거나 그리워하는 사람은 그 꿈과 그리움의 대상에 한사코 매달릴 수밖에 없습니다.

그러나 꿈이 겨냥하는 것은 광범위합니다. 그래서 꿈은 정서나 감정과 상관없이 이지적 욕망의 원료만으로도 불타오르게 됩니다. 이와는 달리 그리움의 대상은 비교적 한정되어 있고 반드시 정서나 감정의 기름이 있어야만 타오릅니다. 그리움의 대상이 사람일 경우, 특히 사랑하는 사람일 경우 그 그리움의 열도와 간절함은 더욱 커지기 마련입니다.

결핍된 그 무엇이 사랑하는 사람일 때, 그리워하는 사람은 사랑하는 그 사람이 있어야만 비로소 완전하게 소생하여 정상적인 삶을 꾸려나갈 수 있을 것입니다. 그 사람이 나의 불완전함을 채워주지 않으면 나의 삶은 아무 의미가 없습니다. 그래서 생명이 있는 한 생명력의 표현인 정서와 감정의 기름에 심지를 박고 그리움은 그칠 줄 모르고 타오르게 됩니다.

그리우면 그리울수록 타오르는 그리움은 생명력을 고갈시키고 속을 태우게 됩니다. 애가 닳다, 애태우다, 애달프다, 애간장이 녹다 등의 말들은 바로 그러한 사정을 표현한 것입니다. 그리움은 사람을 여위게 하고 애를 닳게 합니다.

간절한 그리움이 얼마나 애를 닳게 하는 것인지 당신은 아시나요.

옛날 사랑하는 사람을 간절히 그리워하던 어떤 여인은 "꿈길을 다니는 내 혼의 발자국이 있다면 / 당신 집 앞 돌길은 거의 모래가 되었으리若使夢魂行有跡　門前石路半成砂"라고 노래했습니다. 돌길이 닳고 닳아 모래가 되었다는 것은 간절한 그리움에 그 여인의 애가 닳고 닳아 그렇게 되었다는 뜻이기도 한 것입니다.

「그리움」은 이와 같은 그리움에 애가 닳고 애타는 모습을 형상화한 것입니다.

> 한 사람을 그리워한다는 것은
> 갈꽃이 바람에
> 애타게 몸 비비는 일이다

그리워한다는 것은 '갈꽃이 바람에 / 애타게 몸 비비는 일'이라고 말합니다. 모든 것이 조락하는 쓸쓸하고 스산한 가을에는 넉넉한 산도 여위어 보이고 초목의 그림자도 희미하게 여위어 보입니다. 그런 가을 산등성이나 강가에서 하염없이 바람을 맞고 있는 갈꽃을 보았을 것입니다. 가늘게 여윈 몸이 바람에 속절없이 흔들리며 흰 머리칼을 나부끼며 무엇인가 한없이 하소연하는 듯한 그 모습을 보았을 것입니다.

아이가 따뜻한 어머니의 품에 안겨서 체온을 나누며 몸을 비비고 볼을 비비듯이, 사랑하는 사람의 따뜻한 품과 뺨에 그렇게 간절히 비비듯이, 갈꽃은 아무것도 의지할 데가 없어서 바람에 맨몸을 애타게 비비고 있습니다. 바람에 여윈 몸을 부대끼며 그렇게 바람에게라도 온몸을 애타게 비비고 있는 것입니다. 그것이 애타게 그리워하는 몸짓입니다. 참으로 한없이 안쓰러운 모습입니다.

> 저물녘 강물이
> 풀뿌리를 잡으며 놓치며
> 속울음으로 애잔히 흐르는 일이다

스산한 가을날 누군가 홀로 저물녘까지 강가에서 고개를 수그리고 서성이는 사람이 있습니다. 그 사람은 한없이 누군가를 애닳도록 그리워하는 사람입니다. 그때 문득 소리 죽여 흐르는 강물을 봅니다. 저물녘 강물도 의지할 데 하나도 없어 저 홀로 '속울음으로 애잔히' 흐르며, 무엇에라도 의지해보려는 듯 안타까이 '풀뿌리를 잡으며 놓치며' 애타는 몸짓을 하고 있습니다. 잔물결이 마치 속울음을 울고 있는 여인의 스란치마 주름처럼 흐느끼는 듯합니다.

> 정녕 누구를 그리워하는 것은
> 산등성이 위의 잔설이
> 여윈 제 몸의 안간힘으로
> 안타까이 햇살에 반짝이는 일이다.

이른 봄날 '산등성이 위의 잔설이 / 여윈 제 몸의 안간힘'을 다하여 '햇살에 반짝이'고 있습니다. 햇살에 반짝이는 것이 바로 그리워하는 몸짓입니다. 그러나 그렇게 반짝일수록 즉 그리워할수록 생명력은 소모되어 몸은 여위고 마침내 죽음에 이를 것입니다. 그리움은 애를 태우고 죽음에 이르러야 끝나게 됩니다.

이 시는 그리움이라는 정서의 애달픈 현상을 '갈꽃'과 '강물'과 '잔설'에 의탁하여 표현한 것입니다. 그런데 이처럼 절절한 어떤 정서를 형상화하고 보면 그것을 설명하는 일이 참으로 어려워집니다. 왜냐하면 정서란 느끼는 것일 뿐 설명의 대상이 되기가 어렵기 때문입니다. 정서는 사물이나 사건이나 어떤 현상을 대할 때 맨 처음으로 그리고 본능적으로 반응하는 느낌을 말하는 것입니다. 그러니까 그 느낌은 참으로 모호하면서 섬세하고 무한할 수밖에 없습니다.

정서, 즉 느낌은 무엇보다도 공감하는 힘입니다. 이 공감하는 힘이 있어야 사람은 사랑도 할 수 있고 아름다움도 느낄 수 있고 예술도 감상할 수 있고 다른 사람들과 더불어 살 수도 있습니다. 이 감정의 싹이요 실마리인 정서가 민감하고 풍부할수록 사람의 사람다운 능력은 향상되는 것입니다.

그래서 정서교육이라는 말은 있지만 감정교육이라는 말은 쓰지 않습니다. 감정은 정서의 싹이 자라서 일정하게 틀이 형성된 것 즉 희로애락, 두려움, 미움, 놀람 등등으로 쉽게 말로 표현될 수 있는 것들입니다. 그러니까 이런 감정들은 교육할 필요가 없는 것입니다. 정서가 풍부해지면 그것은 저절로 생기는 것들입니다.

이 시는 그리움이라는 상투화된 감정이 아니라 그 감정의 미묘하고 무한한 실마리 즉 정서를 형상화하여 표현한 것이니까 그 정서를 느끼고 공감하지 않으면 이해가 안 되고 아무 맛도 느낄 수가 없습니다. 엄밀히 말하면 느낌은 또 사람마다 미세하게 차이가 납니다. 그래서 이러한 시는 더욱 설명하기가 어려워지는 것입니다.

나는 다만 당신이 이 시를 읽고 충분히 느끼고 공감하기를 바랄 뿐입니다.

버려 둔 뜨락

뜨락을 가꾸지 않은 지 여러 해
온갖 잡초와 들꽃들이
절로 깊어졌다
풀숲 여기저기 흩어진 돌들은
깊은 생각에 잠겼다
이제 내 마음대로
저 돌들을 치우고
잡초를 뽑을 수 없다는 것을
조용히 깨닫는다.

－『모든 돌은 한때 새였다』(시와시학사, 2003)

☞ 이 시는 시집 『모든 돌은 한때 새였다』라는 시집에 수록된 것입니다. 이 시집의 서문 「세설암을 찾아서」는 짤막한 단편소설의 형식으로 씌어져 있습니다. 여기에 전설 속의 세설대사와 기묘한 인연을 맺게 된 사연, 그리고 그 인연이 배경이 되어 이 시집의 시편들을 쓰게 된 내력이 자세히 나와 있습니다.

이 시가 처음 구상된 곳은 외속리산 절골에 남아있는 동관음사라는 옛 절터의 유적지입니다. 세설암은 이 동관음사의 뒤쪽 봉우리에 있었다지만 지금은 아무 흔적도 찾아볼 수가 없습니다. 내가 한여름 처음으로 이곳에 도착했을 때 나는 적이 놀라지 않을 수 없었습니다. 관목수풀과 잡초가 무성하게 자란 널찍한 산자락 여기저기에 커다란 주춧돌과 무너진 탑 돌들이 흩어져 있고 잡초밭 너머로는 이끼가 앉은 부도탑도 보였기 때문입니다.

나중에야 이곳이 먼 옛날에 없어진 동관음사 유적지라는 것을 알았지만 나는 예기치 않은 외딴곳에서 맞닥뜨린 그 유래를 알 수 없는 풍경 앞에서 한동안 망연히 감회에 젖지 않을 수 없었습니다. 이따금 불어오는 바람에 잡초들이 싱그럽게 흔들리는 속에 아직 남아있는 주춧돌과 탑 돌들이 이제야 고향에 돌아와 비로소 안식을 찾았다는 듯한 모습을 보여주고 있는 것 같았습니다.

인간이 애써 깎고 다듬어 수직으로 쌓아 세워 놓은 돌덩이들이 그 힘겨운 높이를 버리고 편안히 땅에 누워 있는 모습. 그리고 서로 키를 재며 햇빛과 바람 속에서 흔들리는 잡초들. 아름다운 풍경이었습니다. 나는 온갖 잡초와 크고 작은 돌덩이들이 그렇게 아름다울 수 있다는 것을 그때 처음 알았습니다. 인간의 손길이 닿지 않을 때 사물들은 비로소 저저금 아름다운 제 얼굴을 드러낸다는 것을 그때 처음 알았습니다.

뜨락을 가꾸지 않은 지 여러 해

온갖 잡초와 들꽃들이
절로 깊어졌다

사람도 자연의 만물 중 하나입니다. 그런데 자연의 한 구성원으로 자연의 품안에서 살아가는 사람은 그 자연을 언제나 가꾸려고 합니다. 가꾸어야만 직성이 풀리는 동물입니다. 가꾼다는 것은 무엇입니까. 제 눈에 들고 제 마음에 맞도록 이리저리 틀어서 가공한다는 뜻입니다.

그런데 인간의 눈과 마음은 시대와 민족에 따라 다르고 그 다름의 틀 안에서 각기의 품성에 따라 또 조금씩 다르기 마련입니다. 이렇게 달라지는 일시적인 가치기준을 가지고 제멋대로 항구한 자연을 가꾸는 것입니다.

우리가 채전밭을 가꿀 때는 우리가 필요한 채소 외에는 모두 잡초로 취급해 버립니다. 잡초라는 이름의 풀이 따로 있는 것이 아닙니다. 그중에는 귀한 약초도 있고 맛있는 나물도 있으며 또 그것들은 제각기 서로 다른 버젓한 이름도 가지고 있습니다. 그러나 인간의 그때그때의 이기적 기준에 따라 그것들은 한 묶음으로 싸잡혀 잡초로 버려집니다. 인간은 이렇게 제 이해관계에 따라 모든 것을 손쉽게 싸잡아 분류해 버립니다.

어느 나라 사람들은 모두 어떠하다든가, 어디 사람들은 나쁜 사람들이라든가, 못 배운 사람들은 다 어찌어찌하다든가 하는 말들이 그와 같이 싸잡아 분류하는 버릇입니다. 이와 같은 분류를 범주화라고 합니다. 이것이 인간의 고질적인 폭력이지요. 이런 범주화의 폭력을 행사할 때 인간은 일시적으로 기묘한 우월감과 쾌감을 느끼게 됩니다. 그러나 이 버릇은 결국 자승자박하는 꼴이고 인간을 소외시키고 마는 결과를 초래하게 됩니다.

사람이 일시적인 제 기준에 따라 항구적인 자연을 범주화하면서 가꾸다 보면 자연으로부터 스스로 소외되고 맙니다. 소외되고 나면 자연의 전체적인 아름다움과 그 심원한 생명력의 원천을 영 잃어버리게 되는 것입니다.

우리는 우리가 버린 '온갖 잡초와 들꽃들이 / 절로 깊어졌다'는 정경을 깊은 마음으로 들여다보아야 합니다.

풀숲 여기저기 흩어진 돌들은
깊은 생각에 잠겼다

한 자리에 오랫동안 터를 잡아 안정을 취하고 있는 돌들은 '깊은 생각에' 침잠해 있는 듯 보입니다. 옛날 동양의 철인들은 돌멩이조차도 아주 미약하기는 하지만 정신의 운동이 있다고 보았습니다. 그리고 오늘날 정신분석학이나 분석심리학자들은 인간의 무의식의 극한지대에서 돌과 만날 수 있다는 의미심장한 암시를 하고 있기도 합니다.

꼭 그렇다고 해서가 아니라 우리가 순수하고 소박한 생래의 마음으로 돌아간다면 얼마든지 돌의 깊은 생각에 공감할 수도 있는 것입니다. 다른 사물과의 이 공감능력이야말로 자연과 함께 살아가는 인간의 진정한 행복과 삶의 충만감을 보장해주는 것이 아닐까요. 이런 점에서 옛사람들이 생명이 있는 초목은 물론이고 생명이 없는 돌들조차 함부로 훼손하고 옮기려 하지 않았다는 것을 우리는 깊이 새겨보아야 하지 않을까요.

그래서 이 시는 다음과 같이 말하게 됩니다.

이제 내 마음대로
저 돌들을 치우고
잡초를 뽑을 수 없다는 것을
조용히 깨닫는다.

사람도 자연의 한 구성원이라면, 그리고 자연의 품안에서 살 수밖에 없는 것이라면 나와 다른 자연의 구성원들을 평등하게 한 식구로 바라보면서 공감한다는 것은 참으로 중요한 일이 아니겠습니까. 한 가정의 식구들이 서로 공감하면서 신뢰하고 사랑할 때 행복을 이룰 수 있듯이 이 자연 속의 삶도 마찬가지 아니겠습니까.

이처럼 삶의 충만감과 행복을 가져다 줄 수 있는 공감능력을 길러 주는 것이 바로 자연과 함께하는 삶의 태도입니다. 그리고 그 공감능력을 적극적으로 키우고 활용하는 것이 예술 일반입니다. 특히 시가 그렇습니다.

바람이 일러주는 말

홀로 길을 걸으면
지나가던 바람이 일러준다
맨 처음에 길은
내 마음의 실마리에서 시작된 것이라고

들꽃을 보고 있으면
지나가던 바람이 일러준다
맨 처음에 꽃은
내 마음의 빛깔을 풀어놓은 것이라고

굽이굽이 흐르는 강물도
푸른 하늘을 나는 새들도
먼 옛날
내 마음이 아기자기 자라난 것이라고

멀고 가까운 온 누리 돌아서
아득한 별까지 두루 지나서
내 귀에 속삭이는 바람이
바로 내 마음의 숨결이라고
지나가던 바람이 일러준다.

- 「모든 돌은 한때 새였다」

☞ 내가 쓴 시에는 마음을 노래한 작품이 많습니다. 초점을 바꾸고 표현의 방식을 달리하면서 아무리 곡진하게 노래하려고 해도 언제나 모자라고 불만족스러울 뿐입니다. 끝없이 노래해도 그것을 다 표현한다는 것은 불가능한 것 같습니다. 그래서 어떤 때는 마음을 노래할 것이 아니라 마음이 보고 듣고 느끼는 세계를 노래하는 것이 더욱 분명하고 옳지 않은가 하는 생각을 하게도 됩니다.

마음은 왜 그렇게 표현하기가 힘든 것일까요.

우리의 마음은 눈 깜짝할 사이에 우주의 어느 곳이라도 갔다 올 수 있고 과거 현재 미래 어디까지라도 미치지 않는 곳이 없습니다. 그야말로 공간적으로 무변無邊하고 시간적으로 무제無際한 것이 마음입니다. 그래서 어떤 현자는, 마음은 무내無內 즉 너무 작아 안이 없는 것 속으로 들어가도 남김없이 들어가고, 무외無外 즉 너무 커서 바깥이 없는 것을 감싸도 여유가 있다고 말합니다.

도대체 이게 무슨 말일까요. 무내 속으로 완전히 들어갈 수도 있고 무외를 감싸도 여유가 있다고 하니 마음은 그만큼 한없이 작기도 하고 무한히 크기도 하다는 뜻일까요. 무내한 것도 무외한 것도 이 세상에는 없는 것입니다. 그러니 무내하고 무외한 것도 상상하기 어렵지만 그 모순 상반된 것에 동시에 적응한다는 것은 더욱 상상할 수 없는 일입니다.

그렇다면 마음은 없다는 뜻일까요. 없는 듯이 있다는 뜻일까요.

예로부터 많은 현자가 마음은 허령虛靈한 것이라고 말했습니다. 아무리 잡으려고 해도 찾아보려고 해도 알려고 해도 허공처럼 비어있어서 도무지 그렇게는 할 수 없는데도 마음은 영검스러워서 이 세상 모든 것을 다 비치고 안다는 뜻입니다. 생각할수록 마음은 정말 허령한 것입니다. 있다고도 할 수 없고 없다고도 할 수 없으니 없는 듯이 있는 것이라고 말할 수밖에 없는 것일까요.

그렇다면 없는 듯이 있는 그 마음의 정체는 과연 무엇일까요.

우리가 우리의 마음이 있다고 분명히 느낄 때는 언제입니까. 가만히 생각해 보면 우리의 마음이 무엇인가를 상대하며 움직일 때 우리는 비로소 우리의 마음을 느끼게 됩니다. 그렇지 않습니까. 꽃을 보거나 종소리를 듣거나 물을 만지거나 할 때 분명히 우리는 우리의 마음이 있음을 느끼게 됩니다. 다시 말하면 우리의 마음이 무엇인가를 경험할 때 그 경험의 자각에서 마음이 있음을 느끼는 것입니다.

그런데 여기서 참으로 기묘한 일이 벌어집니다. 꽃을 볼 때 당신은 꽃을 보는 당신도 함께 볼 수 있습니까. 그럴 수는 없습니다. 꽃을 본 다음 꽃을 본 당신을 마음에 떠올릴 수는 있습니다. 종소리를 들으면서 그 소리를 듣고 있는 당신 자신을 동시에 느낄 수 있습니까. 그것은 불가능합니다. 아무리 순간적인 시간의 차이를 둘지라도 그 소리를 들은 다음에야 당신은 그 소리를 들은 당신을 마음에 떠올릴 수 있는 것입니다. 어떠한 경우도 이와 같습니다.

이러한 경험적 사실은 무엇을 말하고 있는 것일까요. 우리가 무엇을 보거나 듣거나 경험할 때, 즉 단일한 경험 속에서 경험하는 우리의 마음은 경험하는 대상과 분리되어 존재하지 않는다는 사실입니다. 당신이 꽃을 볼 때 꽃을 보는 경험 속의 꽃과 당신은 연속된 하나일 뿐이라는 사실입니다. 당신이(주어) 꽃을(목적어) 본다(동사)고 생각하는 것은 그렇게 셋으로 분별하는 언어의 습관 때문에 생긴 착각입니다. 언어로는 그렇게 분별할 수 있지만 실제의 경험은 궁극적으로 분별할 수 없는 연속된 하나의 실재인 것입니다.

예를 들어 논밭과 논밭에 나 있는 길을 분별할 수 있고 육지와 바다를 분별할 수는 있습니다. 그러나 논밭과 길을 나누는 경계선, 육지와 바다를 나누는 해안선과 같은 경계선은 그 둘을 나누기도 하고 동시에 만나게도 하는 접점인 것입니다. 즉 언어의 외적 분별과 실재의 내적 통일이 거기에 있습니다.

언어의 지도 속에서 사는 우리는 지도에 그려진 경계선을 실재로 착각하지만 실재는 경계선이 없고 연속된 하나일 뿐입니다. 그러니까 당신의 마음이 없으면 세계도 없고 세계가 없으면 당신의 마음도 없습니다. 당신의 마음이 있으면 거기 세계가 있고 세계가 있으면 거기 당신의 마음도 있습니다.

세계와 분리된 당신의 마음만을 볼 수도 없고 마음과 분리된 이 세계만을 독립적으로 볼 수도 없습니다. 이것은 골짜기 없는 봉우리가 없고 그림자 없는 빛이 없으며 작은 것 없이 큰 것도 있을 수 없다는 말과 같습니다.

이처럼 이것이 있으면 반드시 저것과 함께 있다는 연속된 실재의 모습을 방생方生 또는 병작竝作이라고 합니다. 이것과 저것은 분리할 수 없는 하나의 실재에 대한 상보적 양면일 뿐입니다.

그래서 실재의 세계에서는 마음과 세계, 나와 너, 밝음과 어둠 등이 둘이 아니라 하나입니다. 그것들은 하나이면서 둘이고 둘이면서 하나입니다. 같으면서 다르고 다르면서 같다고밖에 말할 수 없는 것들입니다.

참으로 기묘한 결론입니다만 우리의 경험을 따져보면 따져볼수록 분별할 수 없는 하나의 실재와 분별하는 언어의 지도가 겹쳐져 있다는 사실이 분명해집니다. 우리의 일상생활 속에서 대개는 하나의 실재 세계에 대한 경험은 무의식 속에 가려지고 다양하게 분별되는 언어의 의식 세계만 부각되기 마련입니다.

하나의 실재 세계를 자각하게 되면 무분별의 실재 세계와 분별의 일상 세계를 양행兩行하는 즉 양쪽 세계를 같이 걸어가며 원만히 살아가는 것이 되지만, 그것을 자각하지 못한다면 단순히 일방적인 분별의 세계에서만 반쪽 같은 삶을 살아가는 꼴이 되는 것입니다.

지금까지 이야기한 마음에 대한 이해를 가지고 「바람이 일러 주는 말」을 읽어보기로 합니다. 그런데 당신이 내가 마음에 대해서 상당히 지적이고 논리적으로 설명하는 것을 보면서 내가 지적으로 이해한 관념들을 기계적으로 대입하면서 시를 썼다고 생각할지 모르겠습니다. 그렇다면 그것은 완전한 오해입니다.

나는 특히, 마음을 노래한 이 시를 도대체 어디서부터 그리고 어떻게 설명해야 할지 도무지 갈피가 잡히지 않아 며칠 동안이나 고민하지 않을 수 없었습니다. 어떻게 보면 아무 설명도 필요하지 않을 것 같기도 하고, 또 한편으로 어떤 독자에게는 무엇인가 암시라도 있어야만 바른 이해에 이를 것 같기도 했습니다. 그래서 며칠 동안 암중모색 끝에 이러이러한 방식으로 설명해야겠다는 갈피를 겨우 붙잡게 된 것입니다.

그러니까 나 자신도 이번에 이 시를 설명하면서야 비로소 이 시의 의미를 보다 분명하게 지적으로 이해할 수 있는 계기가 되었던 것입니다. 그러고 보니 시의 의미는 많은 경우 꿈의 해석과 같이 사후적事後的으로 확정되는 것이 아닌가 하는 생각이 듭니다. 어쨌거나 시의 비논리적인 감성의 언어를 논리적인 지적 설명으로 바꾼다는 것이 얼마나 어렵고 가당치 않은 일인지 참으로 실감하지 않을 수 없었습니다.

그러나 이 시를 쓰기 이전에 이미 마음과 실재에 대한 내 나름의 공부와 깨달음이 있었을 것이고 그것이 내가 시를 쓰는 데에 거름이 되었을 것이라는 것은 더 말할 필요가 없겠지요.

요컨대 꿈이 그렇듯이 시는 설익은 관념을 의식적으로 조작하여 이루어질 수 없다는 점, 그리고 짧게 응축된 시적 표현을 설명하기 위해서는 어쩔 수 없이 마치 옷을 사이에 두고 가려운 피부를 긁듯이 지적으로 논리적으로 말할 수밖에 없다는 점 등을 당신은 이해해야 합니다.

홀로 길을 걸으면
지나가던 바람이 일러 준다
맨 처음에 길은

홀로 길을 걷고 있으면 지나가던 바람이 '맨 처음에 길은 / 내 마음의 실마리에서 시작된 것이라고' 조용히 일러줍니다. 내 마음이 세계와 상보적인 한 몸이라면 어찌 그렇지 않겠습니까. 세계가 바로 내 마음이니까 모든 것이 내 마음의 실마리에서 비롯한 것일 수밖에 없겠지요.

길은 참 많습니다. 산길, 들길, 물길, 공중의 길도 있고, 정치인의 길, 학자의 길, 양심의 길, 비양심의 길 등 가치를 따라 생긴 수많은 삶의 길도 있고, 법과 제도가 만든 사회적인 길, 과학의 길, 예술의 길, 온갖 물건을 만드는 기술적 방법의 길도 있고 길은 참으로 한없이 많습니다.

천체의 운행도 자연의 변화도 그 길이 있고, 중력의 법칙이니 엔트로피의 법칙이니 원자와 전자의 운동 질서니 모두 길이 있습니다. 도대체 이 세상에 길이 없는 것은 아무것도 찾아볼 수가 없습니다. 모든 존재는 그 존재의 길을 따라 생성하고 변화하며 이 세상의 길이 됩니다.

그 많은 길이 처음에 내 마음에서 비롯되었다고 바람이 일러줍니다. 어느 저명한 현대 물리학자의 비유적인 말이 생각나는군요. 그는 이렇게 말합니다. 우리는 해안가에서 알 수 없는 발자국 하나를 발견하고 그 기원을 밝히기 위해 심오한 이론을 동원하여 알아본 결과 놀랍게도 그 발자국은 바로 우리 자신의 것이었다, 라고 말입니다.

이 물리학자의 비유는 오늘날 양자이론에 의해서 시간과 공간, 물질과 정신, 에너지와 질량, 원인과 결과, 주체와 객체 등 무수한 대립적인 것들이 사실은 하나의 실재에 대한 상보적인 두 얼굴에 불과하다는 것을 웅변하고 있는 것입니다. 이 비유는 결국 과학의 길도 마침내 그것이 비롯했던 내 마음으로 돌아올 수밖에 없었다는 것을 보여주는 것입니다. 생각할수록 옛 현자들의 알쏭달쏭한 말과 기발한 시적 직관의 표현들이 과학에 의해 증명되고 있는 것만 같아 참으로 재미있게 느껴집니다.

그런데 여기서 홀로 길을 걷는 나에게 바람이 무엇인가를 일러준다는 것을 어떻게 이해해야 할까요. 무無의 분신이라고밖에 볼 수 없는 바람이 홀로 있는 나에게 말한다는 것은 내 마음이 자문자답하고 있음에 대한 비유로 읽히지 않습니까. 자문자답하는 그 마음이 허공과 같이 또는 바람과 같이 허령한 것이니 그렇게 느끼는 것은 아주 자연스러운 일입니다.

들꽃을 보고 있으면
지나가던 바람이 일러 준다
맨 처음에 꽃은
내 마음의 빛깔을 풀어놓은 것이라고

우리는 살아가면서 이것은 좋다, 저것은 나쁘다 하고 평가합니다. 그리고 좋다고 생각하는 길로 걸어갑니다. 이것은 아름답다, 저것은 추악하다 하고 평가합니다. 그리고 제 마음에 드는 것을 좇아 살아갑니다. 아름다운 꽃을 보면서 이 고운 빛깔은 어디서 왔을까 하고 궁금해합니다. 그런데 무엇이 좋고 나쁘고 어떠하다는 것은 모두 내 마음에서 오는 것이라고 바람이 일러줍니다. 저 아름다운 꽃도 '내 마음의 빛깔을 풀어놓은 것이라고' 일러줍니다.

개구리는 수평으로 움직이는 것만을 볼 수 있고 개는 색깔을 구별하지 못합니다. 이처럼 사람의 마음도 육체에 갇혀 있어서 여러 가지 감각의 제약을 받고 있습니다. 게다가 마음은 수많은 지식과 욕망에 여기저기 갇혀 있어서 무엇을 제대로 볼 수도 없고 알 수도 없습니다. 그리고 또 사람은 태어날 때부터 유전적으로 가지고 있는 틀과 같은 경험의 조건에 갇혀 있어서 그 틀을 벗어나면 아무것도 경험할 수가 없습니다.

이렇게 보면 사람의 마음은 산 첩첩 물 첩첩 가로막혀 무엇을 제대로 볼 수가 없게 되어 있습니다. 그러니까 '내 마음의 빛깔을 풀어놓은 것이라고'

말하는 그 빛깔도 제약된 마음의 수만큼 조금씩 다를 수밖에 없을 것입니다. 이것이 마음과 세계가 만나는 방식이고 마음이 세계를 보고 아는 방식입니다.

> 굽이굽이 흐르는 강물도
> 푸른 하늘을 나는 새들도
> 먼 옛날
> 내 마음이 아기자기 자라난 것이라고

'강물도' 그리고 '새들도' '내 마음이 아기자기 자라난 것이라고' 바람이 일러 줍니다. 내 마음이 즉 세계와 한 몸이니까 이 세상의 어떤 것이라도 내 마음이 자라난 것이라고 할 수 있을 것입니다. 그런데 '먼 옛날'의 내 마음이 자라난 것이라고 말하고 있습니다. 예사로운 말이 아닙니다.

왜 그럴까요. 이 세상에 보이는 것 즉 존재하는 것치고 처음과 끝이 없는 것은 아무것도 없습니다. 모든 것이 생성하고 변화하고 사멸합니다. 나의 육체도 마찬가지입니다. 그런데 마음은 보이지도 않고 허공처럼 비어 있을 뿐이어서 생멸을 모릅니다. 언제나 세계와 함께하는 실재이지만 세계 그 자체는 아닙니다.

마음이 있어서 세계를 알고 세계가 있어서 마음이 있음을 알지만 그것은 상보적인 관계일 뿐 같은 것이라고 볼 수는 없는 것입니다. 그래서 하나이면서 둘이고 같으면서 다른 것이라고 말할 수밖에 없다고 하는 것입니다.

이 세계도 나의 육체도 나이가 있어서 생멸하지만 마음은 태초부터 나이가 없이 언제나 그대로입니다. 내 육체는 지금의 것이지만 마음은 '먼 옛날'부터 있었던 것입니다. 그 허공 같은 마음이 지금 내 육체의 여러 한계에 갇히고 내가 익힌 지식과 습성과 욕망의 틀에 막혀서 제약된 내 마

170

음이 형성된 것입니다. 물론 나와 다른 당신의 제약된 마음도 그와 같습니다.

이렇게 보이지 않는 마음과 보이는 세계를 이야기하다 보니 어렸을 때 놀던 일이 생각나는군요. 혹시 당신도 잠자리를 잡아서 그 꼬리를 그 입에 물려본 일이 있습니까. 그렇게 하면 놀랍게도 잠자리는 제 꼬리를 야금야금 씹어 먹습니다. 자기가 자기를 먹고 있는데도 그런 줄을 모르고 다른 제 먹이를 먹고 있다는 듯이 말입니다.

나는 이 잠자리의 모습에서 나 자신을 보는 것 같은 환영을 느끼고는 합니다. 다시 말해서 내 마음이 이 세계를 바라보는 것은 멀리 분리된 듯이 보이는 내 몸을 바라보는 것이 아닐까요. 잠자리가 그렇듯이 나도 내 꼬리를 일용하는 양식으로 삼고 있는 것은 아닐까요. 그렇지 않습니까. 내 마음이 세계와 연속된 하나의 실재라면 세계를 보는 것은 잠자리가 제 꼬리를 보듯이 바로 내 몸을 보는 것 아니겠습니까.

> 멀고 가까운 온 누리 돌아서
> 아득한 별까지 두루 지나서
> 내 귀에 속삭이는 바람이
> 바로 내 마음의 숨결이라고
> 지나가던 바람이 일러 준다.

'멀고 가까운 온 누리'를 돌고 '아득한 별까지 두루' 지나온 바람이라면 그것은 무엇을 뜻하는 것일까요. 그야말로 그것은 공간적으로 시간적으로 우주를 둘러싸고 있는 것이라고밖에 볼 수 없겠지요. 그렇다면 끝도 없고 한도 없는 허공 말고 다른 것은 찾아볼 수는 없을 것 같습니다. 그렇습니다. 이것이 바로 무내한 곳으로도 들어갈 수 있고 무외한 것도 둘러쌀 수 있다는 허령한 마음입니다.

볼 수도 없고 잡을 수도 없지만 영검한 이 허虛 또는 무無가 바로 마음입니다. 이 무의 움직임이 바람이고, 신이 흙으로 빚은 사람의 콧구멍에 바람을 불어 넣어 생명을 창조하듯이, 이 바람의 숨결이 눈에 보이는 세계를 일으킨 것입니다. 그래서 마침내 있음과 없음이, 마음과 세계가, 이것과 저것이 대립적인 또는 상보적인 두 얼굴로 나타나 실재의 세계를 이룬 것입니다.

바람이 '내 마음의 숨결'이라고는 하지만 우리는 그 바람을 볼 수도 없고 알 수도 없습니다. 더구나 마음 그 자체는 무 즉 제로(0)일 뿐이어서 우리는 처음부터 알 수가 없습니다. 겹겹이 제약된 단편적인 우리 마음이 전체적인 마음 자체를 안다는 것은 불가능합니다. 오직 우리의 마음이 완전히 전체적인 마음 즉 제로(0)가 될 때만이 그것은 가능하겠지요.

심리학이니 정신분석학이니 여러 과학이 마음의 구조를 이야기하고 있는데도 불구하고 내가 지금 마음이 알 수 없는 허공과 같은 것이라고 말하니까 당신은 아마도 이상하게 생각할 것입니다.

그러나 잘 생각해 보십시오. 마음을 설명하고 있는 의식과 무의식, 자아, 초자아, 리비도, 콤플렉스, 원형, 동일시, 투사 등 수도 없는 그 구성물과 기능 등이 바로 마음을 제약하고 가로막고 있는 여러 장애인 것입니다. 그것들은 마음을 제약하는 여러 장애물의 구조와 기능일 뿐이지 마음 자체는 아닌 것입니다.

도대체 마음이 무엇일까요.
우리 마음이 마음을 알 수 없다니 참으로 기묘하기만 합니다.

거지의 노래

나는 거지라네
몸도 마음도 다 거지라네
천지의 밥을 빌어다가
다시 말하면
햇빛과 공기와 물과 낟알을 빌어다가
세상에서 보고 겪은
온갖 잡동사니를 빌어다가
마른 수수깡으로 성글게 엮듯
잠시 나를 지었다네
달이 뜨면 달빛이 새어들고
마파람 하늬바람 거침없이 지나간다네
그래도 거지는
빌어 온 것들로 날마다 꿈을 꾸고
빌어 온 물과 소금으로 눈물을 만든다네
나는 처음부터 빈털터리 거지였다네.

─『모든 돌은 한때 새였다』

☞ 거지는 아무것도 가진 것이 없는 사람을 말합니다. 먹는 것도 입는 것도 쉴 곳도 모두 빌어서 해결합니다. 그러다 보니 욕심도 많지 않습니다. 그때그때 필요한 것을 빌어서 해결하면 그만입니다. 이것저것 많이 가진 사람보다는 근심 걱정도 없고 제멋대로 자유롭습니다.

우스갯소리 하나가 생각나는군요. 한여름 불볕더위를 피해 시원한 둥구나무 그늘 밑에서 거지인 아버지와 아들이 편안히 쉬고 있었습니다. 그런데 멀리 가까이 보아하니 논밭에서는 사람들이 땀을 흘리며 뙤약볕 속에서 일하고 있는 모습이 보였습니다. 그 풍경을 보던 아버지가 자식에게 '이놈아, 너는 애비를 잘 만나서 저런 고생을 안 하는 거야'라고 말했다는 것입니다.

그런데 당신도 잘 아시겠지만 옛날 성인들이나 현자들은 대개 거지처럼 살았습니다. 거지처럼 편안하게 살려고 그랬던 것인지 아니면 자기들도 별수 없이 거지일 수밖에 없어서 그랬던 것인지 그것은 좀 따져보아야 하겠지요. 그리고 보통 거지와 성현 거지가 무엇이 다르고 같은지도 따져보아야 하겠지요. 그런데 이와 같은 같고 다름은 따질수록 모호해져서 갈피를 잡기가 어려운 법입니다.

그런 것을 따지기보다는 우리 자신이 모두 거지라는 사실을 먼저 밝히 아는 것이 모든 문제 해결의 지름길입니다.

어떻게 우리 모두가 거지일 수밖에 없을까요.

나는 거지라네
몸도 마음도 다 거지라네

몸이 거지이면 마음도 거지이고 마음이 거지이면 몸도 거지입니다. 몸과 마음은 하나입니다. 그뿐만 아니라 몬物과 몸과 마음은 분리할 수 없이 하나로 연속되어 있습니다. 물질과 분리된 몸도 없고 마음과 분리된 몸도 없습니다. 물질은 마음이 없습니까. 그렇지 않습니다. 물질이 원자운동을 하고 있다면 아주 미약하지만 그 운동이 마음의 기미라고 현자들은 말합니다. 그러니까 몬과 몸과 마음 중 하나가 없어지면 나머지 둘도 없어집니다. 그러니까 하나가 거지이면 나머지도 따라서 다 거지입니다.

거지라면 아무리 예쁘게 화장을 하고 황금 옷을 입고 고대광실에서 살아도 거지인 것을 숨길 수는 없습니다. 미인이거나 아니거나, 부자이거나 아니거나 방사선으로 촬영하고 보면 모두 앙상한 뼈일 뿐입니다.

그렇다고 해서 화장도 하지 말고 좋은 옷도 입지 말고 좋은 집에서 살지 말라는 뜻은 아닙니다. 어차피 죽을 것이니까 살지 말라고 하는 것이 아닙니다. 그와 같이 치장하고 사는 것도 필요한 일이지만 진실을 아는 것은 더 필요한 사실이라는 것을 알아야 하며 진실과 필요는 다르다는 것을 알아야 한다는 뜻입니다.

천지의 밥을 빌어다가
다시 말하면
햇빛과 공기와 물과 낟알을 빌어다가

우리의 몸은 '햇빛과 공기와 물과 낟알을 빌어다가' 기적처럼 빚어놓은 것입니다. 그렇지 않습니까. 공기와 물 등이 하나라도 없다면 우리 몸은 당장 끝장나고 맙니다. 그런데 밖에서 빌어 오는 이것들은 잘 아시다시피 100여 가지의 원소에 불과합니다. 그 원소의 갖가지 결합 방식에 의해서 수많은 물질과 우리 몸이 생기는 것이지요. 우리 몸을 만드는 이 원소들과 그 결합 방식을 우리 자신이 만든 것이 아니라 그렇게 만들어진 결과가 바로 우리 자신입니다.

몸만 그렇게 빌어다가 만든 것일까요. 마음도 그렇습니다.

세상에서 보고 겪은
온갖 잡동사니를 빌어다가
마른 수수깡으로 성글게 엮듯
잠시 나를 지었다네

　잠시 눈을 감고 당신 마음을 들여다보며 생각해 보십시오. 우선 생각은 당신이 아는 말을 속으로 이어가는 과정이니까 그 당신이 아는 만큼의 말과 어법도 당신이 만든 것이 아니라 밖에서 빌어 온 것들입니다. 또 마음속을 들여다보십시오. 당신의 이름과 부모형제, 고향 등의 기억이 있고, 당신이 겪은 수많은 경험의 흔적과 기억이 있고, 어디선가 배우고 주워들은 지식과 편견들이 있고, 이것저것 하고 싶은 욕망이 수도 없이 많이 있습니다.

　당신 마음속에 있는, 궁극적으로는 '온갖 잡동사니'에 불과한 그것들은 모두 당신이 만든 것이 아니라 밖에서 들어온 것이거나 임시 들여다 놓은 것들입니다. 당신은 지금 많은 경험이 당신이 하고 싶어서 선택적으로 겪은 것이니까 빌어 온 것이 아니라 자신이 만든 것이라고 주장하고 싶습니까. 당신이 미인이 되고 싶다거나 부자가 되고 싶은 욕망도 당신의 것이라고 주장하고 싶습니까.

　그렇다면 당신은 착각하고 있는 것입니다. 욕망은 본능적인 힘에 바탕을 두고 있습니다. 본능은 그저 무엇인가 하고자 하는 내용 없는 의지 자체입니다. 내용 없는 본능적 의지가 식물이나 동물을 만나면 식물이나 동물적 내용으로 채워지고 인간을 만나면 인간적 내용으로 채워지면서 욕망이 되는 것입니다. 그리고 인간의 욕망이라도 각기 인간의 생물학적 사회적 환경적 조건에 따라 욕망은 수도 없이 구체적으로 달라지기 마련입니다.

　그러니까 당신의 그 욕망도 당신이 만든 것이 아니라 밖에서 들어오고 빌어 온 것에 불과합니다. 그렇다면 또 당신은 인간의 자율성과 자유를 부정하는 것이 아니냐고 묻고 싶습니까. 그렇지는 않습니다. 우리가 잘 모르면 자유가 되고 잘 알면 필연이 되는 법이며, 인간의 앎이 한계가 있다는 것을 전제한다면 그것은 자유이기도 하고 필연이기도 한 것이기 때문입니다.

몸도 마음도 다 빌어다가 '마른 수수깡으로 성글게 엮듯 / 잠시 나를 지었다'고 말합니다. 그런데 여기서 착각해서는 안 될 것이 하나 있습니다. 마음속에 여러 가지 지식과 경험의 기억들이 있다고 할 때 마음속의 공간이 없다면 그것들은 한 덩이 진흙처럼 뭉쳐지게 되어 서로 분별할 수가 없으므로 마음속에서 이것저것을 떠올릴 수가 없을 것입니다.

생각할 때도 마음속의 공간이 있기 때문에 말들이 분별되면서 순차적으로 전개되는 것이지 빈 공간이 없다면 말들은 한 덩어리가 되어버려 생각은 처음부터 이루어질 수가 없습니다.

마음속에서 이것과 저것이 구별된다는 것은 공간 즉 우宇가 있다는 뜻이고 이것과 저것이 순차적으로 전개된다는 것은 시간 즉 주宙가 있다는 뜻입니다. 그러니까 기묘하게도 몸은 시공 즉 우주 속에 있고 마음속에는 시공 즉 우주가 있는 셈이 됩니다. 몸과 마음은 정반대입니다.

그렇다면 마음속의 공간이 마음일까요, 아니면 밖에서 마음속에 들어온 지식이나 기억 같은 것들이 마음일까요. 곰곰이 생각해 보면 지식이나 기억들은 마음을 가로막는 장애물이고 그 장애물을 담고 있는 공간이야말로 마음이라고밖에 할 수 없을 것 같습니다. 평소에 우리가 마음을 비운다고 말할 때도 그런 의미가 아닙니까. 지식과 욕망과 감정 등 마음을 답답하게 채우고 가로막고 있는 것들을 비우라는 뜻이 아니겠습니까.

그러니까 당신의 마음은 당신의 마음속 장애물들이 이리저리 얽혀져서 드러내 보이는 빈 공간의 독특한 모습이고, 내 마음은 당신과는 다른 장애물의 숫자와 종류와 크기가 얽혀져서 드러내 보이는 빈 공간의 특수한 모습 자체인 것입니다. 그리고 우리 마음의 공간이 우주를 담고도 남을 만큼 크다는 것을 생각한다면 마음속 장애물들이 얼마나 엉성하고 '성글게 엮 듯' 지어진 것인지 짐작이 갈 것입니다.

그리고 몸의 구성도 마음의 구성과 아주 흡사합니다. 몸은 원자들이 운 동하고 있는 공간을 가리키는 것이 아니라 그 물질인 원자들의 종류와 결 합방식 그리고 운동방식 자체를 말하는 것입니다. 당신이 아주 정밀한 전 자 현미경으로 우리 몸의 어떤 세포를 관찰하든지 간에 당신은 원자가 운 동하고 있는 텅 빈 큰 공간에 비해 원자는 아주 작은 먼지 알갱이에 불과 하다는 것을 보고 아마 놀랄 것입니다.

그러니까 몸과 마음은 그 구성방식이 흡사하지만 몸은 비어있는 공간을 운동하는 먼지 알갱이 같은 작은 물질 즉 원자들을 가리키는 것이고, 마 음은 비어있는 공간을 가리키는 것입니다. 몸과 마음은 여기서도 서로 정 반대입니다. 몸과 맘(마음)이라는 우리말은 이 경우에 아주 딱 들어맞습 니다. 몸은 음성모음이고 맘은 양성모음인데 음은 물질을 양은 정신을 뜻 하기 때문입니다.

그렇다면 몸속의 공간과 마음속의 공간은 다른 것일까요. 본질적으로 같다고밖에 볼 수가 없습니다. 곧 물질인 몸속의 공간이 마음입니다. 그리 고 이 몸과 마음의 공간은 저 바깥의 허공과 다른 것일까요. 아무리 생각 해도 다 같은 것이라고밖에 볼 수가 없습니다. 공간은 몸에서부터 마음을 거쳐 허공에 이르기까지 빈틈 없이 이어져 통하고 있습니다. 옛사람들은 이 텅 빈 공간을 기氣라고 했습니다. 우주에 편만한 이 기가 바로 마음이고 생명의 기운이며 마침내 천지만물을 생성하는 것이라고 했습니다. 그냥 비어 있기만 한 것으로 보이는 이 허공이 바로 진공묘유眞空妙有라고밖에 볼 수 없는 기인 것입니다.

사람의 눈, 귀, 코, 입, 항문 등에서부터 내장에 이르기까지 그리고 세 포의 숨 쉬는 구멍에 이르기까지 모두 잘 통해야 생명이 유지됩니다. 그렇지 않으면 기가 막혀서 죽습니다. 마음도 잘 통해야 건강하게 살 수 있습니다. 그렇지 않으면 제 지식과 주장과 욕망 등에 꽉 막힌 사람이 되어서 원만한 사회생활을 할 수가 없습니다.

이것이 '마른 수수깡으로 성글게 엮듯 / 잠시 나를 지었다네'라는 구절의 속뜻입니다. 그런데 눈에 보이는 형태가 있는 존재 그리고 지식이나 욕망과 같이 존재와 상관되어 생긴 존재들은 곧 소멸하기 마련입니다. 그것들이 소멸하고 나면 나라고 착각했던 몸도 원소로 돌아가고 마음의 장애물들이 드러낸 독특한 공간의 모습들도 거대한 허공으로 돌아갑니다. 그러니 나라고 착각하는 것도 잠시일 뿐입니다. 나는 원래 없었던 것이지요. 그렇습니다. 착각 속에서 '잠시 나를 지었'던 것입니다.

> 달이 뜨면 달빛이 새어들고
> 마파람 하늬바람 거침없이 지나간다네

참으로 스산하기 짝이 없고 쓸쓸하기 이를 데 없는 풍경입니다. '마른 수수깡으로 성글게 엮듯' 잠시 지어 놓은 나라고 하는 환영幻影의 집에 '달이 뜨면 달빛이 새어들고' 갖가지 바람이 거침없이 지나갑니다. 바깥의 저 광대무변한 허공이 몸과 마음의 공간과 연속되어 하나가 되었으니 어찌 그렇지 않겠습니까. 그리고 몸을 이룬 물질이나 마음속 장애물들이 잠시 입고 있던 있음 즉 유有라는 존재의 옷을 벗어버리고 없음 즉 무無로 돌아간다는 것을 생각한다면 무변무제無邊無際한 저 허공만 남지 않겠습니까.

이렇게 보면 아무리 찾아보아도 이음매가 보이지 않는 하나의 허공이 그야말로 천의무봉이 아니겠습니까. 이런 점에서 이 구절은 스산하고 쓸쓸하지만 동시에 천의무봉의 아름다움이 잘 나타나 있다고도 볼 수 있을 것입니다.

어쨌거나 마른 수수깡의 집에 달빛이 새어들고 하늬바람이 지나가면 어떤 사람은 쓸쓸함을 느낄 것이고 또 어떤 사람은 그리움에 젖기도 할 것입니다. 몸을 이룬 물질이나 마음속의 장애물들이 얽혀진 꼴이나 품새는 사람마다 다 다를 것이기 때문입니다. 그 각기 다르게 얽혀져 진동하고 있던 장애물들이 달빛이나 바람의 자극을 받아 진동의 파장이 달라지면서 느낌과 감정과 생각들을 서로 달리 일으킬 것이기 때문입니다.

느낌과 감정과 생각은 그렇게 서로 다르게 얽힌 몸의 꼴과 품새와, 서로 다를 수밖에 없는 마음속 장애물과 그 얽혀진 꼴과 품새에 따라서 일어나는 각기 조금씩 다른 아지랑이나 그림자 같은 것입니다. 물론 그 아지랑이 같은 파장은 몸과 마음속 공간에서 일어나는 것이지요.

그래도 거지는
빌어 온 것들로 날마다 꿈을 꾸고
빌어 온 물과 소금으로 눈물을 만든다네

참으로 슬프고 처연하기 짝이 없는 정경입니다. 아무리 마른 수수깡으로 얽은 환영 같은 것이지만 '그래도 거지는' 날마다 꿈을 꾸고 때로는 눈물을 흘리면서 살아갑니다. 이것이 바로 삶이지요. 눈을 뜨고 있을 때는 온갖 욕망과 희망이 만드는 꿈을 꾸고 눈을 감고 잠을 잘 때는 온갖 경험의 흔적을 가지고 알 수 없는 꿈을 꿉니다.

앞에서 이야기한 것과 같이 욕망도 경험도 기억도 모두 자기가 만든 것이 아니라 밖에서 빌어 온 것들입니다. 눈물을 자아내는 어떤 느낌도 감정도 생각도 결국은 밖에서 들어온 것들이 일으키는 것이고, 눈물도 밖에서 빌어 온 물과 소금의 변성에 불과합니다. 그래도 그렇게 살게 되어 있고 그렇게 사는 것이 삶이니 그렇게 살아야 합니다.

나는 이 구절에서 남의 집 처마 밑에 웅크리고 누워서 잠을 자며 꿈을 꾸고 있는 거지를 연상하고는 합니다. 그 거지의 눈 밑에 눈물이 마른 자국이 보입니다. 안쓰럽고 안타까운 모습입니다. 남의 집 처마 밑은 바로 거지가 의지하고 있는 천지의 한 귀퉁이 같은 것입니다.

　　나는 처음부터 빈털터리 거지였다네.

　이 시의 마지막 결론입니다. 결국 아무것도 가진 것이 없고 아무것도 스스로 만든 것이 없어 순전히 빌어온 것들을 가지고 '마른 수수깡으로 성글게 엮듯' 해서 나타난 그 엉성한 공간의 품새가 바로 나라는 것입니다. 그러니까 '나는 처음부터 빈털터리 거지' 즉 나는 없었다는 뜻입니다. 아니 없는 것이 아니라 내 속의 공간이 바깥의 허공과 천의무봉을 이루었으니 알고 보면 나는 곧 우주라는 뜻이기도 합니다.

　알고 보면 우리 자신이 우주 자체입니다.
　그것을 모르면 한낱 거지로 전락하고 맙니다.
　그러나 전락한 거지도 본인이 모를 뿐이지 결국 우주가 아닌 것은 아닙니다.

모든 돌은 한때 새였다

모든 돌은 한때 새였다.

하늘에서 오래는 머물지 못하고
새는 제 몸무게로 떨어져
돌 속에 깊이 잠든다

풀잎에 머물던 이슬이
이내 하늘로 돌아가듯
흰 구름이 이윽고 빗물 되어 돌아오듯

어두운 새의 형상
돌 속에는 지금
새가 물고 있던 한 올 지평선과 푸른 하늘이
흰 구름 곁을 스치던
은빛 바람의 날개가 잠들어 있다.

―『모든 돌은 한때 새였다』

☞ 이 시는 제목 『모든 돌은 한때 새였다』로 할 말을 다 해버린 꼴입니다. 더 이상 말을 덧붙이게 되면 불필요한 군더더기 군말이 되고 맙니다. 시의 화법은 고도로 함축된 말을 운용하는 방식이니까요. 그렇다고 해서 제목만 내놓을 수도 없고 제목과 똑같은 문장만을 덜렁 본문이라고 써 놓을 수도 없는 노릇 아닙니까. 만약 그렇게 했다면 상식을 너무 벗어난 것이 되어서 장난스럽게 느껴질 것입니다. 그래서 제목이 함축하고 있는 의미를 좀 더 구체적으로 풀어 놓은 것이 이 시의 전문이 되었습니다.

모든 돌은 한때 새였다

예로부터 시의 참된 가치는 새로운 은유의 발견 또는 새로운 이미지의 발견에 있다고 합니다. 당신도 알다시피 직유이거나 은유이거나 간에 비유는 서로 다른 두 사물의 유사성을 발견하여 나란히 비교하는 방식입니다. 쟁반과 달이 모두 둥글다는 점을 발견하여 쟁반같이 둥근 달이라고 하거나, 그 둘이 모두 환히 밝다는 점을 발견하여 달은 은쟁반이라고 하는 것들이 바로 그런 것입니다.

그런데 비교되는 두 사물의 유사성이 이처럼 너무 크고 가깝게 느껴지면 새로울 것이 하나도 없는 뻔한 것이 되어서 상투적인 비유가 되고 맙니다. 두 사물 사이의 유사성이 멀면 멀수록 그리고 두 사물의 겉모습이 아니라 그것들의 보이지 않는 내적관계가 은밀히 드러날수록 그 비유는 그야말로 충격에 가까운 경이로운 느낌을 주는 새로운 발견이 되는 것입니다.

이 시 구절이 표현하고 있는 '돌'과 '새'의 비교는 이런 점에서 경이로운 느낌을 주는 새로운 은유의 발견이라고 할 만합니다. 그런데 도대체 돌과 새의 유사성이나 동질성이 얼른 상식적으로는 발견되지 않는데 어떻게 해서 이런 은유가 성립될 수 있을까요.

이 세계는 무수한 반대의 극 즉 대극적인 관계 속에서 끝없이 생성 변화하고 있습니다. 대극적인 성질 곧 극성이 없으면 세계는 운동을 멈추고 그만 무너지고 말 것입니다. 하늘과 땅의 극성이 상호 작용하여 만물이 끊임없이 생멸하고 남성과 여성의 극성이 서로 작용하여 인류사회가 지속합니다. 있음과 없음, 밝음과 어둠, 물과 불, 위와 아래, 남극과 북극, 상승과 하강, 정지와 운동, 물질과 정신, 옳음과 그름, 큼과 작음, 나와 너, 이것과 저것, 봉우리와 골짜기 등등 이 세상은 온통 극성이 숨바꼭질하는 현란한 놀이터입니다.

당신도 질량 불변의 법칙이니 에너지 보존의 법칙이니 하는 말을 들어보았을 것입니다. 이것도 극성의 작용에 불과합니다. 하나의 물체가 다른 물체로 변화할 때 성분만 달라질 뿐 질량은 변하지 않고, 한 물체가 지닌 질량은 그만한 에너지로 변화할 수 있으며 그만한 에너지를 집중시키면 또 한 물체가 생깁니다. 즉 이것과 저것, 보이는 것과 보이지 않는 것 등의 극성이 상호 작용하고 교환됩니다.

예를 들어 지렁이는 잘리면 머리 쪽의 부분에서 머리가 생겨나고 꼬리 쪽의 부분에서는 꼬리가 생겨납니다. 버드나무 가지를 잘라서 땅에 묻으면 뿌리 쪽의 부분에서는 뿌리가 생기고 가지 쪽에서는 싹이 틉니다. 그러니까 머리와 꼬리, 가지와 뿌리 등 극성의 작용으로 그것들은 살아가는 것이고, 그 극성 중 하나가 없어지면 다른 것도 없어집니다. 머리와 꼬리, 뿌리와 가지 등은 외면상 대립하여 다른 것으로 보이지만 결국은 한 실재의 두 모습입니다. 이처럼 봉우리와 골짜기, 상승과 하강, 음과 양 등 모든 대립 또는 대극적인 표상은 다른 것이 아니라 궁극적으로는 하나입니다.

이 세상의 모든 존재와 현상은 극성의 작용으로 이것이 변하여 저것이 되고 저것이 변하여 이것이 됩니다. 즉 무엇이 변하여 다른 무엇이 되는 것입니다. 무엇이 〈되어 나타나다〉라는 것을 화현化現이라고 합니다. 원래는 불보살이 중생을 제도하기 위해 다른 모습으로 나타나는 현상을 화현이라고 하지만 넓은 의미로 보자면 이 세상의 변화가 모두 화현이 아닌 것이 없습니다.

그렇지 않습니까. 우리의 배설물이 흙으로 돌아가 거름이 되고, 그 거름이 식물의 잎과 열매가 되고, 그 잎과 열매가 우리의 살과 피가 됩니다. 모든 것이 알고 보면 화현의 순환입니다.

돌과 새가 하나라는 이 시의 은유를 과학자는 물질과 에너지의 법칙으로 설명할 것이고, 철학자는 한 실재의 대립적 통일의 관계로 설명할 것이고, 불교학자는 하나의 물이 서로 다른 물결을 이루듯이 그 다른 물결들은 서로 같다고 하는 사사무애事事無碍 즉 모든 존재와 현상은 막힘없이 하나로 통한다는 이치로 설명할 것입니다. 어떠한 설명도 같은 이치의 다른 표현이고 다 같은 결과에 이르게 됩니다.

그런데 우리의 상상력은 이와 같은 극성의 이치를 논리적으로가 아니라 직관적으로 대번에 파악합니다. '돌'의 무거움과 '새'의 가벼움, 무거운 것의 하강과 가벼운 것의 상승 등이 서로 뿌리가 되어 생기는 것이라는 것, 그래서 돌과 새는 한 실재의 두 얼굴이라는 것을 한꺼번에 보는 것입니다. 살아가는 일이 동시에 죽어가는 일이라는 것을 함께 보는 것입니다. 이것이 시적 직관과 상상력의 놀라운 힘입니다.

'모든 돌은 한때 새였다'라는 비유는 이와 같은 두 사물의 내적관계에 대한 직관적 통찰에서 얻어진 것입니다. 옛 선시의 '산은 물이요 물은 산이다. 그러나 산은 산이고 물은 물이다'라고 하는 유명한 구절도 바로 이와 같은 것입니다. 그러니 돌과 새는 분명히 다른 것이고 산은 물이 아니라는 것, 그러나 그것들이 한 실재의 두 얼굴이라는 점에서 결코 다르지 않다는 것을 우리는 함께 알아야 합니다.

하늘에서 오래는 머물지 못하고

새는 제 몸무게로 떨어져
돌 속에 깊이 잠든다

　새는 상승의 극성을 따라 하늘로 비상하지만 하늘에서 오래 머물지는
못합니다. 땅에 소속되어 있는 '제 몸무게'로 하강의 극성을 따라 떨어질
수밖에 없습니다. 그래서 가벼움, 상승, 운동하는 삶의 힘 등은 무거움,
하강, 정지된 죽음의 깊이로 변합니다. 전자의 표상인 새는 후자의 표상인
돌로 변합니다. 이제 새는 돌 속에 잠들어 있으니 돌은 새의 화현인 셈입
니다.

풀잎에 머물던 이슬이
이내 하늘로 돌아가듯
흰 구름이 이윽고 빗물 되어 돌아오듯

　이슬이 하늘과 땅의 극성을 따라 오르내리고 흰 구름과 빗물이 서로 교
환되면서 순환합니다. 순환하지 않는 것은 아무것도 없습니다. 상전벽해
즉 뽕나무밭이 바다가 된다는 말이 있지 않습니까. 장구한 시간 속에서 모
든 것은 변하면서 바뀌게 됩니다.
　천체의 운동이 둥근 원을 그리며 순환하고 있듯이 천체 안에서 일어나
는 운동도 일방적으로 직선을 그으며 일어나지 않고 순환합니다. 그래서
가는 것이 오는 것입니다. 이쪽에서 보면 돌아오는 것이고 저쪽에서 보면
돌아가는 것입니다. 이슬이 '이내 하늘로 돌아가듯' 하는 것이고, 이윽고
'빗물 되어 돌아오듯' 하는 것입니다.

어두운 새의 형상
돌 속에는 지금
새가 물고 있던 한 올 지평선과 푸른 하늘이

흰 구름 곁을 스치던
은빛 바람의 날개가 잠들어 있다.

새의 화현인 돌은 이제 '어두운 새의 형상'이 되어 있습니다. 새가 밝은 생명의 표상이라면 돌은 어두운 죽음의 표상입니다. 새가 화현한 돌이니 돌 속에는 '새가 물고 있던 한 올 지평선과 푸른 하늘'이 잠겨 있을 것이고, '은빛 바람의 날개'도 잠들어 있을 것입니다.

그런데 왜 '새가 물고 있던 한 올 지평선과 푸른 하늘'이라고 했을까요. 그것은 그 새가 살아온 한 세상을 뜻하는 것입니다. 사람이고 짐승이고 간에 각자 자기가 살아가는 세상이란 그 나름의 한계가 있기 마련이고 그 한계 안에 구속되어 제 삶의 자유를 누릴 수밖에 없는 것입니다. 그 한계선이 지평선이고 그 지평선까지 한계 지어진 하늘이 그 나름의 삶의 공간이 됩니다. 그 지평선과 하늘이 작은 한 세상입니다.

당신도 나도 각자 서로 조금씩 다른 지평선과 하늘 아래에서 작은 한 세상을 살고 있습니다. 그 지평선 밖을 우리는 볼 수도 없고 알 수도 없습니다. 다만 지평선 너머의 세계를 지평선 이쪽 우리의 경험과 지식을 가지고 꿈을 꿀 뿐입니다.

돌 속에는 한세상이 잠겨 있습니다.
돌을 하나 들고 깊이 들여다보십시오.
멀리 숲이 보이고 그 위에 붉은 노을이 물들어 있지 않습니까.
돌을 가만히 귀에 대어 보십시오.
새의 울음소리가 아득히 파도 소리처럼 들려오고 멀리 저녁 종소리도 희미하게 들려오지 않습니까.
문득 촛불이라도 밝혀 들고 한없이 멀고 먼 돌 속의 어둠 속으로 들어가 보고 싶지 않습니까.

고요의 거울

사람인 내가 신을 생각하면
아주 크고 온전한 하나의 고요
그것 말고는 아무것도 생각할 수 없습니다
사람의 말이란 하면 할수록
자디잘게 깨어지는 거울 조각 같아서
무엇 하나 온전히 비출 수 없어
매양 서로 부딪치며 시끄럽기 때문입니다
그러나 또한 사람의 말은
어느 결 덧없이 녹고 마는 눈송이 같아
고요의 거울은 늘 씻은 듯 온전합니다
신이 어찌 말하겠습니까
고요가 더는 어찌할 수 없는 지경에서
싹으로 트고 꽃봉오리로 벙글고
더러는 바람으로 갈꽃을 그려 내지만
봄 여름 가을 겨울
천지가 어찌 말하겠습니까
바로 지금 조용히 바라보세요
고요의 거울 속
꽃가지 그림자에
작은 벌레 한 마리 기어갑니다.

-『모든 돌은 한때 새였다』

☞ 이 시는 시집 『모든 돌은 한때 새였다』의 서문 「세설암을 찾아서」에 나오는 전설 속의 인물 세설대사의 게송이 바탕이 된 것입니다. 그런데 이제야 처음으로 밝히는 것이지만 그 전설도 세설대사도 모두가 나의 허구적인 창작입니다. 그러니까 세설대사가 남겼다는 그 게송도 사실은 내가 쓴 한시입니다. 시 「고요의 거울」의 원본이라 할 수 있는 그 한시를 소개합니다.

> 온갖 이름과 모양을 따르는 마음의 거울이여 　心鏡隨萬境
> 거울도 거울 속 세상도 하나의 고요인 것을 　　鏡境實一幽
> 만 가지 흐름을 따라 꽃 피는 걸 보건마는 　　隨流見花開
> 고요는 볼 수 없나니 그 꽃도 볼 수 없으리 　　元無幽無花

마음의 거울에 온갖 현상들과 그 현상들을 분별하는 말 즉 이름들이 비칩니다. 그런데 그 거울과 거울에 비치는 것들이 실은 하나의 고요라고 합니다. 그렇다면 그 하나의 고요가 마음과 현상적 세계로 동시에 나타난 것이라고밖에 볼 수가 없습니다. 이쪽에서 보면 눈에 보이는 현상적 세계이고 저쪽에서 보면 보이지 않는 마음이 됩니다. 이쪽에서 보면 유물론적 세계이고 저쪽에서 보면 유심론적 세계이지만 그것은 하나일 뿐 분리할 수 없는 것입니다.

그런데 '만 가지 흐름을 따라 꽃 피는 걸 보건마는' 즉 여러 조건의 흐름에 따라 온갖 현상들의 생성과 소멸을 보지만, 본래 고요는 볼 수 없으니 고요의 화신인 그 꽃 즉 현상들도 볼 수 있는 것이 아니라고 합니다. 그러니까 눈에 보이고 분별되는 현상들은 고요가 만화경처럼 보여주는 환영幻影일 뿐이라는 이야기입니다.

고요가 무엇인가를 비치고 있는 마음의 거울로 나타난 뒤에야 우리는 그 고요를 느낄 수 있고 한 쌍이 되어있는 마음과 세계도 비로소 알 수 있게 됩니다. 그렇다면 그 고요는 도대체 무엇일까요. 우리 마음으로는 알수가 없습니다. 우리 마음은 벌써 세계와 즉 여러 현상과 이름을 상대하며 나누어진 부분적인 고요이기 때문에 그 처음의 온전한 고요를 비출 수가 없는 것입니다.

이제 이 시의 원본이라 할 수 있는 한시를 살펴보았으니 이 한시의 의미와 맥락을 길잡이 삼아 읽어보기로 합니다.

사람인 내가 신을 생각하면
아주 크고 온전한 하나의 고요
그것 말고는 아무것도 생각할 수 없습니다

'아주 크고 온전한 하나의 고요'라는 말이 오직 사람의 말과 사유가 도달할 수 있는 신성神性에 대한 유일한 표현인 것 같습니다. 아직 어떤 것으로도 나누어지지 않았고 나눌 수도 없는 하나의 온전한 그 무엇이 사람이 표현할 수 있는 한 고요인 것입니다. 그 고요는 말과 사유가 닿자마자 산산조각으로 깨어지고 맙니다.

사람의 말이란 하면 할수록
자디잘게 깨어지는 거울 조각 같아서
무엇 하나 온전히 비출 수 없어
매양 서로 부딪치며 시끄럽기 때문입니다

말이란 실재를 옮겨 놓은 지도와 같습니다. 우리가 실재를 이해하고 편리하게 이용하기 위해서 말로 분별하고 경계를 지어 만든 것입니다. 그러니 그것은 반드시 필요한 것이지만 한편으로는 진짜가 아닌 환영에 불과한 것이기도 한 것입니다. 말은 궁극적으로 분별되지 않는 실재를 분별하기 위해 어쩔 수 없이 구체성을 버리고 추상화합니다.

말은 추상하고 분별하면서 마치 하나의 거대한 원자와 같은 실재로부터 멀어집니다. 그것은 잘게 깨진 거울 조각 같아서 실재 전체를 비추지 못합니다. 그래서 사람의 말과 사유는 단편적인 거울 조각에 불과한 것이 되어서 언제나 부딪치며 시시비비를 낳게 됩니다. 그래서 세상은 늘 시끄러운 것이지요.

이것뿐만 아닙니다. 말로 분별하는 것도 모자라 이번에는 말로 분별한 것들을 다시 숫자로 또 한 번 분류합니다. 사과 세 개와 강아지 세 마리는 모두 셋이라는 숫자로 나타냅니다. 말을 사용하여 실재를 이해하고 이용하는 것보다 더욱 편리해진 것입니다. 여기서 한 걸음 더 나아가 대수학의 X, Y, Z 등으로 표시되는 변수가 등장하여 숫자를 다시 분류합니다.

이제 자연법칙은 물론이고 사회과학적 사실도 대수학의 공식으로 표시되고 증명되어야만 진리가 됩니다. 이렇게 되면 인간이 무엇을 안다는 것은 수학적 공식을 또는 그 수학적 공식으로 증명된 법칙을 아는 것으로 교체되고 맙니다.

그런데 법칙이 실재에 대한 진리일까요. 아닙니다. 그것은 오직 말과 숫자와 변수의 관계망일 뿐 실재에 대한 묘사는 아닙니다. 그것은 일방적으로 실재를 편리하게 이해하고 이용하는 데에만 주로 사용되는 것이지 실재 자체는 아닙니다. 인간은 이제 진리를 알려고 하기 전에 자연을 편리하게 이용하고 지배하고 군림하는 것에 익숙해졌습니다.

　　그러나 또한 사람의 말은
　　어느 결 덧없이 녹고 마는 눈송이 같아
　　고요의 거울은 늘 씻은 듯 온전합니다

말은 침묵의 수면 위에서 일어났다가 꺼져버리는 물거품과 같습니다. '덧없이 녹고 마는 눈송이' 같습니다. 아무리 말로 금을 그어 분별하고 경계를 지어도 하나의 거대한 원자와 같이 나누어지지 않는 실재는 아무 흠도 가지 않고 말끔합니다. '아주 크고 온전한 하나의 고요'가 나타난 마음의 거울이 바로 '고요의 거울'입니다. 그 거울에 무엇이 비치든 간에 사라지고 나면 '늘 씻은 듯 온전합니다'

> 신이 어찌 말하겠습니까
> 고요가 더는 어찌할 수 없는 지경에서
> 싹으로 트고 꽃봉오리로 벙글고
> 더러는 바람으로 갈꽃을 그려 내지만

인간이 말을 하는 것이지 신은 말이 없습니다. 신이 말을 한다면 하나의 전체인 고요는 깨져버려 신도 사라지고 맙니다. 그러나 마음의 거울인 '고요의 거울'에는 때가 되면 인간의 말로 분별되는 온갖 현상들이 끊임없이 스쳐 지나갑니다. '싹'이 트고 '꽃봉오리'가 벙글고 '바람이 갈꽃을' 그려 냅니다.

> 봄 여름 가을 겨울
> 천지가 어찌 말하겠습니까

사계절이 바뀌면서 그에 따른 현상들의 변화가 무상하게 일어나지만 그것은 신의 말이 아닌 것처럼 천지의 말도 아닙니다. 말의 분별은 오직 인간의 것이기 때문입니다. 다만 고요는 부동不動인 채로 환영을 보여주고 인간은 이 환영을 실재로 착각하여 분별할 뿐입니다. '고요의 거울' 위에서 분별되는 현상들은 인간의 환영일 뿐입니다. 그러니까 인간은 고요가 보여주는 환영을 실재로 착각하고 또 이 실재를 분별한 대립적 현상을 환영인 줄 모르는 이중의 착각 속에서 사는 셈입니다.

어떻게 '크고 온전한 하나의 고요'가 자체는 변함없이 부동인 채로 여러 현상의 환영으로 나타날 수 있는 것인지 우리는 그것을 알 수가 없습니다. 여러 현상의 세계로 고요가 나타났다면 세계는 여전히 그 고요 속에 있을 수밖에 없는 것입니다. 그런데도 그 고요는 온전히 하나의 고요라니 인간의 분별로는 이해가 되지 않습니다.

이것은 마치 하나의 씨앗 속에 성장한 나무가 들어 있고 동시에 그 나무 속에 씨앗이 있는 것과 비슷한 것일까요. 또 흔히 말하듯이 한 알의 모래 속에 우주가 있다는 말일까요. 어느 현자가 말하듯 하나 속에 여럿이 있고 여럿 속에 하나가 있다一中一切多中一는 그런 뜻일까요.

바로 지금 조용히 바라보세요
고요의 거울 속
꽃가지 그림자에
작은 벌레 한 마리 기어갑니다.

'고요의 거울 속'을 들여다보라고 합니다. 거기 '꽃가지 그림자'가 보이고 그 꽃가지 그림자에 '작은 벌레 한 마리'가 기어가고 있습니다. 그지없이 고요한 장면입니다. 꽃가지도 작은 벌레도 모두 그림자에 불과한 것입니다. 즉 '고요의 거울'에 비치는 현상들은 분별의 그림자일 뿐 실재가 아니라는 뜻입니다. 모든 분별과 현상은 침묵의 수면 위에 잠시 일었다 없어지는 파문이라는 뜻입니다. 꽃가지와 벌레의 그림자가 사라지고 나면 거울은 또 아무 일도 없었다는 듯이 말끔할 것입니다.

'고요의 거울' 전체를 어떻게 하면 볼 수 있을까요. 다시 말하면 아무것도 마음에 비치지 않을 때는 없는 것일까요.

우리가 어떻게 분별하지 않을 수 있을까요. 분별되는 현상이 비치니까
비로소 '고요의 거울'이 있음을 알 수 있는 것 아닐까요.

이 질문들이 일어나는 한 고요는 알 수 없는 것일까요.

그렇다면 침묵 속에서 꽃가지 그림자에 기어가는 벌레를 바라보고만 있
어야 할까요.

그 아득한 꽃과 벌레 사이

이 세상 아무도 모르는
어드메 천 길 낭의 흔들리는 꽃 한 송이
어두운 들녘 끝 떨기풀의 벌레 한 마리
이 세상 어딘가
그 아득한 꽃과 벌레 사이
강물 하나 끝없이 흐르고 있나니
그 강물에 이따금 빈 배 접어 띄우고 있나니

　　　　　　　　　　　　　　　　　　ー『모든 돌은 한때 새였다』

☞ 나는 아주 외진 시골에서 태어나 자랐습니다. 내가 다니던 소학교는 우리 마을에서 약 시오리 정도나 되는 꽤 먼 거리에 있었는데 그 먼 곳을 늘 걸어 다녀야만 했습니다. 동네의 또래 아이들과 몇 명씩 어울려 다니는 것이 예사였지만 때로는 혼자 그 먼 길을 다니는 경우도 적지 않았습니다. 작은 언덕을 넘고, 어린아이의 눈에는 아득하게만 보이는 들을 건너고, 또 한적하고 야트막한 야산을 넘어야 했습니다.

학교가 끝나고 혼자 들길이나 산길을 걷다 보면 이것저것에 눈이 팔려 가던 길을 멈추고 해찰하기 마련입니다. 길을 한참이나 벗어난 후미진 곳에 눈에 띄지 않게 피어있는 아주 작은 한 송이 풀꽃이 보입니다. 또 이삭 같은 것을 달고 바람에 흔들리고 있는 풀줄기 하나가 눈에 들어옵니다. 그럴 때는 그 풀꽃이나 풀줄기 옆에 한참씩이나 함께 앉아서 시간을 보냅니다.

그것들이 여기 이렇게 피어있고 흔들리는 것을 아직 아무도 본 사람이 없는데 내가 비로소 처음 보는 것이라는 생각이 듭니다. 그리고 내가 보지 않으면 이것들은 곧 가뭇없이 스러져 없어질 것이라는 안타까움에 젖기도 합니다. 그것들을 바라보면서 어쩐지 그것들이 나와 같다는 생각도 합니다. 그것들과 그렇게 함께 있는 시간이 한없이 고적하면서도 마음은 알 수 없는 위로와 평안을 느끼게 됩니다.

또 어떤 때는 언덕길을 넘다가 아주 작은 벌레 한 마리가 그림자처럼 소리도 없이 밀밭 속으로 기어가는 것을 발견합니다. 쭈그리고 앉은 채 그 벌레가 기어가는 길을 시간 가는 줄 모르고 바라보며 나도 모르게 따라갑니다. 소리도 없이 혼자 기어가는 그 벌레가 마치 내가 혼자 어디를 가는 것 같은 느낌이 듭니다.

밀밭 속은 아주 아늑하고 조용합니다. 나는 그만 밀 줄기를 키대로 눕히면서 누워버립니다. 파란 하늘에 솜구름이 떠 있습니다. 문득, 내가 이러고 있는 것은 이 세상 아무도 모를 것이라는 생각이 듭니다. 그리고 어디선가 나와 똑같이 이러고 있는 아이가 있을 것 같은 생각이 듭니다. 그 아이도 바로 나 자신이라는 생각이 들면서 몹시도 만나고 싶은 그리움에 젖어들기도 합니다.

나는 아이들과 함께 동구 밖 공터에서 놀다가도 문득 외떨어진 곳에 혼자 사는 벌레나 풀떨기 같은 것들이 생각나곤 합니다. 그럴 때는 놀이터를 벗어나 언덕 위로 올라갑니다. 아무도 보지 않는 외진 구석에 풀잎이 바람에 흔들리고 그 밑으로 작은 벌레 한 마리가 그림자처럼 기어가고 있습니다.

아, 우리가 놀이터에서 떠들며 놀고 있는 동안 아무도 모르는 이 호젓한 곳에서 너희는 이렇게 살고 있었구나, 하는 탄성이 나옵니다. 그리고 까마득히 잊고 있었던 살붙이를 보는 듯한, 또 내가 모르고 있었던 가여운 내 모습을 보는 듯한 느낌이 잠시 사무칩니다.

어렸을 때 겪었던 이와 같은 느낌과 경험은 이후에도 조금도 변하지 않고 지속되었습니다. 어른이 된 지금도 호젓한 산자락이나 인적이 드문 길섶의 풀밭에 앉아 있으면 아늑한 고향에 돌아온 듯한 느낌이 들고 눈에 보이는 하찮은 것들마저도 예사롭지 않게 정겨워 보이는 것입니다. 「그 아득한 꽃과 벌레 사이」라는 이 시는 이와 같은 어렸을 때부터의 경험과 느낌이 문득 어느 날 문장이 되어 나온 것입니다.

　　이 세상 아무도 모르는
　　어드메 천 길 낭의 흔들리는 꽃 한 송이
　　어두운 들녘 끝 떨기풀의 벌레 한 마리

어딘가 아무도 모르는 천 길 낭떠러지의 어느 틈에 피어있는 작은 꽃 한 송이가 바람에 흔들리고 있습니다. 또 어딘가 '어두운 들녘 끝'에서는 떨기풀 밑에서 한 마리 벌레가 숨을 쉬고 있습니다. 그리고 나는 지금 책상머리에 앉아서 그것들을 생각하고 있습니다.

생각해보면 참 신기하고 이상합니다. 노을이 물든 어느 갈숲에서는 둥지 안의 개개비 새끼들이 오지 않는 어미를 기다리고 있고, 어디선가는 누군가 소리 없이 홀로 울고 있습니다. 모든 존재는 고립되어 있습니다. 따로따로 외떨어진 채 각기 제 생명의 외로운 불빛 속에서 살아가고 있는 것이지요.

모든 존재가 고립되어 있다는 점에서 그것들은 근본적으로 슬프고 가난하고 덧없는 것들입니다. 그래서 세상의 풍경은 아주 쓸쓸합니다. 그 덧없는 것들이 서로 모여 웃고 떠들고 기뻐하는 모습은 그런 까닭에 더욱 슬프고 쓸쓸하고 안쓰럽기조차 합니다.

살아있는 것들은 모두 저 홀로 살다가 저 홀로 죽어갑니다. 분명히 고립 자체는 슬픔이고 허무이고 쓸쓸함입니다. 그런데 우리는 어떻게 사람들끼리는 물론이고 풀잎이나 벌레에까지 어떤 느낌을 주고받으며 공감할 수 있을까요.

공감이 없으면 사랑도 기쁨도 슬픔도 외로움도 있을 수가 없는 것입니다. 공감은 글자 그대로 함께 느낀다는 뜻입니다. 함께 한다는 것은 서로 떨어져 있는, 즉 고립된 것들이 하나가 된다는 뜻이지요. 함께 할 수 없는 절대적인 단일자單一者에게는 슬픔도 외로움도 일어날 수가 없는 것 아니겠습니까.

이렇게 보면 모든 존재와 그 삶의 겉모습은 고립되어 슬프고 덧없는 것이기는 하지만 공감한다는 점에서 보면 그것은 또한 고립된 것만이 아니라 서로 연속된 한 몸이기도 하다는 것을 알 수 있습니다. 그래서 존재와 삶은 이중적입니다. 이쪽의 밖에서 보면 고립이고 저쪽의 안에서 보면 연속입니다.

그러니까 삶도 사랑도 이쪽의 고립을 넘어서고자 저쪽의 연속을 거머쥐는 행위입니다. 그러니까 고립이 없으면 연속이 생기지 않습니다. 이렇게 되면 고립에 발을 디딘 채 연속을 거머쥐는 행위의 지속만이 우리를 구원한다고 말할 수 있을 듯합니다. 연속을 거머쥐고자 즉 하나가 되고자 하지 않는다면 누군가를 사랑할 수도 없고 무엇인가를 꿈꿀 수도 없고 내일에 대한 희망도 있을 수 없을 것이니 말입니다.

공감은 고립된 존재로부터 일어나는 것입니다. 이 공감이 없다면 이 세상의 모든 존재와 삶은 무의미한 먼지처럼 덧없이 사라지고 말 것입니다. 그렇다면 이 공감은 어떻게 일어나는 것일까요.

이 세상 어딘가
그 아득한 꽃과 벌레 사이
강물 하나 끝없이 흐르고 있나니

꽃과 벌레의 사이가 아득하다고 합니다. 그 사이가 시공 즉 우주입니다. 시간과 일체화되어 있는 공간입니다. 당신도 알다시피 우주 즉 시간과 공간은 무한한 것입니다. 그러니까 그 사이가 가깝고 멀고 간에 본질적으로 그 공간은 무한하고 아득한 것입니다. 그 사이 즉 공간이 없다면 우리는 꽃과 벌레를 구분할 수가 없습니다. 공간이 있어서 모든 것이 존재할 수 있고 우리가 그것들을 분간하여 알 수가 있는 것이지요.

그런데 그 사이에 '강물 하나 끝없이 흐르고' 있다고 합니다. 꽃과 벌레 사이에 강물이 흐르고 있다는 것은 모든 존재 사이에 강물이 흐르고 있다는 말과 같습니다. 그 강물이 '끝없이' 흐른다는 것은 그 흐름이 비롯하는 지점도 없고 마감하는 지점도 없다는 말입니다. 곧 시작도 없고 끝도 없이 흐른다는 뜻입니다.

그 무종무시無終無始한 강물이 이 우주에 흐르고 있다면 모든 존재는 그 강물로 연속되어 있다는 뜻이기도 합니다. 다시 말하면 꽃과 벌레라는 눈에 보이는 현상적 존재는 표면에서 보면 각기 고립된 것처럼 보이지만 현상 너머의 이면을 보면 보이지 않는 그 강물에 의해 연속되어 있다는 이야기입니다.

우리의 공감은 바로 이 강물에서 비롯합니다. 우리가 꽃과 벌레를 보고 느끼는 공감은 이 강물의 파문인 것입니다. 만일 모든 존재가 각기 고립되어 있기만 하다면 절대로 공감은 일어날 수 없는 것입니다. 그러니까 공감은 나와 꽃 사이에 일어나는 공명 현상입니다. 모든 존재는 그 나름의 파장으로 진동하고 있습니다. 이 파장이 두 존재 사이에서 일치할 때 공명이라는 현상이 일어나는 것이지요.

공명은 아주 원초적인 현상입니다. 감성이 무디면 그 공명을 느끼지 못합니다. 그 공명을 우리가 느낄 때 그것을 비로소 감응이라 하고 공감이라 하는 것입니다. 우리가 마음을 마음으로 전한다는 이심전심은 바로 이렇게 일어나는 현상입니다. 그렇다면 이 공감의 바탕이 되는 공명이 우주에 '끝없이 흐르는' 강물에서 비롯한다면 그 보이지 않는 강물은 도대체 무엇일까요.

시적 상상력으로 여기서 강물이라고 표현한 것이지만 그것이 도대체 무엇인지 우리는 알 수가 없습니다. 그러나 느낌과 생각과 상상을 통해서 보면 강물 같은 그 무엇이 있기는 있다는 것이 분명해 보입니다.

그것이 무엇일까요. 옛사람들은 그것을 기氣라고 말합니다. 우주에 편만해 있지만 보이지는 않는 이것이 우리의 마음이 되고 생명이 되었다고 합니다. 또 우주 만물의 바탕이라고 합니다. 이처럼 모든 존재와 생명이 하나의 기라고 한다면 그것들은 공명할 수밖에 없겠지요.

그러나 그것을 기라고 하거나 에너지라고 하거나 신이라고 하거나 이름은 중요한 것이 아닙니다. 시적 표현과 같이 우리가 느끼는 대로 그저 포괄적으로 강물이라고 하는 것이 우리에게는 더 실감이 나는 것일 수 있으니까요. 어쨌든 아득한 공간을 사이에 두고 있는 외로운 것들이 서로 공명하고 공감할 수 있는 것은 바로 이 강물의 공덕이 아닐 수 없습니다.

그 강물에 이따금 빈 배 접어 띄우고 있나니

'빈 배 접어 띄우고' 있다는 것은 사연을 적지 않은 하얀 백지의 편지를 띄운다는 말과 같습니다. 외롭게 고립된 존재가 또 그와 같은 다른 존재에게 보이지 않는 강물에 글씨도 보이지 않고 사연도 없는 편지를 보내는 것입니다. 즉 공명하고자 하는 것입니다.

왜 공명하고 싶어 할까요.

그 백지의 사연은 무엇일까요.

당신은 그 백지에 무슨 사연을 담고 싶은가요.

오래된 물이여 마음이여

어느 봄 물오르는 갈매나무 아래서
나는 문득 깨달았네
내 마음이 아주 오래된 물이란 것을
맨 처음 한 방울의 물에서 생명이 움트던
그 아득한 날부터
높고 낮은 온 세상을 돌고 돌아
내게 흘러와 고인 한 줌 물이란 것을
내 마음도 물비늘을 반짝이며
갈매나무 푸른 잎사귀와 함께 찰랑거릴 때
나는 문득 깨달았네
아직 가보지 않은 미지의 산과 바다
그리고 먼 나라 낯선 땅이 그리운 것은
아주 오래된 내 마음의 뒤안
그 깊고 먼 곳이 알고 싶기 때문인 것을
홀로 걷는 숲길이
바로 내 안으로 가는 길인 것을
갈매나무 곁에서 나무가 되어
나는 문득 깨달았네
우리들 가슴이 메마르고 갈라진 뒤에
억새 바람만 사는 마른 강가에서
떠나간 철새를 기다리고 있다는 것을
오래된 물이여 마음이여

이 세상 곳곳에서 맑게 흘러라
목이 메어 부르는 내 노래 소리를
나는 문득 깨달았네
아직 잎 피고 잎 지는 갈매나무 아래서.

-『모든 돌은 한때 새였다』

☞ 나는 삶과 죽음을 넘나드는 큰 수술을 한 일이 있습니다.

쇠약해진 몸을 추스르기 위해서 나는 날마다 공원을 산책하면서 무심히 경물들을 바라보곤 했습니다. 햇살이 아주 따사롭게 비치는 이른 봄날이었습니다. 여기저기서 만물이 소생하는 기운이 역력히 느껴지고 나 자신도 새로운 생기가 온몸에서 솟아나는 듯했습니다.

천천히 걷던 걸음을 잠시 멈추고 어느 나무에 기대어 쉬고 있을 때입니다. 어디선가 아련히 물결 소리가 들리는 듯했습니다. 그 소리는 내 안에서인 듯 밖에서인 듯 그저 봄날의 아지랑이처럼 아득하기만 했습니다. 나는 다시 주위의 나무들이 그렇듯이 따사로운 봄 햇살에 기분 좋게 몸을 맡긴 채 편안하고 아늑한 무심에 잠겼습니다. 그리고 또 실바람이 스치는 듯 조용한 물소리가 들리는 듯했습니다.

가만히 생각해 보니 어떤 시인의 절창처럼 내 마음의 어딘 듯 한 편에 끝없이 강물이 흐르는 것 같았습니다. 그리고 가늘게 이파리를 살랑거리는 나무를 새삼 올려다보았습니다. 푸른빛이 매끄럽게 물처럼 흐르는 갈매나무였습니다. 나는 실로 문득 그때 깨달았습니다. 그 조용한 물소리의 정체를 말입니다.

그날 공원에서 나에게 찾아온 그 조용한 물의 전언이 이 시가 되었습니다.

어느 봄 물 오르는 갈매나무 아래서
나는 문득 깨달았네
내 마음이 아주 오래된 물이란 것을

'물 오르는 갈매나무 아래서' '마음이 아주 오래된 물이란 것을' 문득 깨달았다고 말합니다. 어떻게 해서 그런 깨달음이 찾아왔을까요. 우선 봄이 되어서 물이 만물 속으로 스며들어 잠을 깨우며 활발하게 순환하는 모습을 상상할 수 있습니다. 그런 때는 누구나 자신의 몸도 새롭게 소생하는 기운이 순환하고 있음을 느끼게 됩니다. 우리의 몸은 70% 이상이 물입니다. 우리의 생명이 비롯하는 수정란 때는 물이 99%나 되었습니다. 따지고 보면 결국 몸도 마음도 물입니다.

당신도 잘 아시다시피 물은 불멸하는 물질입니다. 물은 끝없이 순환하며 온 세상의 만물에 스며듭니다. 물이 없이는 어떤 물질도 서로 녹아들 수 없고 어떤 생명체도 그 생명을 유지할 수가 없습니다.

성경의 창세기는 하나님이 천지를 창조하실 때 하나님의 영이 물 위에서 운행하고 있었다고 말합니다. 그러니까 물은 천지 창조 때부터 있었던 참으로 오래된 것입니다. 그렇게 오래된 물이 우리 안에도 있고 밖에도 있다면, 그리고 하나님의 영도 물 위에서 운행하고 있었다면 어찌 우리의 마음만 똑같은 그 물에 공명하지 않을 수 있겠습니까.

갈매나무 아래서 '내 마음이 아주 오래된 물이란 것을' 문득 깨달았다는 것은 하나도 이상할 것 없는 참으로 자연스러운 일이 아닐 수 없습니다.

맨 처음 한 방울의 물에서 생명이 움트던
그 아득한 날부터
높고 낮은 온 세상을 돌고 돌아
내게 흘러와 고인 한 줌의 물이란 것을

모든 생명체는 물에서 비롯합니다. 그뿐만 아니라 지금까지 알려진 바로는 무생물이건 생물이건 만물은 물이 바탕이 되었다고 말합니다. 그러니까 순차적으로 보면 눈에 보이지 않는 기氣가 맨 처음 눈에 보이는 물질로 외면화할 때 물로 나타났다는 이야기가 됩니다. 그러니 물이 바탕이 된 물질과 우리 몸이 다른 것이 아니고 그 몸과 마음이 다른 것일 수가 없습니다.

몬物과 몸身과 맘心은 연속된 하나의 실재입니다. 근래에 병을 근본적으로 심신증psychosomatic disease으로 보는 심신의학이 주목되는 것은 어쩌면 당연한 일입니다. 마음의 병이 몸의 병이고 몸의 병이 마음의 병인 것이지요. 그러니 마음이 곧 물이라고 하는 것도 조금도 이상할 것이 없습니다. 물이 곧 생명이고 몸이요, 몸의 내면이 마음이고 마음의 외면이 몸이기 때문입니다.

그래서 어떤 사람은 아주 적극적으로 물은 의식이 있다고 말하고 나아가서는 물이 곧 의식이라고 주장하기까지 합니다. 한 잔의 물에 긍정적인 말을 들려주었을 때와 부정적인 말을 들려주었을 때 사진을 찍어보면 놀랍게도 물의 결정체가 서로 다르게 변한 것을 볼 수 있습니다.

어떤 사람들은 이런 현상을 응용하여 식물이나 짐승을 기를 때 긍정적인 좋은 말을 들려주거나 좋은 음악을 들려주어 그것들을 건강하게 키우고 있다고 믿고 있습니다. 왜 그렇지 않겠습니까. 과학적으로도 모든 존재가 파동이라고 하니 긍정적인 파동은 좋은 결과를 낳고 부정적인 파동은 나쁜 결과를 낳겠지요.

어쨌든 태초의 물이 '온 세상을 돌고 돌아' 우리에게 흘러와 몸과 마음이 되었습니다. 기라는 것이 영원불변의 것이고 그 기가 외면화한 물도 끝없이 순환할 뿐 불멸의 것이라 하니 우리도 따라서 불멸의 존재일 수밖에 없습니다. 우리 자신의 몸과 마음이 이룬 꼴과 품새의 개성은 생멸하지만 그 몸과 마음을 이룬 궁극적인 바탕은 영원불멸입니다. 이치로 보면 그렇지 않습니까.

내 마음도 물비늘을 반짝이며
갈매나무 푸른 잎사귀와 함께 찰랑거릴 때
나는 문득 깨달았네

'내 마음도 물비늘을 반짝이며' 강물처럼 흐릅니다. 흔히 의식의 흐름을 이야기하고 무의식을 거대한 바다에 비유하면서 마음을 물 또는 물의 흐름으로 이해하는 것은 지극히 자연스러운 것입니다. '갈매나무 푸른 잎사귀'도 햇빛에 반짝이며 살랑거리고 있습니다. '물비늘을 반짝이'는 내 마음과 물오른 갈매나무의 푸른 잎사귀의 반짝임이 '함께 찰랑거릴 때' 공명이 일어납니다. 그 공명 속에서 마음이 곧 물이란 것을 '나는 문득 깨달았네'라고 말하고 있습니다.

아직 가보지 않은 미지의 산과 바다
그리고 먼 나라 낯선 땅이 그리운 것은
아주 오래된 내 마음의 뒤안
그 깊고 먼 곳이 알고 싶기 때문인 것을

우리는 언제나 미지의 땅을 그리워합니다. 이쪽에 있으면 저쪽이 보고 싶고 저쪽에 가면 또 다른 저쪽이 보고 싶습니다. 이러한 그리움과 동경은 끝이 없습니다. 고향을 떠나 타향에서 사는 사람이 고향을 그리워하는 것은 당연하지만, 한 번도 고향을 떠난 일도 없이 고향에 살고 있으면서도 막연히 또 다른 고향을 그리워하는 것은 도대체 무엇 때문일까요.

이 시는 그 이유를 '아주 오래된 내 마음의 뒤안'이 알고 싶기 때문이라고 말합니다. 오래된 내 마음의 뒤안은 무엇이겠습니까. 지금의 내 꼴과 품새 즉 개성으로 흘러들어 와 내 마음이 된 한 줌 물의 뒤안 아니겠습니까.

그렇습니다. 그 뒤안은 태초부터 물이 온 세상 가지 않은 곳 없이 구석구석 순환하며 흐르던 곳입니다. 바로 온 세계가 물의 뒤안입니다. 그리고 지금 그 세계에 빠짐없이 물은 흐르고 있습니다. 그런데 내 마음의 한 줌 물은 까마득한 과거의 그 순환의 흔적을 간직하고 있는 것입니다.

'가보지 않은 미지의 산과 바다'가 지금 보고 싶은 것은 바로 내 마음의 물이 지닌 그 흔적 때문입니다. 지금 내 마음의 한 줌 물이 이 세상 곳곳의 물과 공명하고 있기 때문입니다. 그렇다면 결국 부분적일 수밖에 없는 내 마음의 한 줌 물이 전체적인 물이 되고 싶다는 것이 아닐까요. 그 전체로서의 물이 바로 진정한 고향이 아닐까요. 이제 고향에서 애타게 고향을 그리워하는 사람의 심정이 이해됩니다.

그런데 왜 고향을 그리워할까요.

왜 부분들은 전체가 되고 싶을까요.

홀로 걷는 숲길이
바로 내 안으로 가는 길인 것을
갈매나무 곁에서 나무가 되어
나는 문득 깨달았네

내 마음이 궁극적으로 기(氣)이고 물이라고 한다면 아득한 시공의 온 세계가 그리고 그것의 흔적이 내 마음 안에 고스란히 존재하고 있기도 한 것입니다. 이렇게 되면 '홀로 걷는 숲길이 / 바로 내 안으로 가는 길'이 됩니다. 그렇지 않습니까. 몬과 몸과 맘이 연속되어 있다면 그렇게 될 수밖에 없지 않습니까. 마음과 세계는 몸을 사이에 두고 연속된 하나의 실재입니다. 마음의 외면이 세계이고 세계의 내면은 마음입니다. 마음과 세계는 마치 뫼비우스의 띠와 같이 교묘하게 양면을 보이면서 둥글게 하나로 이어져 있습니다. 안팎의 양면처럼 보이는 그 띠를 자세히 살펴보면 양면이 아니라 한 면이 그렇게 교묘하게 연결된 것입니다.

이 이야기는 단순히 철학적 사유나 시적 상상력만은 아닙니다. 이 관계는 현대 물리학이 이미 증명한 사실이지 않습니까. 그 유명한 아인슈타인의 $E=MC^2$이라는 공식으로 눈에 보이는 유(有) 즉 질량이 눈에 보이지 않는 무無 즉 에너지 또는 기가 되고 또 거꾸로도 된다는 것은 실험으로 밝혀진 것입니다. 그리고 보이는 세계가 극미의 입자나 파동의 단계에서는 주체와 객체 또는 마음과 세계가 하나로 이어진다는 사실도 이미 밝혀진 것입니다.

생각할수록 마음과 세계는 뫼비우스의 띠와 같이 양면처럼 보이는 일면입니다. 유심론과 유물론의 주장이 그렇게 맞서고 있는 것은 어쩌면 당연합니다. 그 주장들은 다 맞는 말이지만 다만 이어진 양면을 보지 못하고 일면만을 고집하고 있다는 것뿐이겠지요.

'갈매나무 곁에서 나무가 되어' 이러한 진상을 깨달았다고 말하고 있습니다. 그렇습니다. 나무의 생명과 나의 생명이 결국 하나라는 것을 자각할 때, 천지라는 같은 조건 속에서 각기 제 본새를 따라 생명을 유지하고 있는 평등한 존재라는 것을 자각할 때 비로소 내 마음과 세계가 하나라는 사실을 깨닫는 것입니다.

> 우리들 가슴이 메마르고 갈라진 뒤에
> 억새 바람만 사는 마른 강가에서
> 떠나간 철새를 기다리고 있다는 것을

'우리들 가슴이 메마르고 갈라진 뒤에' 즉 우리 마음이 황폐해지고 분열된 뒤에는 어떤 현상이 생길까요. 물이 고갈되고 온갖 인간의 욕심으로 오염된 폐수만이 흐르게 됩니다. 모두 다 알고 있는 환경위기를 초래하게 되는 것입니다. 오늘날 우리가 사는 세계는 심각한 위기에 봉착해 있습니다. 사회는 분열과 갈등이 극에 달했고 기술은 자연을 회복불능에 이르기까지 파괴하고 말았습니다.

강물은 바닥이 드러나거나 오폐수가 흐릅니다. 물고기는 살 수 없고 철새들도 다시 돌아오지 않습니다. 공기도 숨을 쉴 수 없을 정도로 오염되었습니다. 기형적인 동식물들이 생겨나고 알 수 없는 괴질들이 만연하고 있습니다. 이 모든 재앙이 어디서부터 발원된 것일까요. '우리들 가슴이 메마르고 갈라진 뒤에' 시작된 재앙입니다. 이 황폐한 땅에서 뒤늦게 '떠나간 철새를 기다리고 있다는 것을' 우리는 깨닫게 됩니다. 뒤늦게 우리의 마음이 분열되고 황폐해졌음을 깨닫게 되는 것입니다.

오래된 물이여 마음이여
이 세상 곳곳에서 맑게 흘러라
목이 메어 부르는 내 노래 소리를
나는 문득 깨달았네

이 오염되고 황폐해진 세상을 정화하고 새롭게 재생시키기 위해서는 맑은 물이 세계의 곳곳에서 흐르게 해야 합니다. 혼탁하게 오염된 물을 맑게 정화하기 위해서는 우리의 마음을 맑게 정화하는 길밖에 없습니다. 우리 모두 '오래된 물이여 마음이여 / 이 세상 곳곳에서 맑게 흘러라' 하고 간절히 마음속에서 외쳐야 합니다. 그리고 잊고 있었던 메마른 제 마음속을 들여다보고 재생의 마음가짐을 가져야만 합니다.

아직 잎 피고 잎 지는 갈매나무 아래서.

아직은 갈매나무의 잎이 피고 집니다. 갈매는 푸른빛을 뜻하는 말입니다. 물도 물소리로 찰랑거리는 잎사귀도 모두 푸른빛입니다. 그러니 '아직 잎 피고 잎 지는 갈매나무 아래서' 아주 더 늦기 전에 내 마음의 물을 맑게 정화해야 한다고 깨달았다는 뜻입니다.

남의 마음이 아니라 내 마음의 물을 맑게 하는 것입니다. 그것은 정말로 쉬운 일입니다. 그러나 그렇게 쉽기 때문에 또한 어려운 것입니다.

왜 그럴까요.
나 혼자라도 마음을 맑게 가진다는 것이 그렇게 어려운 일일까요.
왜 그럴까요.

이 시의 후반부와 함께 비교하며 다음 시를 감상해 보십시오.

개개비는 다 어디로 갔나

개개비는 다 어디로 갔나
마른 강가 갈숲에
빈 둥지만 바람에 맡겨둔 채
개개비는 다 어디로 갔나
우리들이 제 가슴 깊은 속을
한 번도 돌아보지 않는 동안
마른 강바닥은 자갈만 드러나고
흰 목에 푸른 물길 굽이굽이 감은 채
그 작은 새들은 다 어디로 갔나
바람에 맡겨진 빈 둥지의 가슴으로
붉은 노을이 새어들 때
우리들이 서로 말을 잃고
그 둥지의 틈새로 새어드는
노을을 바라볼 때

– 『나는 거기에 없었다』

제 3 부

잊은 것을 잊다

산도 흐르고 들도 흐르고

강물만이 흐르는 것은 아니다
산도 흐르고 들도 흐르고
마음 안팎에
그대가 지은 굳건한 집도
집에서 여기저기 도시로 가는
그 많은 길들도 강물처럼 흐른다
바람이 갈 길을 부산하게 서두르는
수수밭가에 서서
텅 빈 그대의 가슴 속
그 저무는 하늘가 초승달을 보라
풀잎 하나가 안쓰러이
붙잡고 있는 초승달을 보라
흐르는 것은 강물만이 아니다.

－『외눈이 마을 그 짐승』(문학동네, 2007)

☞ 강물만이 흐르는 것은 아니다

강물은 잠시도 쉬지 않고 흘러갑니다. 그래서 어떤 사람은 같은 강물에 두 번 다시 발을 담글 수 없다고 말합니다. 유수 같은 세월 즉 세월이 흐르는 물과 같다고 말합니다. 모두 덧없이 흘러가는 시간을 강물에 비유하고 있습니다. 그 강물이 흘러가는 것을 아쉬워합니다.

그런데 강물만 흘러가는 것이 아니라고 말합니다. 왜 그렇지 않겠습니까. 이 세상에 존재하는 것치고 시간의 강물 속에 있지 않은 것이 어디 있겠습니까. 그러니 그 강물 속에 존재하는 모든 것들도 그 강물과 함께 흘러갈 수밖에 없겠지요. 그래서 다음과 같이 말하게 됩니다.

산도 흐르고 들도 흐르고
마음 안팎에
그대가 지은 굳건한 집도
집에서 여기저기 도시로 가는
그 많은 길들도 강물처럼 흐른다

'산도 흐르고 들도 흐르고' 모든 것이 흘러갑니다. 산과 들에 있는 초목도 흙도 바위도 흘러가고 온갖 벌레와 짐승도 다 함께 흘러갑니다. 흘러간다는 것은 변화한다는 뜻입니다. 고향의 뒷동산은 흔적도 없이 사라지고 그 자리에 새로운 아파트촌이 들어섭니다. 어제의 홍안 소년은 어느덧 백발의 노인이 되고 시냇물이 흐르던 곳은 아스팔트 길이 됩니다.

변화는 소멸의 길이고 변화하는 것들은 마침내 사라지기 마련입니다. 모든 것이 끊임없이 변화하며 사라집니다. 그래서 사람들은 그 소멸에 맞서 쉽게 변하지 않을 굳건한 것들을 끊임없이 세우고 만들어 냅니다. 소멸과의 전쟁 즉 시간과의 싸움을 벌이는 것입니다.

가만히 생각해 보면 먹고 살기 위해서 매일 분투하는 것은 기실 소멸과의 싸움에 불과합니다. 당신은 당신의 존재를 보전하기 위해서 온갖 노력을 하며 오늘도 힘껏 싸우고 있는 것입니다. 내일 또 싸우기 위해서 당신은 오늘 밤 쉬어야 합니다. 그래서 하루 일을 마치고 육신이 편히 쉴 수 있는 집이 필요합니다. 그리고 마음이 편히 머물 수 있는 저마다의 믿음도 필요한 것입니다. 그 믿음이 마음의 집입니다. 누구나 '마음 안팎에' 집을 짓고 살고 있습니다.

육신이 쉬는 집보다 마음의 집이 더 중요합니다. 남의 처마 밑에서 자더라도 마음이 편해야 살 수 있는 것입니다. 당신이 믿는 종교나 이념도 집이고, 옳다 그르다 또는 좋다 나쁘다 하고 평가하고 판단하는 당신만의 기준도 집이고, 당신 마음속에 주워담은 많은 지식도 집이고, 깊거나 얕거나 간에 이리저리 재며 펼치는 당신의 생각도 집입니다.

마음의 집이 잘 정돈되어 있고 굳건할수록 삶이 편안합니다. 그래서 사람들은 변화와 소멸에 맞서 변치 않는 믿음을 갖고자 애씁니다. 그러니 어떤 믿음이 정말로 변치 않는 굳건한 것이라면 얼마나 좋겠습니까. 그런데 모든 것은 변한다는 사실만이 변치 않는 진리라고 말할 수 있을 정도 아닙니까. 과학적 진리마저도 오늘날의 과학적 성과에 의하면 전적으로 믿을 수 없는 것이 되어버렸습니다.

종교적 진리라는 것도 마찬가지입니다. 예수와 부처의 가르침을 믿는 사람끼리도 그 믿음은 천차만별로 다르지 않습니까. 천차만별로 다르다는 것은 가르침 자체가 아니라 사람들의 그 가르침에 대한 믿음이 변화할 수밖에 없다는 뜻이기도 합니다.

이렇게 되면 눈에 보이지 않는 마음의 집이 아무리 해도 굳건할 수가 없습니다. 마음 자체가 강물처럼 흐르며 변하기 때문입니다. 그래서 '집에서 여기저기 도시로 가는 / 그 많은 길들도 강물처럼 흐른다'고 말합니다. 도시로 가는 길이란 모둠살이 즉 사회생활을 위한 모든 기초들 즉 법, 도덕,

제도, 상식, 풍속, 가치, 이념 등등을 말합니다. 이러한 길들도 강물처럼 흐르며 끊임없이 변하고 있습니다.

변하지 않는 믿음이란 환상에 지나지 않는 것일지도 모릅니다. 철석같이 믿었던 것들이 얼마나 허망하게 무너집니까. 역설적이지만 철석같이 변치 않는 것이 없기 때문에 그토록 사람들은 철석같은 믿음에 기대려고 하는 것 아닐까요. '마음 안팎'이 모두 끊임없이 변화하며 소멸의 길을 재촉합니다.

> 바람이 갈 길을 부산하게 서두르는
> 수수밭가에 서서
> 텅 빈 그대의 가슴 속
> 그 저무는 하늘가 초승달을 보라

가을의 문턱에서 수수밭을 보십시오. 그 키가 크고 잎이 유난히 긴 수숫대들이 바람에 흔들리면서 내는 소리를 들어보십시오. 바람에 수숫대 잎들이 서걱이는 소리가 거침없이 가슴속을 쓸고 가면 우리는 문득 헐벗은 채 황량한 벌판에 홀로 서 있는 듯한 느낌을 받습니다.

참으로 쓸쓸하기 짝이 없습니다. 수수밭 가에 서면 얼마나 바람이 부산하게 갈 길을 서두르는지 실감할 수 있습니다. '바람이 갈 길'은 모든 것을 소멸하고 무화無化하는 길입니다. 허무의 길입니다.

수수밭 가에 서면 가슴을 쓸어가는 그 바람 때문에 당신의 가슴도 한없이 쓸쓸해지면서 허공처럼 텅 비게 됩니다. 가슴 안팎이 투명하게 연속되어 '저무는 하늘가'의 허공과 하나가 됩니다. 그래서 '저무는 하늘가 초승달'은 바로 그러한 당신의 텅 빈 가슴속에 떠 있게 되는 것입니다.

> 풀잎 하나가 안쓰러이

붙잡고 있는 초승달을 보라
흐르는 것은 강물만이 아니다.

달은 잠시도 쉬지 않고 생성하고 소멸하는 변화의 상징입니다. 또 하루가 지나고 저무는 하늘가에 달이 떠 있습니다. 그것도 금방이라도 사라질 듯한 실낱처럼 가느다란 초승달입니다. 소멸의 길 끝에서 겨우 희미하게 빛을 내고 있는 달입니다. 그 있는 듯 없는 듯 금방이라도 스러질 것 같은 초승달을 안간힘을 다하며 '풀잎 하나가 안쓰러이' 붙잡고 있습니다.

여기서 풀잎은 무엇입니까. 이 세상에서 가장 연약하고 덧없이 사라지는 존재의 상징입니다. 가느다란 실낱 같이 곡선을 그리며 희미한 빛을 뿌리고 있는 초승달의 모양은 그렇게 가느다랗게 곡선을 그리며 바람에 떨고 있는 풀잎 하나를 떠올리게 합니다. 모두 존재의 끄트머리에 겨우 남아 있는 것들입니다. 그 풀잎이 소멸을 향해 가는 초승달을 안간힘으로 붙잡고 있습니다.

참으로 안쓰러운 풍경입니다. 그 풍경이 지금 '텅 빈 그대의 가슴속'에 있는 것입니다. 그래서 마지막으로 다시 한 번 '흐르는 것은 강물만이 아니다'라고 말합니다. 가슴 안팎에서 바람이 불어가고 있습니다. '바람이 갈 길을 부산하게 서두르는' 수수밭은 어느 산자락에만 있는 것이 아닙니다. 돌아보면 바로 우리의 살 속에 가슴속에 서걱이는 소리를 내며 소슬하게 있는 것입니다.

군말을 붙입니다. 이 시에서 초승달은 엄밀히 말하면 그믐달이 맞습니다. 초승달은 커지는 달이고 그믐달은 곧 사라질 달이기 때문입니다. 이 시에서는 소멸의 길을 이야기하고 있으니까 사실을 따지자면 그믐달이 정확한 것입니다. 그러나 달이 없는 캄캄한 그믐밤이 연상되어 그믐달은 빛보다는 어둠이 크게 느껴집니다. 그래서 일반적으로 스러질 듯한 달을 초승달로 통칭하고 관용하는 것입니다. 그리고 날카로운 잇소리로 시작되는 초승달이라는 발음이 둥글고 깊은 느낌을 주는 그믐달보다는 훨씬 그 달의 모양과 가깝게 느껴지기도 합니다.

꽃과 꽃 사이

찔레꽃이 없는 빈자리가
무더기로 싸리꽃을 피워내고
소나무가 없는 빈 곳에 기대어
서어나무는 비로소 제 푸름을 짓는다
서로가 없는 만큼 서로는 비어 있어
그 빈 곳에 실뿌리 내리고
너와 나 풀잎처럼 흔들리고 있으니

그대여 이제 오라
꽃과 꽃 사이
그리고 너와 나 사이
보이지 않는 옛 사원 하나 있으니
아침저녁 어스름에 울리는 종소리 따라
눈 감고 귀 막고 어서 오라
오는 듯 가는 듯 무심히 오라.

― 『외눈이 마을 그 짐승』

220

☞ 시골에서 손바닥만 한 채전밭이라도 가꾸면서 살다 보면 늘 풀과 싸워야 합니다. 잠시라도 게으름을 피우다가는 채소밭이 그만 온갖 잡초밭이 되어버립니다. 그뿐만 아닙니다. 마당이고 울타리고 뒤안이고 간에 이름도 알 수 없는 갖가지 크고 작은 풀들이 어느새 마치 점령군처럼 빈 곳을 차지하고서 살기 시작합니다. 도대체 그 풀씨들이 어디서 날아오는지 또 어떻게 그리 영검스레 빈 곳을 알고 자리를 잡는지 신기하기만 할 뿐입니다.

엊그제까지 보지 못했던 쇠비름이 밭고랑 사이를 차지하고 있는가 하면 또 저쪽 밭둑에서는 질경이가 자라납니다. 자세히 살펴보면 땅바닥에 누가 금방 뿌리고 간 듯 별꽃들이 자잘하게 깔렸고 울타리 쪽에서는 못 보던 패랭이와 쑥부쟁이가 고개를 내밀고 있습니다. 괭이를 든 채 그저 어안이 벙벙하여 서 있습니다. 여기저기서 계속 기적이 일어나고 있는 것만 같습니다.

아무리 생각해도 저 잡초들을 막을 방법은 없는 것 같습니다. 방법이 있다면 그놈들이 자리를 차지하는 빈 곳을 없애는 것입니다. 그런데 돌아보면 온통 빈 곳뿐이고 비어 있지 않은 곳도 시시각각 그곳에 있던 놈이 사라지면 빈 곳이 될 뿐이니 그것을 없앤다는 것은 아예 가망 없는 일입니다.

빈 곳과 그 빈 곳에 들어서는 놈은 우리 눈에 보이지 않아서 그럴 뿐이지 사실은 은밀하게 하나로 연속된 것이라는 생각이 듭니다. 그리고 빈틈이 있으니까 쇠비름도 질경이도 제 얼굴을 내어놓고 사는 것이고 잡초와 채소도 구별될 수밖에 없는 것 아닌가 하는 생각이 듭니다.

찔레꽃이 없는 빈자리가
무더기로 싸리꽃을 피워내고
소나무가 없는 빈 곳에 기대어

하얀 꽃을 꽃길 내듯 줄기줄기 달고서 넝쿨을 뻗어 가는 찔레꽃이 저쪽에서 화사한 햇볕을 받으며 눈부시게 피어있습니다. 그 찔레꽃 옆에는 작고 은은한 자줏빛 꽃을 달고서 싸리나무가 실바람에 조용히 흔들리고 있습니다.

그것들은 각기 빈 곳을 차지하고 제 얼굴을 내어놓고 있습니다. 똑같이 빈 곳이니까 찔레꽃과 싸리꽃이 서로 자리를 바꾸어 생겨날 수도 있지만 어쨌든 각기의 빈 곳을 홀로 차지해야만 합니다. 그렇지 않고 한 곳에 그 둘이 있을 수는 없는 것입니다. 그 꽃들 뒤로 소나무와 자리바꿈을 한 서어나무가 푸름을 자랑하고 있습니다. 그놈들도 각기 제 자리를 지키고 있습니다.

우리는 대개 찔레꽃을 보면 그 아름다운 꽃에 눈이 팔려 그 꽃의 아름다움을 돋우어 보이게 하는 주위의 빈 공간을 일쑤 보지 못하고 맙니다. 그놈이 빈 곳에서 솟아나와 빈 곳에 기대어 빛나고 있다는 것을 놓치고 마는 것입니다. 알고 보면 그 빈 곳이 꽃을 그렇게 있게 하고 빛나게 하는데도 말입니다.

그렇지 않습니까. 만일 찔레꽃과 싸리꽃이 빈 곳이 없어서 한데 섞여 있다면 어떻게 될까요. 우리는 그것이 무엇인지 알 수도 없을 것이고 처음의 그 아름다운 모습도 볼 수 없을 것입니다.

이렇게 보면 그 꽃들을 솟아나게 하고 그것들이 각기 구별되면서 각기의 아름다움을 드러내도록 한 그 빈 곳이 신비하게 느껴집니다. 한편으로는 그 빈 곳이 신비하게도 찔레꽃이나 싸리꽃으로 잠시 현신한 듯한 느낌이 들기도 합니다. 그래서 그 빈 곳이 〈있음〉으로 채워지고 즉 존재로 현신하고, 다음에는 그 존재라는 공통분모에 뿌리를 내리고 찔레꽃과 싸리꽃이라는 서로 구별되면서 존재하는 것들이 생겨날 수 있지 않은가 하는 생각이 드는 것입니다.

그러니까 이것과 저것 사이를 통해서만 알 수 있는 빈 곳과, 눈에 보이는 이것저것은, 우리가 볼 수는 없지만 서로 연속된 것으로 생각할 수 있습니다. 그리고 이것과 저것도, 눈에 보이지는 않지만 존재라는 공통분모를 통해서 연속된 것이라고 볼 수 있습니다.

결국 빈 곳과 존재가 보이지 않는 이면에서는 연속되어 있으면서도 보이는 표면에서는 있음과 없음으로 구별되고, 이것과 저것이 이면에서는 연속되어 있으면서도 표면에서는 구별되는 것입니다. 그러니까 모든 존재는 연속성과 불연속성을 동시에 지니고 있는 이중적인 존재양식을 가지고 있다는 뜻입니다.

> 서로가 없는 만큼 서로는 비어 있어
> 그 빈 곳에 실뿌리 내리고
> 너와 나 풀잎처럼 흔들리고 있으니

'서로가 없는 만큼 서로는 비어 있어'라는 말은 무슨 뜻일까요. 표면에서는 저것이 없는 곳에 이것이 있고 이것이 없는 곳에 저것이 있어 그것들은 비로소 제 이름들을 가지고 불연속적으로 존재합니다. 그런데 이면에서는 이것과 저것이 연속적이기 때문에 표면의 이것은 저것이 비어 있는 것이고 저것은 이것이 비어 있는 것이 될 수밖에 없다는 뜻입니다. 서로 결핍된 존재입니다. 그렇지 않습니까.

예를 들어 말의 의미도 이와 같습니다. 어떤 색을 검다고 할 때, 그 검다는 말은 희다, 빨갛다, 노랗다 등등의 말을 배제한 빈 곳에 성립하는 것입니다. 크다는 말은 작다는 말을 배제한 빈 곳에서 성립하고, 사람은 소나 말 그리고 다른 짐승들을 배제한 빈 곳에서 성립하는 것입니다.

말의 의미란 배제된 말의 의미들을 바탕에 두고 있어야만 비로소 제구실을 하는 것입니다. 배제된 말의 바탕 없이 분리 독립된 말이란 있을 수가 없습니다. 존재를 이 이름과 저 이름으로 변별하는 말의 의미란 이처럼 근본적으로 결핍된 것입니다. 존재의 현상과 똑같습니다. 존재와 의미는 언제나 연속성과 불연속성의 이중구조 속에서 작동합니다.

존재와 의미는 '그 빈 곳에 실뿌리 내리고' 즉 보이지 않는 이면에 연속되어 솟아난 것입니다. 그래서 '너와 나 풀잎처럼 흔들리고' 있습니다. 존재와 부재 사이에서 겨우 연약한 '풀잎처럼 흔들리고' 있는 것입니다. 그리고 불연속적인 표면 위에서 너와 나, 이것과 저것, 선과 악이 끊임없이 대립 갈등 투쟁하게 됩니다. 불연속적 표면의 결핍된 파편 같은 존재와 의미들은 끊임없이 부딪치며 시끄러울 수밖에 없습니다.

그래서 다음과 같이 노래하게 됩니다.

그대여 이제 오라
꽃과 꽃 사이
그리고 너와 나 사이
보이지 않는 옛 사원 하나 있으니

'꽃과 꽃 사이 / 그리고 너와 나 사이'에 '보이지 않는 옛 사원 하나'가 있다고 합니다. 대립과 갈등으로 끊임없이 시끄러운 이것과 저것 '사이' 그 빈틈을 통하여 그 '옛 사원'으로 가는 길이 나 있습니다. 그 사원은 연속성의 세계도 불연속성의 세계도 사라지고 없습니다. 이것과 저것이 없을 뿐만 아니라 있음과 없음조차도 사라지고 없습니다. 그지없이 고요한 곳입니다.

'옛 사원'은 먼 옛날부터 변함없이 있어 온 사원입니다. 곧 만고불변의 진리가 머무는 장소입니다. 빈 곳을 통하여 깊숙이 들어가면 보이지는 않지만 엄연히 있는 사원입니다. 말이 끊어진 곳에 창공처럼 나타나는 고요 그 자체입니다.

> 아침저녁 어스름에 울리는 종소리 따라
> 눈 감고 귀 막고 어서 오라
> 오는 듯 가는 듯 무심히 오라.

낮과 밤의 대립은 아침과 저녁으로부터 시작됩니다. '옛 사원'으로 가는 길은 그런 대립적 시공 속에 있지 않습니다. 밤과 아침 사이 그리고 낮과 저녁 사이의 '어스름' 속에 그 길이 있습니다. 다시 말하면 낮과 밤이 하나가 되어 이어지는 그 중심에 그 길은 나 있는 것입니다.

그 중심은 낮이기도 하고 밤이기도 하면서 낮도 아니고 밤도 아닌 곳입니다. 그 중심의 길로 들어가야 '옛 사원'의 고요한 마당을 밟을 수 있는 것입니다. 그래서 옛 현자들은 하나같이 모름지기 그 중심을 잡아야 한다允執厥中고 말했던 것입니다.

그 사원에서 '울리는 종소리 따라' 오라고 합니다. 종소리는 그 사원에서 울리는 고요한 종소리입니다. 그것은 '어스름에 울리는 종소리'이기 때문에 즉 소리이기도 하고 고요이기도 하며 소리가 아니기도 하고 고요가 아니기도 하므로 귀에 들리지 않습니다. 마음의 귀를 통해 아는 것입니다.

그래서 그 길을 갈 때는 육근六根 즉 모든 감각을 활짝 열어놓고 가되 그 감각의 분별을 버려야 합니다. 그것이 '눈 감고 귀 막고 어서 오라'의 뜻입니다. 그리고 '오는 듯 가는 듯' 해야 합니다. 그것은 오는 것도 아니고 가는 것도 아니며 오는 것이기도 하고 가는 것이기도 한 무위無爲의 행위입니다. 그래서 '무심히 오라'고 하는 것입니다. 그 길을 가면서 오가는 것을 그리고 감각의 분별을 털끝만큼이라도 생각하여 무심이 깨지면 그만 천 길 낭떠러지로 떨어지고 맙니다.

옛 사원으로 가는 그 길은 어디에 있습니까.
그 길은 어디에도 없습니다.
어디에도 없으므로 있을 수밖에 없는 것이기도 합니다.
그러면 어디에 있습니까.

내 짧은 시 한 편을 여기 덧붙입니다.

길

길은 없다
그래서
꽃은 길 위에서 피지 않고
참된 나그네는
저물녘 길을 묻지 않는다.

–「나는 거기에 없었다」

바람 속에는

바람 속에는 바람 속에는
아직 먼 숲을 향해 달려가는
수많은 짐승들이 살고 있습니다
샛바람 하늬바람 속에는
샛바람 하늬바람 짐승들이 달려가고
마파람 높새바람 속에는
마파람 높새바람 짐승들이 달려갑니다
실상 바람이 부는 소리는
그 많은 짐승들의 숨소리요
그 어린 새끼들이 칭얼대며 우는 소리입니다
바람 속에는 바람 속에는
아직 모양도 이름도 없어
우리가 영 알 수 없는 짐승들이
먼 숲을 꿈꾸며 살고 있습니다.

－『외눈이 마을 그 짐승』

☞ 나는 어렸을 때 바다가 가까운 들판의 작은 동네에서 살았습니다. 바다가 지척지간이고 넓은 들판 가운데에 있는 동네인지라 늘 바람이 많았습니다. 그때는 요즘과 달리 집이라고 해야 흙벽에 볏짚 이엉을 인 초가집들이었고 방문이나 되창문은 한지를 발라 겨우 바람막이나 하는 정도였습니다. 겨울이면 바람이 새어드는 것을 막기 위해 여닫히는 문틈마다 또 문풍지를 덧대어 발라 잡도리를 해야 했습니다.

계절마다 조금씩 다르긴 해도 늘 바람이 많았지만 겨울에는 아주 유난스러웠습니다. 잠을 자다가 바람 소리와 바람에 떨며 우는 문풍지 소리에 잠을 깨곤 하였는데 그렇게 한 번 잠이 깨면 다시 잠들 때까지 한참씩이나 뒤척이면서 그 갖가지 바람 소리를 들어야만 했습니다.

그 소리를 듣다 보면 문득 우리가 모르는 또 다른 한 세상이 바람 속에 있을 것이라는 생각이 들었습니다. 수많은 사람이 아우성을 지르며 떼로 몰려 어딘가로 달려가는 소리, 그 뒤를 따라 땅을 울리며 달려가는 무슨 짐승들의 발자국 소리, 간간이 들려오는 신음과 두런거리는 소리 등 상상할 수 있는 온갖 소리들이 들리는 것입니다.

분명 바람 속에는 우리가 알 수도 없고 볼 수도 없지만 귀신이나 도깨비 같은 것 또는 무슨 요정 같은 것들이 사는 또 다른 세상이 있을 것이라는 생각이 들었습니다.

이 시는 어린 시절 그때의 경험이 바탕이 된 것입니다.

　　바람 속에는 바람 속에는
　　아직 먼 숲을 향해 달려가는
　　수많은 짐승들이 살고 있습니다

사람들은 들판 같은 평지에서 살고 짐승들은 산속의 숲에서 살지요. 그런데 바람 속에 '아직 먼 숲을 향해 달려가는' 수많은 짐승들이 살고 있다고 말합니다. 그러니까 아직 멀고 먼 숲을 향해 달려가고 있을 뿐이지 숲 속에 태어난 짐승들은 아닙니다. 아직 태어나지 않은 것들이지요. 바람 속에서 움직이는 그 귀신같은 것들은 머지않아 짐승으로 변화되어 태어날 것입니다.

바람은 기류 즉 기의 흐름입니다. 기가 움직이는 모습을 기상이라고 하고 그 기상을 관측하는 곳이 날씨를 예보하는 기상대입니다. 기의 움직이는 모습이 일정하게 지속될 때 기후라고 합니다.

기후만 기라고 본 것이 아니라 옛사람들은 사람도 사람의 마음도 모두 기가 모인 것 즉 기체氣體라고 보았습니다. 그래서 어른에게 인사할 때는 기체후일향만강氣體候一向萬康하시냐 즉 몸과 마음의 기체의 형편이 여전히 편안하시냐고 물었던 것입니다. 우리 몸과 마음 밖에만 기후가 있는 것이 아니라 몸과 마음에도 기후가 있다고 본 것입니다.

옛 고전에서는 기의 움직임을 귀신이라고 말합니다. 기의 모습이 커지는 것을 신이라 하고 작게 응축되는 것을 귀라고 했습니다. 그런데 기가 커지고 응축되는 그 움직임이 하도 변화막측해서 귀신의 조화니 귀신의 짓거리니 하고 말했던 것입니다. 그러니까 무엇이 생기고 없어지는 모든 현상이 기의 변화입니다.

기가, 보이지 않는 이면 또는 내면에서 응축되며 변하는 것을 내변內變이라 하고, 기가, 보이는 표면 또는 외면으로 무엇이 되어 나타나는 것을 외화外化라고 합니다. 이것이 바로 변화라고 하는 것이지요.

그러니까 바람 속에서 아직 태어나지 않은 그 귀신같은 짐승들은 머지않아 내변을 마치면 노루든지 토끼든지 간에 외화하여 나타날 것입니다. 이렇게 무엇이 생길 때는 반드시 기의 움직임 즉 바람이 있어야만 합니다.

어떤 신화에서는 처음 천지를 창조할 때 바람이 혼돈을 알처럼 품고 있다가 천지 만물을 탄생시켰다고 말합니다. 또 어느 불교 경전에서는 하나가 둘로 나누어지기 시작하면서 바람이 일어나고 그 바람이 천변만화를 일으키며 세상을 만들고 지속시키고 있다고 말합니다.

바람을 기라고 설명하건 신화적으로 또는 종교적으로 설명하건 간에 결국 어린아이가 상상하던 것과 별반 크게 다를 것은 없는 것 같습니다. 바람 속에는 우리가 볼 수도 없고 알 수도 없는 것들이 사는 것이 분명합니다.

샛바람 하늬바람 속에는
샛바람 하늬바람 짐승들이 달려가고
마파람 높새바람 속에는
마파람 높새바람 짐승들이 달려갑니다

우리는 일상생활 속에서도 바람이 무엇인가를 몰고 다닌다고 상상하고 있습니다. 무슨 바람이 불어 여기 왔느냐, 좋은 바람이 불어 좋은 일이 생긴다, 바람 따라 흘러간다 등등. 무슨 바람이 불면 날씨가 어떠하다느니 무슨 바람이 불면 무슨 일이 생긴다느니 바람에 따라 생기는 것도 다른 것이라 봅니다.

만물이 생동하는 봄에는 특히 바람이 많습니다. 무엇인가 많이 생겨날 때는 바람이 많을 수밖에 없지요. 여름에 부는 더운 바람에 생겨나는 것이 다르고 가을바람에 생기는 현상이 또 다른 것은 정한 이치입니다.

샛바람, 하늬바람, 마파람, 높새바람 속에는 각기 다른 짐승과 현상들이 꿈틀거리고 있습니다. 기의 내변이 끊임없이 일어나고 있는 것입니다.

실상 바람이 부는 소리는
그 많은 짐승들의 숨소리요
그 어린 새끼들이 칭얼대며 우는 소리입니다

짐승은 중생이 변한 말입니다. 중생은 살아있는 모든 생물을 뜻하는 말이지요. 그러니까 결국 사람도 굼벵이도 이끼조차도 모두 다 같은 중생입니다. 바람 속에는 그야말로 이 세상 만물이 외화할 준비를 하면서 숨을 쉬고 그 어린 새끼들은 칭얼거리며 울고 있는 것입니다.

바람 속에는 바람 속에는
아직 모양도 이름도 없어
우리가 영 알 수 없는 짐승들이
먼 숲을 꿈꾸며 살고 있습니다.

바람 속에서 움직이는 변화막측한 귀신은 무엇인가로 현신 또는 화현하여 나타날 때까지 우리는 알 수가 없습니다. 어느 현자의 말씀대로, 천지는 무명에서 비롯하고 만물은 유명에서 생긴다無名天地之始 有名萬物之母는 말이 맞는 말입니다. 바람의 정체인 기는 허공과 같이 형태를 구별할 수 없는 것이어서 무명 즉 이름이 없지만, 거기서 일단 외화하면 온갖 종류의 짐승으로 구별되어 나타나니 자연히 그것들을 분별하는 유명 즉 이름이 생기는 것입니다.

세상 만물은 변화합니다. 보이지 않는 바람은 내변을 마치고 보이는 세상으로 제 몸을 얻어 즉 외화되어 나타나고, 외화되어 몸이 있는 것은 다시 내변하여 사라집니다. 그래서 바람 속의 짐승들은 '먼 숲을 꿈꾸며' 외화하고, 보이는 세상의 짐승들은 다시 보이지 않는 바람의 고향으로 돌아가고자 꿈을 꿉니다. 그것이 끊임없는 변화입니다.

이 시는 어린아이의 순수한 마음 또는 동화적 상상력으로 읽고 감상하면 충분합니다. 지금 내가 여기서 이러쿵저러쿵 설명하고 있는 것은 논리적으로 그리고 지적으로 이해를 돕기 위한 억지 춘향식 방편일 뿐입니다. 시는 시로서 감상하는 것이 최선입니다.

여기 내 짧은 시 한 편을 덧붙이니 이 시와 함께 감상하기 바랍니다.

낙화

바람은 꽃잎을 나부껴
제 몸을 짓고
꽃잎은 제 몸이 서러워
바람이 되네.

─『모든 돌은 한때 새였다』

고요한 눈발 속에

어느 날 문득
참으로 가진 것도 아는 것도
아무것도 없다고 소슬히 느낄 때
오늘도 내일도 참으로 바랄 것이
아무것도 없다고 조용히 되새길 때

천지에 자욱이 내리는
고요한 눈발 속
홀로 서 있는 나를 본다
풀꽃도 돌멩이도
눈을 맞고 있다.

－『외눈이 마을 그 짐승』

☞ 잠시 하던 일을 멈추고 당신이 하는 일을 한 번 살펴보십시오. 그리고 주위를 찬찬히 한 번 둘러보십시오. 모두 먹고살기 위해서 열심히 일하고 있습니까. 그것은 좋은 일입니다. 그런데 당신이나 다른 사람들이나 무엇인가를 이루어야겠다는 다짐을 하면서 마치 전쟁을 하듯이 일하고 있는 것은 아닙니까. 그렇게 치열하게 분투하는 것도 좋은 일입니다. 또 한편으로 당신이 이루고자 하는 목적이나 목표에만 매달려 하고 싶지도 않은 일을 별 즐거움 없이 하고 있는 것은 아닙니까. 그래도 좋습니다. 살아가는 일이 꼭 즐겁고 하고 싶은 일만 할 수 있는 것은 아닐 테니까 말입니다.

우리가 살아가는 세상을 가만히 바라보고 있으면 마치 전쟁터와 같다는 느낌이 듭니다. 전쟁의 목적은 딱 한 가지입니다. 무엇인가를 쟁취하고자 하는 것입니다. 그 싸워서 얻고자 하는 즉 소유하고자 하는 것이 무엇일까요. 돈, 권력, 명예, 온갖 사회적 지위, 지식, 진리 등등 이루 헤아릴 수 없이 많습니다. 그것을 갖게 되면 만족하고 행복해질 것으로 생각하는 것입니다. 그러니까 얻고자 하는 것은 만족을 통한 행복 한 가지뿐입니다.

그런 행복이 가능한 것일까요. 그리고 행복이 그런 것일까요. 행복은 그렇게 쟁취하는 것이 아닙니다. 행복은 그렇게 애써 손에 쥘 수 있는 금덩어리 같은 것이 아니라 당신의 과거에도 현재에도 널려있는 것입니다.

그러니까 발견하고 깨닫는 것이 행복이지요. 당신은 지금 편안히 숨을 쉬고 있지 않습니까. 애써서 숨 쉬는 것을 얻었습니까. 당신은 지금 이 글을 읽으면서 수긍도 하고 부정도 하고 있습니다. 즉 살아서 반응하고 있습니다. 이렇게 살아 있는 것 자체를 당신이 애써서 쟁취했습니까.

행복은 얻는 것도 쟁취하는 것도 아닙니다. 돈, 권력, 명예 등등 쟁취할 수 있는 것은 당신이 생각하는 행복이란 환상을 얻기 위한 것일 뿐입니다. 다시 말하면 그 환상을 쟁취하기 위한 무기일 뿐이지요.

그러니 당신이 이미 가지고 있는 행복 즉 떡을 발견하지 못하고 멀리서 부르는 환상의 떡을 향해 나날이 싸우고 있는 것은 아닐까요. 그렇다면 결국 어떻게 될까요. 한 손에 무기를 든 채, 또 한 손에는 아직도 발견하지 못한 자신의 떡을 든 채 허무하게 죽어갈 수밖에 없지 않을까요.

나는 여기서 당신에게 꿈을 갖지 말라든가, 애써 노력해야 할 필요가 없다든가, 돈이나 지위가 무가치한 것이라는 등의 이야기를 하는 것이 아닙니다. 애초부터 삶이 싸움인데 그런 이야기라면 죽으라는 말밖에 더 되겠습니까.

내 이야기의 요점은 당신이 얻은 돈, 권력, 지위 등을 당신 자신과 동일시하지 말라는 것이고, 얻고자 하는 것은 본질적으로 이용 가치가 있다고 생각되는 무기일 뿐이니 너무 지나치게 싸우지 말라는 것이고, 잠시라도 싸움을 멈추고 진정한 당신 자신의 정체를 깨달아야 한다는 이야기입니다. 당신의 정체를 알고 난 뒤에야 당신은 당신의 떡을 발견할 수 있기 때문입니다.

어느 날 문득
참으로 가진 것도 아는 것도
아무것도 없다고 소슬히 느낄 때

어느 날 문득 '참으로 가진 것도 아는 것도' 아무것도 없다고 느낄 때가 있습니다. 가진 것이나 아는 것이나 모두 밖에서 얻은 것입니다. 소유할 수 있는 것은 무엇이 되었든지 간에 진정한 내 것이 아닙니다. 그리고 알고 보면 그것은 참으로 빈약하기 짝이 없는 것들입니다. 가진들 얼마나 갖고 안들 얼마나 알겠습니까.

열 푼 가진 사람이 한 푼 가진 사람보다 더 불쌍하고 가난하다는 속담이 있습니다. 가질수록 욕심이 커지니까 열 푼 가진 사람이 한 푼을 욕심내고 뺏으려 하기 때문입니다. 이렇게 보면 역설적이지만 많이 가지고 알수록 빈약해지고 허기지는 것 아니겠습니까. 그래서 가진 것이 '아무것도 없다고 소슬히 느낄 때' 우리는 자신의 진정한 정체를 만나게 됩니다.

또 어느 날 하던 일을 잠시 멈추고 문득 자기 자신을 조용히 바라봅니다. 책상 위에서 서류를 넘기던 손이 무슨 괴물의 발굽처럼 크게 보입니다. 그 손을 따라가 보면 천으로 감싸고 긴 헝겊으로 목을 매고 있는 괴물의 몸통이 나옵니다. 모든 사물이 인간이 새겨놓은 의미의 허울들을 벗어버리고 여기저기 웅크리고 있습니다. 갑자기 사위가 고요해지면서 자기 자신이 송두리째 산산조각이 되어 흩어지는 느낌에 사로잡힙니다. 거기 처음 보는 낯선 짐승처럼 자신이 숨을 쉬고 있습니다.

가진 것이 '아무것도 없다고 조용히 되새길 때' 우리는 갑자기 거기 알몸으로 나타난 우리 자신의 정체 즉 실존을 만나게 됩니다. 모든 의미의 허울을 벗어버린 실존을 처음으로 만나게 되는 것입니다.

　　오늘도 내일도 참으로 바랄 것이
　　아무것도 없다고 조용히 되새길 때

진정 가진 것도 아는 것도 아무것도 없고 또 그것들이 아무 의미도 없는 것이라고 느낄 때, 그래서 낯선 짐승 같은 자신의 알몸을 보았을 때 우리는 비로소 무기를 들고 싸움터에서 홀로 떨고 있는 초라한 자신을 발견합니다. 그 발견이 무기를 버리게 하고 무모하고 헛된 싸움을 멈추게 합니다. '오늘도 내일도 참으로 바랄 것이' 아무것도 없다는 조용한 각성이 꽃처럼 피어납니다.

　　천지에 자욱이 내리는
　　고요한 눈발 속에서
　　홀로 서 있는 나를 본다

각성이 꽃처럼 피어나는 자리는 참으로 고요합니다. '천지에 자욱이 내리는 / 고요한 눈발 속'입니다. 눈은 지상의 모든 경계를 하얗게 지우고 티끌 하나 보이지 않는 적정寂靜의 세계를 드러냅니다. 그 하얀 적정의 세계에 '홀로 서 있는 나를' 보게 합니다.

풀꽃도 돌멩이도
눈을 맞고 있다.

고요한 눈발 속에 홀로 있으니 난생처음 보듯 '풀꽃도 돌멩이도' 비로소 눈에 들어옵니다. 그것들도 나와 함께 눈을 맞고 있습니다. 천지간에 내리는 눈발 속에서 평등한 이웃으로 나란히 서 있습니다.

천지에 홀로 눈을 맞으며 서 있습니다. 철저한 고독입니다. 그러나 그 고독 속에서 평등한 이웃으로 풀꽃도 돌멩이도 만나게 됩니다. 한 송이 꽃처럼 피어난 고독한 각성은 이제 자유가 됩니다. 대자유입니다.

이제 대자유 속에 싸움이 아니라 평화가 자리합니다. 너그러움이 자리잡습니다.

당신은 이제 처음으로 당신에게, 안녕하신가, 하고 인사를 건네게 됩니다.

풀꽃도 돌멩이도 처음으로 당신에게, 안녕하신가, 하고 인사를 건네게 됩니다.

여기 짧은 시 하나 덧붙입니다.

호수

산속의 호젓한 호수
그 맑은 외눈
내가 한눈팔고 다니며
두 눈 뜨고 보지 못한
하늘과 바람과 별을
혼자 보고 있었네.

- 『고양이가 다 보고 있다』

돌담

막막한 세상의 끝
천지에 더 이상 갈 곳이 없고
더 이상 나아갈 길이 보이지 않을 때
나는 홀로
돌담을 마주하고 선다
조용히 돌거울을 들여다보면
거기 내가 길이 되어 누워있다
지평선 너머로 사라지는 한 줄기
길이 되어 외롭게 누워있다.

-『외눈이 마을 그 짐승』

☞ 유명한 옛날 유행가 가사에, 가도 가도 사막의 길 꿈속에도 사막의 길, 이라는 구절이 있습니다. 한 세상 살아가는 일이 끝없는 사막을 걸어가는 것과 같이 어렵다는 뜻이겠지요. 더구나 꿈속에도 사막의 길뿐이라니 삶의 희망은 아예 처음부터 보이지 않습니다.

그러나 세상살이는 기쁨과 슬픔, 웃음과 눈물, 고통과 쾌락, 희망과 절망 등이 함께 있는 것이지 어느 한쪽만 있는 것은 아닙니다. 살다 보면 그야말로 쓴맛 단맛을 다 겪게 됩니다. 만일 인생살이에서 한쪽만을 맛본다면 즉 단맛만을 즐기면서 산다면 어떻게 될까요. 과연 그것이 가능할까요.

단맛만을 맛본다면 단맛인 줄을 모르게 되는 것입니다. 쓴맛을 경험해야 단맛을 알 수 있는 것이지요. 또 그렇게 한쪽만을 맛보며 산다고 하더라도 그것은 불구의 인생으로 불행일 뿐이지요. 불구가 무슨 뜻입니까. 갖추어야 할 한쪽 또는 어떤 것을 갖추지 못했다는 뜻입니다. 육체의 불구자보다 마음의 불구자가 더 불쌍한 것이지요.

막막한 세상의 끝
천지에 더 이상 갈 곳이 없고
더 이상 나아갈 길이 보이지 않을 때

사람은 누구나 정상적인 삶의 길을 걷는다면 단맛과 쓴맛을 다 경험하면서 살기 마련입니다. 때로는 '막막한 세상의 끝'에 서 있는 듯한 절망감을 느끼게도 됩니다. 그런 절망 속에서 '더 이상 나아갈 길이 보이지 않을 때'가 있는 것입니다. 절망은 글자 그대로 전망이 끊어진 것 즉 아무것도 보이지 않는 캄캄한 벽과 같은 것이니까 길도 끊어져 없는 것일까요. 길이 없다면 어떻게 해야 할까요.

나는 홀로

돌담을 마주하고 선다
조용히 돌거울을 들여다보면

인생은 홀로 걷는 길입니다. 누구도 내 삶과 죽음과 아픔을 대신해 줄 수는 없습니다. 아무리 사랑하는 사람끼리라도 〈홀로 함께〉 걸을 뿐이지 서로가 서로의 길을 대신해서 걸어 줄 수는 없는 것입니다. 물론 서로 돕고 위로하면서 아픔을 나눌 수는 있겠지요. 그러나 근본적으로 인생은 홀로 걷는 길이라는 사실은 변함이 없습니다.

'나는 홀로 / 돌담을 마주하고 선다' 고 말합니다. 돌담은 캄캄한 절망의 벽을 뜻합니다. 절망한 사람은 자칫 그 절망의 정체를 모른 채 지레 낙백하여 아무것도 보지 못하는 경우가 많습니다.

그렇게 되면 많고 많은 인생살이의 고비에서 하나의 절망에 맥없이 패배한 인생이 되고 마는 것입니다. 그 캄캄한 절망의 돌담 앞에 홀로 서서 눈을 뜨고 돌담의 정체를 보려고 해야 합니다. 그것은 아무도 대신해 줄 수가 없습니다. 오직 자기 자신 홀로 해야만 되는 것입니다.

홀로 서 있다는 것 그것은 인생 최대의 자각입니다. 이 홀로 있음을 노래한 다음의 시를 한 편 보고 건너갑니다.

수리
— 수리는 떼를 짓지 않는다. — 이소離騷

눈 덮인 겨울산
천 길 벼랑에
한 마리 수리가 살고 있다
바람과 벼랑이 낳고

푸른 하늘이 기른
수리 한 마리가
내 마음 벼랑에
홀로 살고 있다.

- 『외눈이 마을 그 짐승』

인생은 천 길 벼랑에 사는 한 마리 수리처럼 고독한 존재입니다. 그러나 그런 존재이기 때문에 절망의 돌담 즉 캄캄한 절벽 앞에서도 눈을 크게 뜨고 그 절망의 정체를 보려고 하는 힘을 가질 수 있는 것입니다. 눈을 감으면 끝입니다. 눈을 크게 뜨고 돌담을 직시해야만 합니다.

그렇게 직시할 때 돌담의 돌은 기적처럼 무엇인가를 환히 비치는 거울로 변환됩니다. '조용히 돌거울을 들여다보면'은 바로 그런 변환을 보여주는 것입니다. 어떻게 캄캄한 돌이 환한 거울로 변할 수 있을까요. 우리는 흔히 고생 끝에 낙이 오고, 밤이 가면 아침이 오고, 겨울이 되면 봄도 머지않다고 말합니다. 그렇습니다. 세상에 변함없이 지속되는 것은 아무것도 없습니다.

궁즉통窮則通 즉 막히면 마침내 통하게 되고, 극즉필반極則必反 즉 극한에 이르면 그 반대로 변하는 법입니다. 캄캄한 돌이 극한에서 환한 거울로 바뀌는 것은 바로 이와 같은 자연의 이법일 뿐입니다. 그 자연의 이법에 따라 살아가려면 절망 앞에서 지레 낙백하지 말고 홀로 그 절망의 절벽을 주시해야 합니다.

거기 내가 길이 되어 누워 있다
지평선 너머로 사라지는 한 줄기
길이 되어 외롭게 누워 있다.

'더 이상 나아갈 길이' 없는 줄 알았습니다. 그런데 돌이 거울이 되어 환하게 길을 보여줍니다. 그 길은 다른 것이 아니고 '내가 길이 되어 누워' 있는 것입니다. '길이 되어 외롭게 누워' 있는 것입니다. 어떤 경우에도 길이 없는 것은 아닙니다. 최종적으로는 자기 자신이 길이 됩니다.

인생은 홀로 걷는 길입니다. 내가 길이 되어 외롭게 걷는 길입니다. 이미 여기저기 사통팔달로 뚫려 있는 길만을 찾아다니는 것은 참다운 인생을 등지는 것입니다. 나만의 길, 새로운 길, 아무도 가지 않은 길을 홀로 내며 가는 것이 충만한 인생의 길입니다.

길을 노래한 다른 시 하나 소개합니다.

길은 다시 길을 찾게 한다

길은
다시 길을 찾게 한다
길에 갇힌 나그네여
어디서나 푸르게 솟는
저 이름 없는 잡초를 보라
너의 온몸과 마음이
늘 푸른 길이 되어라.

─ 『외눈이 마을 그 짐승』

도굴꾼

도굴꾼이 파헤친 무덤이
풀숲에 그냥 버려져 있다
여기저기 풀매미가 울고
웅덩이는 두어 마리 물거미가 살고 있다
한 사람의 일평생의 꿈이
흙빛으로 변색되어 있던 곳
도굴꾼은 무덤을 파고 들어가면서도
자신이 꿈속을 삽질하면서
제 꿈을 좇고 있음을
정녕 까맣게 몰랐으리라

사람들은 모두 그런 줄 모르면서
제 꿈속에서 삽질을 한다
방방곡곡에서 끊임없이 도굴되어도
도굴꾼을 분명히 알 수 없는 것은
바로 그 때문이다
여기저기서 풀매미가 울고
물거미가 가볍게 떠다닐 뿐이다.

– 『바람의 애벌레』(시학, 2011)

244

☞ 가만히 생각해 보면 사람은 참 이상한 동물입니다. 사람만이 꿈을 꾸기 때문입니다. 신도 꿈을 꾸지 않고 짐승도 꿈을 꾸지 않습니다. 오직 인간만이 무엇인가를 꿈꾸면서 살아갑니다. 인간만이 꿈을 꾸면서 꿈속에서 살다가 꿈속에서 간다고 말해도 과언은 아닐 것입니다.

우리 옛 소리의 노랫말에, 꿈이로다 꿈이로다 꿈속에도 꿈이로다 꿈 깨어도 깨인 꿈이요, 하는 내용이 있습니다. 꿈속에서도 꿈을 꾸고 꿈을 깨고 난 뒤에도 또 다른 꿈속에 있을 뿐이라는 이야기입니다.

이 세상살이와 인생을 꿈에 비유하고 있는 동서고금의 신화, 전설, 동화, 문학작품, 관용어, 일화 등등은 헤아릴 수 없이 많습니다. 한때는, 기구하고 절절한 인생행로와 삶의 곡절을 꿈으로 그린 몽자류夢字類 소설이 유행하던 시절도 있었습니다.

이제는 정신분석학이 출현해서 인간의 심상한 실수나 실언 그리고 망각 현상 같은 하찮은 것까지도 꿈을 만드는 무의식의 소산이라고 주장합니다. 이렇게 되면 과연 인생은 온통 꿈일 수밖에 없다는 생각이 절로 듭니다.

도대체 꿈은 무엇일까요. 꿈은 무엇보다 현재로부터의 탈출입니다. 오지 않은 미래 또는 가버린 과거로 탈출하는 것이 바로 꿈입니다. 물론 현재가 불만족스럽고 답답해서 감옥을 벗어나듯 탈출하려는 것이겠지요. 그래서 아무것도 제약하지 않는 과거와 미래의 시간 속에서 자기가 하고 싶은 대로 마음껏 하고 싶은 것이겠지요.

그런데 꿈꾸는 사람은 현재를 벗어난 그 꿈들이 실상은 현재가 낳은 것이며 현재 안에서 벌어지고 있다는 사실을 자칫 잊고 맙니다. 그러니까 현재에 발을 딛고 있으면서 꿈을 꾸는 한 현재는 언제나 간접화되기 마련입니다.

결국 현재 자기가 하고 있는 일의 정체가 무엇인지 잘 모르게 될 뿐만 아니라, 지금 하고 있는 일도 진정한 나 자신이 하는 것이 아니고 진정한 나를 대신하는 또 다른 허깨비 같은 내가 하고 있는 셈이 되는 것입니다. 즉 분열된 병증이지요. 현재의 일은 그저 단순히 꿈으로 가는 수단이나 통로 같은 것이 되고 맙니다. 이렇게 되면 자기 앞에 있는 것은 모두 수단 즉 도구로 전락합니다. 바로 지옥이 되는 것이지요.

삶은 현재의 구체적인 실감 속에서 이루어지는 것입니다. 그런데 꿈은 구체적 실감을 간접화시키면서 비실체적 환각의 세계로 이끌어 갑니다. 진짜를 버리고 가짜를 쫓아가는 것입니다. 이렇게 해서 현재로부터의 탈출은 현실로부터의 초월이 됩니다. 그러나 초월이라는 것도 현실이 낳은 것이고 현실 속에서 벌어지는 일입니다. 우리는 절대로 현재를 벗어날 수가 없습니다. 시간은 현재밖에 없으니까요.

그렇다면 꿈을 꾸지 말아야 할까요. 그것은 말이 안 되는 소리지요. 인간의 꿈 즉 초월하는 힘이 오늘날 우리가 구가하고 있는 문화 문명을 이룩한 것 아닙니까. 여기서 내가 말하고자 하는 것은 꿈을 꾸되 꿈에 매몰되지 말라는 이야기입니다.

잠시 한 번 생각해 보십시오. 이 세상에서 일어나는 갖가지 범죄와 사건들이 도대체 어디서부터 연원된 것입니까. 아무도 모르게 은밀하게 지니고 있던 자신의 꿈을 이루고자 했던 것들 아니겠습니까. 꿈에 매몰되면 언제나 현재는 그림자처럼 사라져버립니다. 현재 자기가 하고 있는 일이나 행위의 정체를 자각하지 못합니다. 자신의 행위를 자신이 모르는 채 허깨비처럼 혹은 기계처럼 움직이게 되는 것입니다.

삶이란 언제나 싱싱한 현재의 실감입니다. 꿈을 꾸되 이 실감을 등진다면 그것은 죽음일 뿐입니다. 그러니까 현실과 꿈 그리고 실감과 환각을 양행兩行해야 합니다.

이 시 「도굴꾼」은 인간의 이와 같은 꿈을 노래한 것입니다.

도굴꾼이 파헤친 무덤이

풀숲에 그냥 버려져 있다
　　여기저기 풀매미가 울고
　　웅덩이는 두어 마리 물거미가 살고 있다

　도굴꾼은 옛 무덤을 파헤치고 거기에 묻혀있던 부장품을 도둑질하는 사람입니다. 그러니까 도굴꾼은 미래의 제 꿈을 이루고자 남의 과거에까지 파고 들어가 도둑질을 하는 사람이지요. 도굴된 유물 자체가 지닌 아름다움이나 가치는 도굴의 목적이 될 수 없습니다. 단지 유물은 제 꿈을 위한 한낱 수단에 불과한 것이지요.

　도굴되고 있는 무덤에서 도굴꾼의 꿈의 미래와 죽은 자의 과거가 대면합니다. 현재는 보이지 않습니다. 죽은 사람이 무덤에 묻혀 있어 현재가 없듯이 꿈에 매몰된 도굴꾼도 현재가 없습니다. 도굴꾼의 현재는 허깨비의 그것과 같은 것이니까 보일 수가 없고 다만 파헤친 무덤만 '풀숲에 그냥 버려져 있다'는 것입니다.

　현재는 파헤쳐진 무덤과 풀매미와 물거미들로 충만해 있을 뿐입니다. 현재를 살지 못한 도굴꾼과 현재의 빛 속에서 울고 있는 풀빛 풀매미 그리고 웅덩이의 누런 빛을 띠고 있는 물거미들이 무언의 대비를 이루고 있습니다.

　　한 사람의 일평생의 꿈이
　　흙빛으로 변색되어 있던 곳

　신과 짐승 사이의 중간존재인 인간만이 꿈을 꿉니다. 인간만이 현재로부터 탈출하고 초월합니다. 신이 영원한 현재이고 짐승이 유한한 현재라면 인간은 간접화된 현재라고 해야 할 것 같습니다. 그렇게 보면 인간은 순간과 영원 사이의 꿈속에서 살다가 꿈속에서 죽어가는 존재임이 틀림없습니다.

　꿈속에서 살다가 꿈속에서 죽은 인간의 무덤은 그러니까 '한 사람의 일 평생의 꿈이 / 흙빛으로 변색되어 있던 곳'이 되는 것입니다. 꿈은 언제나 과거나 미래와 결합하는 것입니다. 죽은 자의 꿈은 보이지 않고 파헤쳐진 무덤만 현재의 빛 속에 드러나 보이게 되는 것입니다.

　　도굴꾼은 무덤을 파고 들어가면서도
　　자신이 꿈속을 삽질하면서
　　제 꿈을 좇고 있음을
　　정녕 까맣게 몰랐으리라

　인간의 무덤은 결국 덧없는 꿈의 무덤입니다. 도굴꾼이 은밀하게 파고 들어가는 무덤은 남의 꿈이 묻혀 있는 곳입니다. 그러니까 남의 꿈속을 남 몰래 파고 들어가는 셈이지요. 제 꿈을 위해서 남의 꿈속을 도굴하는 것 입니다. '자신이 꿈속을 삽질하면서 / 제 꿈을 좇고 있음을' 도굴꾼은 정녕 몰랐을 것입니다.

　꿈속에서 다시 꿈을 꾼다는 우리 옛 소리의 노랫말 그대로입니다. 우리 는 꿈속에서 그것이 꿈인 줄도 모르고 얼마나 울고 웃고 가슴을 조입니까. 깨고 보면 허망한 꿈이지만 깨고 난 뒤에는 다시 깬 꿈을 꾸는 것이 우리 인생 아닙니까.

　　사람들은 모두 그런 줄 모르면서
　　제 꿈속에서 삽질을 한다
　　방방곡곡에서 끊임없이 도굴되어도
　　도굴꾼을 분명히 알 수 없는 것은
　　바로 그 때문이다

사람들은 모두 제 꿈을 좇아 삽질합니다. 그런데 삽질을 하는 현재를 자각하지 못합니다. 삽질의 정체와 본질을 모르고, 삽질하는 현재를 살지 못하고, 온통 마음은 꿈에 팔려 있습니다. 왜냐하면 삽질과 삽질하는 현재는 단순히 꿈으로 가는 통로에 불과하고 수단 즉 한낱 도구에 지나지 않기 때문입니다.

도굴꾼과 도굴꾼이 아닌 사람의 차이는 얼마나 큰 것일까요. 본질적으로 차이가 있는 것일까요. 적어도 꿈을 좇아 현재를 간접화시키면서 현재를 실감으로 살지 못한다는 점에서는 모두 똑같다고 해야 할 것입니다. 그렇지 않습니까. 모두 실감보다는 환각에 정신이 팔린 것 아닙니까. 그래서 '도굴꾼을 분명히 알 수 없는 것은 / 바로 그 때문이다'라고 말할 수 있는 것입니다.

그리고 도굴꾼이 얻고자 하는 것은 무엇입니까. 무덤 속에 함께 묻혀 있는 패물이나 그릇 따위 부장품 아니겠습니까. 무덤은 한 사람의 주검을 묻기 위한 것이지 부장품 따위 껴묻거리를 묻기 위한 것은 아닙니다. 그러나 한편으로 무덤은 한 사람의 일평생의 꿈이 눈 똥에 불과한 주검을 묻은 곳입니다.

그 주검은 지금 흙이 되어버렸고 그 사람이 좇던 꿈도 무엇인지 찾아볼 길이 없습니다. 다만 그 사람이 살아가면서 쓰던 손때가 묻은 것들 즉 하찮게 여긴 도구들만 여전히 현재의 빛 속에 남아있습니다. 그리고 하찮게 여기던 '풀매미'나 '물거미'만 살고 있습니다.

생각할수록 주객이 전도된 기묘한 역설입니다. 꿈도 꿈을 좇던 주검도 흔적 없이 사라지고 도구들만 남아 있다니 그리고 미물들만 현재를 살고 있다니 이게 도대체 어떻게 된 일일까요. 아니 이것은 무엇을 뜻하는 것일까요. 어떤 꿈이나 목적 자체만 중요한 것이 아니라, 그것을 향해 가는 과정 또는 통로 즉 현재도 중요하다는 뜻일까요.

그래서 현재로부터의 탈출과 초월을 가능하게 하는 그 현재만이 삶을 보장하는 지반이 된다는 뜻일까요. 그렇습니다. 삶은 현실과 꿈 그리고 실감과 환각을 양행하는 것이고 그 중심을 겨누는 것입니다. 꿈속에 매몰되면 죽음일 뿐이고 죽음과 동의어인 온갖 죄악이 일어날 뿐입니다.

당신의 꿈은 당신이 처음 발견하고 발명한 것입니까. 부모님과 선생님이 심어주고 당신이 보고 들은 경험을 통해 이것저것 비교하면서 만든 것 아닙니까. 그러니 이 세상에 나와서 남들로부터 보고 듣고 배운 것 아닙니까. 결국 우리의 꿈은 남들의 꿈을 복사한 것에 불과합니다.

어떤 점에서는 우리 모두 도굴꾼입니다.

꿈은 깨고 나면 허망하고 헛된 것이지만 우리는 꿈을 꾸지 않을 수 없습니다.

꿈은 진실로 진실로 헛되고 헛된 것이지만 오히려 그렇기 때문에 우리는 마음대로 꿈꿀 수 있는 것 아니겠습니까.

꿈은 그래서 영원히 보석처럼 빛나는 것 아니겠습니까.

산과 새

하늘 가까이
이마를 대고 있는 산은
새들을 낳는 푸른 자궁이고
새들이 다시 돌아와 묻히는
큰 무덤이다

나그네길에서 홀로 떨어져
쓰러진 나무 우듬지에 앉아있는
울새 한 마리
노을빛이 물든 갈색 등이
한 장 단풍잎처럼 곱다
남은 저녁 빛이 눈동자에서 꺼지면
울새는 흙 속으로 낙하하여
지친 날개를 되돌려 줄 것이다

오늘도 산은 바람이 불면
풀잎이나 나뭇잎을 부딪치며
땅 속에선가 하늘에선가
스빗시 스비시르르르
기요로 키이키리리리리
가늘고 슬픈 새소리를 낸다.

- 『바람의 애벌레』

☞ 하늘과 땅. 생명이 있는 것이거나 생명이 없는 것이거나 만물은 이 하늘과 땅 사이를 벗어나지 못합니다. 하늘은 형체가 없으니 처음도 없고 끝도 없이 무한하고 땅은 형체가 있으니 반드시 처음과 끝이 있어 유한합니다. 무한한 것은 우리가 알 수가 없고 유한한 것은 이것과 저것을 비교하여 우리가 알 수 있습니다.

형체가 없는 무한한 하늘을 형이상形而上의 세계라 하고 형체가 있는 유한한 땅을 형이하形而下의 세계라 합니다. 형이상의 세계는 형체가 없고 무한하므로 대립되고 분별되는 것이 아무것도 없어 온통 걸림이 없고, 형이하의 세계는 형체가 있어 유한하기 때문에 유무, 생사, 선악, 대소, 고하, 미추 등등 무수히 대립하고 분별되는 것들로 가득 차서 온통 부딪치는 걸림이 있습니다.

온통 걸림뿐인 이 땅에서 존재하는 것들은 이 땅의 중력을 벗어날 수가 없습니다. 중력의 구속 안에서 그리고 대립 분별되는 것들의 걸림의 구속 안에서 존재할 수밖에 없습니다. 이 근본적인 구속의 부자유가 존재의 조건입니다. 이 근본적인 부자유로부터 고통이 일어납니다. 모든 부자유의 고통이 무엇인지는 생로병사로부터의 부자유를 생각해 보는 것만으로도 충분할 것입니다.

이런 까닭에 이 땅과 이 땅에서 사는 것들은 저 하늘의 형이상의 세계 그 자유를 그리워합니다. 초목이 하늘을 향해 자라는 것, 모든 짐승이 기고 날고뛰는 것들이 다 그 자유를 향해 움직이는 모습이 아닐까요. 움직임 자체가 어떤 구속의 정지 상태를 벗어나려는 몸짓이 아닐까요.

우리 모두 하늘나라를 그리워합니다. 하늘나라의 그 무한과 자유를 그리워합니다. 그래서 유일하게 이 땅의 중력을 거슬러 하늘로 날아가는 새를 부러워하기도 합니다. 아무도 땅을 기거나 뛰는 짐승을 부러워하지는 않습니다. 자유롭게 하늘을 날고 더 가까이 하늘로 갈 수 있는 새를 모두 부러워합니다.

하늘 가까이
이마를 대고 있는 산은

이 낮은 땅에서 '하늘 가까이' 제일 높이 솟아있는 곳은 산입니다. 사람으로 치자면 산에서도 제일 높은 봉우리는 머리나 이마에 해당하는 것이지요. 그런데 하늘이 그리워 하늘을 향해 바라보고 있다면 '이마를 대고 있는 산'이라고 해야겠지요. 땅에서 사는 땅의 자식들만 하늘을 그리워하는 것이 아닙니다. 형이하의 세계인 땅 자체가 형이상의 세계인 하늘을 그리워하기 때문에 땅의 자식들도 제 어미를 따라 자연스레 그렇게 하는 것이지요.

하늘을 향한 땅의 그리움이 제일 높이 솟은 곳이 산입니다. 하늘 가까이 가고 싶으면 산으로 올라가야 합니다. 그러나 산봉우리에서는 다시 내려올 수밖에 없습니다. 땅의 중력을 벗어날 수는 없지요. 형이하의 세계에서 이 중력을 거슬러 가장 높이 올라가는 것은 유일하게 새입니다. 새는 어디서 생겨난 것일까요.

새들을 낳는 푸른 자궁이고
새들이 다시 돌아와 묻히는
큰 무덤이다

산은 '새들을 낳는 푸른 자궁'입니다. 새들은 산속 숲에서 그것도 높은 나뭇가지 위에서 둥지를 틀고 삽니다. 그리고 땅과 땅에서 사는 것들의 그리움을 한 몸에 싣고 한사코 하늘로 날아갑니다. 그러나 하늘나라로 온전히 가지는 못하고 매번 제 무게의 중력에 끌려 다시 돌아와야 합니다.

하늘을 향한 꿈을 이루지 못한 채 새는 마침내 어느 날 죽어서 땅으로 돌아가 흙이 됩니다. 그래서 하늘을 향한 그리움으로 높이 솟은 산은 새를 낳는 자궁이자 무덤이 되는 것입니다. 자궁은 글자 그대로 아기집입니다. 아기는 생명의 움 즉 싹이고, 그 움이 트는 곳이 움집 즉 자궁입니다.

그런데 우리말은 주검을 묻는 곳도 움집이라고 합니다. 땅속에 구덩이를 파 놓은 곳을 움이라 하고 그 움을 거적 같은 덮개로 가린 것을 움집이라고 합니다. 이 움집에 먹거리를 갈무리하기도 했지만, 옛날에는 주검을 그런 움집에 안치하기도 했던 습속이 있었기 때문입니다. 그래서 움집은 자궁이자 무덤을 뜻하는 말이 된 것입니다. 싹은 땅속으로부터 움터 나오는 것이니까 주검을 땅속의 움에 묻어 다시 움터 재생하라는 염원 때문에 그랬을까요.

움집이 자궁이자 무덤이듯이 둥그런 원이 시작되는 지점이 끝나는 지점입니다. 이렇게 되면 기묘하게도 가는 것이 오는 것이고 가는 곳이 오는 곳이 되고 맙니다. 기묘한 순환입니다. 그러고 보니 우리말만 그런 것이 아니고 영어도 그런 것 같습니다. 자궁을 womb이라 하고 무덤을 tomb이라고 하는데, 첫소리의 자음만 차이가 날 뿐 그 자음의 소리를 낳는 움 uːm 소리는 똑같지 않습니까. 우리말은 자음의 차별도 두지 않지만 영어는 그 차이를 둔 것이지요. 우연이겠지만 흥미롭지 않습니까.

나그넷길에서 홀로 떨어져
쓰러진 나무 우듬지에 앉아 있는
울새 한 마리

울새는 텃새가 아니라 철따라 옮겨 다니는 나그네새입니다. 인생은 나그넷길이라고 하듯이 이놈은 지상에서 잠시 머물다 가는 것들의 삶을 대변하는 듯한 놈입니다. 죽을 때가 되어서 더 날지 못하고 홀로 떨어진 울새 한 마리가 땅으로 돌아왔습니다. 그리고 하늘로 날기 위해 언제나 그랬듯이 '쓰러진 나무'이지만 그 '나무 우듬지에' 홀로 앉아 있습니다.

> 노을빛이 물든 갈색 등이
> 한 장 단풍잎처럼 곱다

모든 것이 조락하는 가을입니다. 그리고 곧 밤의 어둠이 오는 시간입니다. 잠시 지상에서 머물다가 덧없이 떠나고 사라지는 것들의 슬픔으로 붉게 물든 노을이 마지막 생명의 불씨를 사르고 있습니다. 울새의 갈색 등이 그 노을빛과 단풍잎처럼 곱습니다.

> 남은 저녁 빛이 눈동자에서 꺼지면
> 울새는 흙 속으로 낙하하여
> 지친 날개를 되돌려 줄 것이다

마지막 생명의 불씨를 사르던 노을빛이 눈동자에서 꺼지면 울새는 아무 저항 없이 작은 흙덩이가 흙으로 돌아가듯 낙하합니다. 한사코 비상하던 상승의 곡선은 조용히 낙하하는 하강의 곡선으로 이어집니다. 이것이 자연의 순환입니다.

그런데 '울새는 흙 속으로 낙하하여 / 지친 날개를 되돌려 줄 것이다'라고 합니다. 하늘을 날아오르던 새의 날개는 본래 그 새의 것이 아닙니다. 형이하의 땅이 형이상의 하늘을 향하여 피워 올린 그리움, 바로 그것이 형상으로 나타나 새의 날개가 된 것입니다. 이제 새는 흙에서 나와 하늘을 향하던 소임을 다하고 다시 흙으로 돌아가 그 날개를 되돌려 주는 것이지요.

> 오늘도 산은 바람이 불면

풀잎이나 나뭇잎을 부딪치며
땅속에선가 하늘에선가
스빗시 스비시르르르
기요로 키이키리리리리
가늘고 슬픈 새소리를 낸다.

'오늘도 산은 바람이 불면' 새 울음소리를 냅니다. 풀잎이나 나뭇잎이
바람에 스치며 내는 소리입니다. '가늘고 슬픈 새소리를' 내는 것입니다.
그 소리는 땅의 속울음이기도 한 것입니다. 이 슬픈 새소리가 비단 산에서
만 나는 소리일까요. 형이하의 세계에서 사는 것들은 모두 이렇게 새소리
를 내고 있는 것이 아닐까요.

귀를 기울여 보십시오.
지상의 어디서나 이 새소리가 들리지 않습니까.
당신의 살 속에도 가슴 속에도 이 새소리가 나지 않습니까.
당신과 내가 가는 곳이 곧 오는 곳이라면 생사가 없다는 것일까요.
그렇다면 진실로 늘지도 않고 줄지도 않는다는 것일까요.
그렇다면 깨끗함도 더러움도 원래는 없다는 뜻일까요.

빈집 한 채

너의 마음 깊이 숨어있는
빈집 한 채
너의 슬픔과 외로움과 그리움이
거기서 생기는
너는 모르는 그 빈집
비가 오나 눈이 오나
오랜 세월 너만을 기다리는
텅 빈 그 집.

– 『고양이가 다 보고 있다』(천년의시작, 2014)

☞ 집은 활동을 멈추고 쉬는 곳입니다. 하루종일 고된 일을 하며 활동을 하다가 피곤한 몸과 마음을 이끌고 돌아와 편안히 쉬는 곳입니다. 육체는 노동으로 피곤해지고 마음은 끊임없이 이렇게 할까 저렇게 할까, 그렇다 아니다, 옳다 그르다 하며 수많은 갈림길에서 시달립니다.

육체는 집에서 편히 쉬면서 다시 새로운 활력을 찾습니다. 그러나 마음은 잠자는 동안에도 꿈을 꾸면서 일을 합니다. 마음은 잠시도 쉴 수가 없습니다. 마음이 쉴 수 있는 편안한 집은 없을까요.

너의 마음 깊이 숨어 있는
빈집 한 채

마음도 쉴 수 있는 집이 있습니다. 그런데 그 집은 '마음 깊이 숨어 있는' 집입니다. 마음에 가려져서 보이지 않는 집입니다. 그 마음은 너의 마음이고 나의 마음입니다. 너와 나는 대립 한정된 단편적인 존재일 뿐 하나의 온전한 전체가 아닙니다. 하나의 온전한 전체는 고요하지만 불완전한 부분들은 서로 분열 대립 속에서 늘 부딪치며 시끄러울 뿐입니다.

마음이 쉴 수 있는 '빈집 한 채'는 마음 깊이 숨어 있지만 마음은 늘 부딪치며 시끄럽기 때문에 그 '빈집'을 찾지 못해 쉴 수가 없습니다. 그 빈집은 하나의 전체이기 때문에 고요합니다. 마음이 그 빈집을 어떻게 하면 찾을 수 있을까요. 시끄러운 마음을 조용히 가라앉히기만 하면 됩니다. 이것과 저것에 부딪치며 늘 시끄럽게 불타는 마음을 끄기만 하면 됩니다. 그러니까 빈집은 따로 있는 것이 아니고 불이 꺼진 조용한 마음이 곧 고요한 빈집이 되는 것입니다.

장자에 이런 이야기가 있습니다.

남쪽 성곽에 사는 자기子綦라는 사람이 책상에 기대앉아 하늘을 보며 긴 한

숨을 쉬었다. 멍하니 앉아 있는 모습이 마치 자신의 몸과 마음을 다 잃어버린 것 같았다. 이것을 보고 제자인 안성자유가 물었다.

어찌된 일입니까. 몸이 이렇게 마른 나무같이 되고 마음도 불 꺼진 재같이 될 수 있는 것입니까. 지금 책상에 기대앉아 계신 분은 이전에 책상에 기대앉아 계시던 그분이 아니십니다.

자기가 말했다.

참 잘 보았구나. 지금 나는 나를 잃어버렸다. 그런데 네가 그 뜻을 알 수 있을까. 너는 사람이 부는 퉁소 소리를 들어 보았겠지만 땅이 부는 퉁소 소리는 들어 보지 못했을 것이다. 설령 땅이 부는 퉁소 소리는 들어 보았을지 모르나 하늘이 부는 퉁소 소리는 들어 보지 못했을 것이다.

여기서 자기라는 사람이 '나는 나를 잃어버렸다'고 말합니다. 너와 나의 대립 한정된 세계를 떠났다는 이야기입니다. 이처럼 대립을 벗어나면 마음은 '불 꺼진 재'와 같이 됩니다. 불에 타는 연료가 없어지면 저절로 불은 꺼지고 재의 정적만 남듯이 마음도 느끼고 생각하고 비교할 대상이 없어지면 저절로 고요해집니다.

고요는 하나의 전체입니다. 이 고요가 있어서 여러 가지 '사람이 부는 퉁소 소리'가 생겨날 수 있고, 바람이 땅의 갖가지 물체에 부딪쳐 온갖 '땅이 부는 퉁소 소리'가 생겨날 수 있습니다. 이와 같이 온갖 소리는 고요를 바탕으로 삼고 있는 것들입니다.

여기서 아무나 들을 수 없는 '하늘의 퉁소 소리'가 바로 이 고요입니다. 고요 자체인 하늘의 퉁소 소리는 시끄럽게 부딪치며 불타는 마음으로는 들을 수 없고 불 꺼진 재와 같이 온전히 고요해진 마음만이 들을 수 있는 것입니다.

너의 마음과 나의 마음 깊이 숨어 있는 '빈집 한 채'가 바로 온전한 고요이고 이 빈집에서 갈등에 시달리는 마음이 비로소 쉴 수 있는 것입니다.

너의 슬픔과 외로움과 그리움이
거기서 생기는
너는 모르는 그 빈집

　너와 나는 전체가 아닌 부분들이 끊임없이 시끄럽게 부딪치는 세상에서 살고 있습니다. 우리의 감각도 앎도 감정의 기복도 모두 대립 분별되는 시끄러운 것들입니다. 온전한 고요가 없다면 '슬픔과 외로움과 그리움'도 없을 것입니다. 슬픔과 외로움과 그리움은 궁극적으로 그것들이 없는 고요를 향한 것 아니겠습니까. 그런데도 그 고요를 즉 '그 빈집'을 모르고 서로 부딪치고 갈등하고 슬퍼합니다.

비가 오나 눈이 오나
오랜 세월 너만을 기다리는
텅 빈 그 집.

　'오랜 세월 너만을' 기다린다는 것은 언제나 '텅 빈 그 집'이 변함없이 거기에 있다는 뜻입니다. 마음을 조용히 다스리면 그 빈집에서 쉴 수가 있습니다. 그 고요한 집에서 다시 새롭게 태어날 수 있는 것입니다.

빈집은 오래 두면 낡아서 못 쓰게 됩니다.
마음속 빈집도 오래 두면 영 잊히고 맙니다.
그러면 쉴 곳 없는 마음은 어떻게 해야 합니까.

이 작품과 비교하며 함께 읽어 볼 시 한 편을 덧붙입니다.

맹물

태초에
모든 것이 물에서 시작되었다고 한다
산천초목 날짐승 길짐승이
모두 물에서 나왔다고 한다
그런데 이제 세상은
모두가 자기는 맹물이 아니라고
핏대를 세우며 박 터지게 싸우는 통에
하루도 조용할 날이 없다
참다못한 맹물이
그만 좀 시끄럽게 하고
제발들 돌아오라고 외치는데
아무 소리도 나지 않으니
아무도 들을 수가 없다
그런데 바보는
이 맹물이 외치는 소리를
참 용케도 알아듣는다

바보야 히히 웃어라
바보야 여기 맹물이 있다
맹물처럼 웃어라 바보야
히히 맹물이다 바보야.

– 「고양이가 다 보고 있다」

사설시

매사니와 게사니

도대체 꿈이 아니고서야 세상에 어떻게 이런 일이 일어날 수 있단 말인가. 그러나 분명 꿈은 아니었다. 꿈이기는커녕 멀쩡하게 시퍼런 눈을 뜨고서 목숨이 왔다 갔다 하는 것을 보고 있는 판이었다.

사람들은 너나없이 모두가 넋이 빠진 채 그저 하루하루가 무사히 지나가기만을 기다릴 밖에는 별 뾰족한 대책이 있을 수 없었다. 정부로서도 매일 국가안보회의를 열어 대책을 숙의하고 뻔히 말도 안 되는 짓인 줄을 알면서도 믿는 구석은 그것밖에는 없는지라 무장한 군대까지 출동시키면서 갖은 부산을 다 떨어 보았지만 그 가공할 게사니떼의 횡포 앞에서는 그런 것들이 모두 한낱 어린애의 부질없는 장난일 뿐이었다.

이 황당하고 끔찍한 사태의 처음 시작은 자다가도 웃음이 쿡하고 터질 만큼 차라리 익살스럽고 신선한 느낌마저 안겨주는 그런 것이었다.

최초의 희생자가 된 그 박 아무개라는 오십대 중반의 변호사는 그날따라 좀 겨운 시간의 점심이었는데도 늘 가장 맛있게 먹던 도가니탕이 도무지 당기지 않는지 그저 맥없이 잔 수저질만 하였다. 먹는 둥 마는 둥 그렇게 싱겁게 점심을 끝내고 따사로운 오월의 햇살을 받으면서 일행들과 함께 사무실을 향하여 걷는 중이었다. 그때 갑자기 무엇에 놀랐는지 일행 중 하나가 잔뜩 겁에 질린 목소리로 말을 더듬었다.

"어? 이거…… 박 변호사……다, 당신 그림자가 없어……"

이 외침이 그 무서운 재앙을 알리는 신호였음을 아는 사람은 그 당시에 아무도 있을 리 만무한 일이었고 또 그 뚱딴지같은 말이 구체적으로 무엇을 뜻하는 것인지 알아차리기까지는 잠시 어리둥절할 시간이 필요했다. 겨우 말뜻을 낚아채고서야 화들짝 놀란 일행들은 서로 자신과 동료들의 그림자를 몇 번이고 확인한 뒤에야 그림자가 없어진 박 변호사의 모습을 얼빠진 표정으로 바라보았다. 아무리 이리저리 돌려놓고 보아도 있어야 할 그의 그림자는 보이지 않았다.

그림자 없는 사내의 이야기는 삽시간에 장안의 화제가 되었고 그는 금방 유명해졌다. 그러나 병원에서 정밀검사를 수없이 해 보고 저명한 과학자들이 모여서 온갖 검사와 실험을 다 해 보았지만 그림자가 없어진 원인이 밝혀지기는커녕 점점 더 혼란스러운 미궁에 빠져버린 나머지 이제는 모두가 제 자신의 정신이 혹 어떻게 잘못된 것은 아닌가 하고 의심하는 지경이 되어버렸다. 그림자가 없어졌다는 것이 물질 현상인지 정신 현상인지, 또는 물리적 현상인지 생물학적 현상인지, 아니면 사회학적 현상인지 신학적 현상인지 도무지 갈피를 잡을 수 없었고 생각할수록 그것은 애초부터 있을 수도 없는 일이요 웃기는 일로만 여겨졌다.

다만 당사자인 박 변호사한테 일어난 몇 가지 특이한 변화가 계속 주목되었다. 그에게 일어난 가장 뚜렷한 변화는, 첫째, 의학적 소견으로는 아무 이상이 없는데도 예전의 왕성한 식욕이 사라지고 겨우 연명할 정도의 극히 적은 음식물을 섭취하는 것으로 만족한다는 점, 둘째, 사물과 현상에 대한 변별력뿐만 아니라 그에 따르는 호오의 판단력이 매우 흐려졌다는 점, 셋째, 좀 천치 같은 표정으로 무엇에나 잘 웃고 무사태평하지만 결코 아무 일에도 흥미와 의욕을 느끼지 않는 심각한 무기력증에 빠져있다는 점 등이었다. 당연한 결과지만 그는 이미 다시는 정상적인 사회생활을 할 수 없는 상태가 되어 있었다.

어쨌든 그림자 없는 사내의 이야기는 지루하고 답답하고 눅눅하기만 하던 일상에 한 줄기 청량한 바람이 되어 한동안 사람들을 유쾌하게 만들었다. 그러나 그것도 잠시였을 뿐 한 지방도시에서 젊은이 하나가 역시 박 변호사와 똑같은 증상으로 그림자가 없어졌다는 사실이 요란하게 보도되 자 이제 사람들은 모두 어떤 불길한 예감에 휩싸이면서 말소리를 낮추기 시작했다. 처음에는 그런 황당한 이야기를 무슨 귀신이 트림하는 소리쯤 으로 여기던 치들까지도 막상 일이 이렇게 되자 하루에도 몇 번씩 제 그림 자를 챙겨보게 되었고 누구나 사람을 만나게 되면 우선 서로의 그림자부 터 몰래 훔쳐보는 버릇들이 생기게 되어버렸다.

사태는 여기서 그치지 않았다. 사람들의 불길한 예감이 깊어지고 확산되 는 속도에 맞추기라도 하려는 듯이 얼마 뒤부터는 거의 매일이다시피 그림 자 없는 사람들이 여기저기서 나타나기 시작했다. 어린이만 빼놓고는 남녀 와 직업과 연령을 가리지 않고 그 말도 안 되는 재앙의 희생자가 되었다.

그러나 정작 온통 나라가 지푸라기 하나 잡을 수 없는 공포의 늪 속으 로 빠져들게 되고 인심이 수심이 되어 흉흉해지기 시작한 것은 임자 없는 그림자들이 이곳저곳에서 떼로 몰려다닌다는 소문과 보도가 있고서부터 였다. 그리고 이러한 소문과 보도는 누구나 두 눈을 뻔히 뜨고 확인할 수 있도록 곧바로 현실이 되어 나타났다.

그림자들은 철모르는 어린애를 빼놓고는 닥치는 대로 사람을 죽이고 다 녔다. 그림자가 죽인 시체는 아무 상처도 없이 말짱하였는데 다만 한 방울 의 피도 남기지 않고 빨린 채 종잇장처럼 하얗게 말라 있었다. 참으로 끔 찍한 모습이었다. 피해자의 시체는 곳곳에 즐비하였다.

그러나 사람들은 공포에 떨면서도 도시 어떻게 해볼 도리가 없었다. 그 림자를 죽일 수도 없었고 막을 수도 없었다. 그것들은 아무리 높은 장애물 도 타고 넘었고 바늘구멍만한 틈이라도 있으면 얼마든지 스며들었다. 아 니 그것들은 무엇이든 닥치는 대로 파괴할 수 있는 힘을 가지고 있었다. 멀쩡하던 아파트나 건물을 무너뜨렸고 교량들을 폭삭 가라앉게 하였고 때 로는 열차를 전복시키기도 했다. 그뿐만 아니라 울창하던 산을 눈 깜짝할 사이에 무너뜨려 벌건 속살을 드러내게 하였다.

　누가 처음에 그렇게 부르기 시작했는지 또 그것이 무슨 뜻인지도 모르는 채 사람들은 언제부터인지 그림자 없는 사람을 매사니라고 부르고 임자 없는 그림자를 게사니라고 부르고 있었다. 어느덧 세상은 온통 게사니 떼의 뜨더귀판이 되어 있었다.

　이런 와중에서도 게사니에 대한 몇 가지 특이한 점이 발견되었다. 게사니떼가 휩쓸고 지나간 곳에는 예외 없이 단맛을 내는 음식물이 흔적도 없이 사라지는 것으로 보아서 매우 단것을 좋아한다는 점, 매사니들은 얼마 살지 못하고 힘없이 죽어갔는데 그에 따라서 게사니도 하나씩 사라진다는 점, 그리고 이것이 사람들에게는 가장 복음처럼 생각된 것인데, 게사니는 철없는 어린애를 무서워하여 가까이 접근하지 못한다는 점 등이 그것들이었다.

　그래서 사람들은 단맛이 나는 것은 무엇이든지 멀리 내다 버리고 소태같이 쓰디쓴 음식만을 먹기 시작했고 나들이를 할 때나 집에 있을 때나 어린애와 함께 생활하기 시작했다. 그러나 철없는 어린애의 숫자는 한정된 데다가 그렇다고 갑자기 낳을 수도 없는 일이어서 어린애 때문에 곳곳에서 웃지 못할 싸움과 반목만 늘어날 뿐 애초부터 근본적인 해결책은 될 수가 없었다.

　새로운 매사니와 게사니는 기하급수적으로 불어나는 데 반하여 그것들이 사라지는 속도는 몹시 더디었다. 정부로서도 이제는 그것이 전염병이 아닌 줄 알면서도 매사니를 일정한 장소에 수용하여 관리하는 것이 고작일 뿐 속수무책이었다. 사람들은 악몽을 꾸고 있는 것이라고 억지로 믿음으로써 잠시나마 거짓 위안이라도 얻는 수밖에는 달리 도리가 없게 되었다.

　그러자 이때를 타서 매사니와 게사니의 무서운 재액을 없앤다는 무슨 다라니 주문 같은 노래 하나가 출처도 없이 흘러나와서 유행하기 시작했다.

산아 산아

바다에서 태어난 산아

바다의 얼굴로 나와서 춤을 추어라

바다야 바다야

산에서 태어난 바다야

산의 얼굴로 나와서 춤을 추어라

끝없는 춤이 불꽃이 되어

다시 산을 만들지라도

끝없는 춤이 물보라 되어

다시 바다를 만들지라도

쉬지 말고 도래춤을 추어라

도래춤을 추어라

이 밑도끝도없는 노래는 삽시간에 퍼져서 너도나도 뜻도 모르고 밤낮없이 외우고 다녔지만 결코 재앙이 줄어드는 것 같지는 않았다.

그러자 이번에는 더욱 큰 소동이 벌어지기 시작했는데 누가 발견했는지 게사니떼가 가장 무서워하는 것은 흰 토끼라는 소문 때문이었다. 그 소문이 어느 정도 사실로 입증되자 사람들은 서로 먼저 흰 토끼를 구하기 위해서 앞뒤 가리지 않고 정신없이 뛰기 시작했고 갑자기 토끼 값도 천정부지로 뛰기 시작했다. 이 바람에 겨우 명맥만 유지하던 식육용 토끼 사육업자들과 모피용으로 친칠라, 앙고라 등을 기르던 소수의 업자들은 하루아침에 벼락부자가 되었다. 급기야는 병원에서 실험용으로 기르던 토끼마저 동나게 되자 미처 구하지 못한 사람들은 봉제 토끼라도 사기 위해서 거리를 쓸고 다니며 야단법석을 떨어야 했다.

이제 바야흐로 세상은 토끼의 천국이 되는 듯싶었다. 가는 곳마다 토끼똥 냄새가 코를 찔렀고 집집마다 그 성질 급한 토끼를 탈 없이 키우느라고 사람들은 그야말로 눈물겹고 웃지 못할 온갖 정성을 다 바쳤다. 그러나 그것도 앞문은 열어놓고 뒷문만 닫아거는 격으로 게사니의 횡포는 피할 수 있어도 스스로 매사니가 되는 것은 끝내 막을 수 없는 노릇이었다.

　나달은 쉬임없이 바뀌는데 절망적인 탄식은 한가지로 높아갔다. 어쩌다가 매사니와 게사니는 헤어지게 되었는가. 어쩌다가 게사니는 제 어미와 자신까지 죽이게 되었는가.

　이러매 내가 노래한다.

　소금기 눈부신 햇살을 거두고
　날이 저문다
　젖빛 낮은 목소리로
　하늘에는 구구구 모이도 흩뿌리며
　밤이 맨가슴 품을 열자
　비로소 참나무는 참나무 속으로
　옻나무는 옻나무 속으로 어두워져
　문득 잊은 새를 깨운다
　멀고 먼 돌 속에서
　속눈썹 사이로 날아오는 흰 새

　그러나 밤이 깊어도 사람들은
　해묵은 누더기를 펄럭이며
　길가를 떠돈다
　빈 마을은 집집마다
　마른 개들이 도둑을 지키고
　이슬도 젖지 않는 길에 쓰러져

설핏 잠든 사람들은
바람에 헝클린 겹겹의 지평선을
목에 감은 채
밤새 날갯짓하는 꿈을 꾼다

아침이 되면
감싸고 감싸이는 꽃잎의 중심
그 돌 속에서
온갖 물생들은 다시 태어나지만
그러나 보라
돌 밖 에움길의 어지러운 발자국 속에
휴지처럼 구겨진 깃털과 함께
사람들은 늘 시체로 남는다.

- 「나는 거기에 없었다」

☞ 이 사설시辭說詩는 외국의 경우는 모르겠으나 우리나라에서는 내가
처음으로 시도해 본 새로운 시 형식입니다. 이 시 형식은 산문으로 된 이
야기를 배경으로 두고 쓴 시로서, 시와 산문을 하나의 구조로 결합하여 좀
더 높은 수준의 새로운 시적 영역이 열릴 수 있도록 시도해 본 것입니다.

사설시는 내가 1980년대 말부터 쓰기 시작하여 내 첫 번째 시집부터 몇
편씩 선보이면서 지금까지 지속하여 왔습니다. 이미 이 사설시 작품만을
모아 사설시집 『거울 속 모래나라』(황금알, 2011)를 펴내기도 했습니다.

이 사설시에 대한 해설이나 연구는 각 문예지의 짧은 평문을 제외하면
아직 눈에 띄게 이루어진 것이 없는 듯합니다. 그런데 근래에 몇 학회지에
연구 논문들이 실리기 시작했고 석사논문도 나왔으니 앞으로 좀 더 좋은
연구 성과물들이 나오지 않을까 기대해 봅니다.

그래서 앞으로 나올 연구 성과를 기대하면서 이 작품 『매사니와 게사니』에 대한 나 자신의 해설은 줄이기로 합니다. 대신 이 작품에 대한 두 분의 짧은 평문을 덧붙여 이해를 돕고자 합니다. 이 두 편의 글들은 모두 『김영석 시의 세계』(배재대학교 현대문학회 편, 국학자료원, 2012)에 실린 것들인데, 그것이 처음 발표된 문예지와 시기 등 서지사항은 참고삼아 그 글 맨 끝에 달아 두었습니다.

종말론적 상상력과 현대적 감수성

이 형 기

후기 산업사회를 거쳐 정보사회로 접어든 현대의 고도문명은 역사상 일찍이 유례가 없는 번영을 이룩하고 있다. 물질적 풍요가 넘친다고 할 수 있는 그러한 번영의 영화 속에서 그러나 현대인은 결코 행복만을 구가하고 있는 것이 아니다. 행복은커녕 오히려 반대로 까닭 모를 불안과 공포감이 사람들의 의식을 날로 무겁게 짓누르고 있는 것이 현대의 상황이다. 그렇기 때문에 세계의 도처에선 종말론적 위기감이 고조되고 있음을 우리는 누구도 부인하지 못한다.

너무나도 아이러니한 이러한 현상이 의미하고 있는 것은 고도화된 현대문명이 안고 있는 모순의 심화이다. 그 모순은 문명의 물질성이 인간의 생명성을 극단적으로 소외시킨 것이라고 그렇게 요약할 수 있다. 바꾸어 말하면 오늘날 인간은 자기네가 건설한 거대한 테크노피아의 없는 것이 없는 물질적 풍요와 자동화된 메커니즘의 냉혹한 작동 속에서 생명적 존재 아닌 사물적 존재로 전락해버린 것이다.

많은 사람이 오래전부터 지적하고 있는 이러한 문명의 모순에 대해서는 시인들도 다양한 응전을 계속하고 있다. 몇 달 전에 『썩지 않는 슬픔』이라는 시집을 내서 나의 관심을 끌었던 김영석의 「매사니와 게사니」(현대문학, 6월호)는 그러한 시적 응전의 근래에 보기 드문 역작의 하나이다.

원고지로 대충 25장은 넘을 듯한 이 장문의 산문시에서 그는 참으로 기이한, 그리고 기이하기 때문에 우스꽝스럽기도 하지만 본질적으로는 무섭기 그지없는 상황을 제시한다. 그것은 인간에게서 그림자가 없어지고, 그리하여 인간과 분리된 임자 없는 그림자, 즉 게사니가 떼를 지어 몰려다니면서 사람을 죽이고 또 그림자 없는 인간, 즉 매사니도 매사에 흥미와 의욕을 느끼지 못하는 심각한 무기력증에 빠져 있다가 죽어버리는 상황이다.

게사니의 수와 그들에 의한 살인의 피해자는 날로 늘어간다. 그러나 게사니가 발생하는 이유를 아는 사람은 아무도 없다. 시의 본문을 빌리면 "병원에서 정밀검사를 수없이 해보고 저명한 과학자들이 모여서 온갖 검사와 실험을 다 해보았지만 그림자가 없어진 원인이 밝혀지기는커녕 점점 더 혼란스러운 미궁에 빠져버린 나머지 이제는 모두가 제 자신의 정신이 혹 어떻게 잘못된 것은 아닌가 하고 의심하는 지경"이 되어 버린 것이다. 그리고 그러한 상황 속에서 사람들은 또 게사니의 피해를 막기 위해 여러 가지 웃지 못할 희극적 방법을 동원한다. 게사니가 좋아하는 단맛 나는 음식은 모두 버리고 소태같이 쓰디쓴 음식만 먹는다거나, 게사니가 무서워하는 철없는 어린애들을 가까이한다거나, 역시 게사니가 무서워하는 흰 토끼를 기르느라고 사람들이 모두 야단법석을 떨거나 하는 방법이 그것이다. 그러나 그 어떤 방법도 문제의 근본적인 해결책이 되지는 못한다. 왜냐하면 그러한 방법을 통해 "게사니의 횡포는 피할 수 있어도 스스로 매사니가 되는 것은 끝내 막을 수 없는 노릇"이기 때문이다. 그러니까 이제 사람들은 게사니한테 죽임을 당하거나, 아니면 어느 날 자기가 갑자기 매사니가 되어 죽거나 할밖에 없다.

그야말로 아무런 까닭도 없이 세상을 온통 죽음의 공포로 가득 채운 이 해괴한 사태는 무엇을 뜻하는가. 시인은 이러한 물음에 대해 직접적으로든 간접적으로든 해명의 단서가 될만한 말을 한마디도 하고 있지 않다. 그러나 한 가지 분명한 것은 그러한 사태가 시인의 종말론적 상상력에 의해 그려진 소름 끼치는 말세의 예상도라는 사실이다. 그리고 실제로 오늘날 인류는 앞에서 말한 대로 세계 도처에서 고조되는 종말론적 위기감에 휩싸여 떨고 있다. 과학의 힘을 빌린 인간의 탐욕스런 자연 수탈이 생태계의 파괴를 가속화시켜 지구의 멸망을 재촉하고 있다는 소리가 높은 것도 그러한 사례의 하나가 될 것이다.

김영석의 시 「매사니와 게사니」는 바로 그 종말론적 위기감을 특이한 상상력으로 형상화하고 있다. 임자 없는 그림자 게사니가 사람을 죽이고, 또 그림자 없는 사람 매사니는 그들대로 무기력증에 빠져서 죽는다는, A. 포우나 카프카의 전율적인 소설을 연상케 하는 그 기발한 상황 설정부터가 그의 상상력의 특이함을 웅변하고 있다. 다른 점은 다 무시해 버리고 상상력의 이 기발함과 특이함 하나만 보더라도 김영석은 충분히 주목할 만한 시인이다. (현대문학, 1993, 7)

이야기에 들린 시인의 노래*

오 홍 진

그림자가 사라진 사람들의 이야기가 위 시의 앞에 제시되어 있다. 그림자가 사라진 것 자체로도 문제지만, 그림자가 자기를 만든 존재를 공격한다는 데 더 심각한 문제가 있다. "어린이만 빼놓고는 남녀와 직업과 나이를 가리지 않고 그 말도 안 되는 재앙의 희생자가 되었다." 제목에 나타난 매사니는 그림자가 없는 사람이며, 게사니는 임자 없는 그림자를 말한다. 어린이에게는 이런 현상이 일어나지 않는다는 전언이 말해주듯, 그림자는 이성을 신봉하는 주체들이 억압한 '무의식의 세계'라고 말할 수 있다. 앞서 살펴본 거울 속 모래나라를 참조한다면, 두 개의 거울(허공-천지만물)이 사라지고 한 개의 거울(말씀)만 남은 세계의 존재를 그것은 나타낸다고도 볼 수 있다. 어쨌든 매사니와 게사니는 결코 구분(분석)될 수 없는 존재를 어떻게 분석(구분)하려는 분석적 이성(주체)의 비극적 알레고리로 읽을 수 있는 셈이다.

위에 인용한 시에 드러나는 대로, 매사니와 게사니는 원래부터 하나로 존재했다. 요컨대, 날이 저물어 밤이 맨가슴 품을 열면, 참나무와 옻나무는 그 품속으로 들어가 자연히 어두워진다. 허공과 천지만물과 말씀이 하나가 되는 세상은 인격화된 신(인간)의 말씀으로 세상(자연)을 나누지 않으려는 마음을 전제한다. 시각이 지배하는 낮의 세계가 청각이 지배하는 밤의 세계("문득 잊은 새를 깨운다")로 전환되는 것도 자연스럽다. "멀고 먼 돌 속에서 / 속눈썹으로 날아오는 흰 새"의 이미지는 이러한 '자연自然'의 이미지를 그대로 반영한다고 하겠다. 그리하여 3연에 표현되는 바, 자연의 흐름을 뒤따르는 온갖 물생들은 아침이 되면 생명의 중심인 '돌' 속에서 다시 태어난다. 하지만 말씀에 치우친, 그래서 세 개의 거울이 만들어낸 조화의 세계를 깨뜨린 인간은 아침이 되면 시체로 변할 수밖에 없다. 환생과 시체(죽음)의 거리가 물생과 인간의 차이를 낳고, 그 차이는 생명의 원초적 흐름을 거부한 인간(성) 자체의 생명성 박탈로 이어진다. 매사니와 게사니의 분리는 그러므로 천재天災가 아니라 인재人災라고 말할 수 있다. 인간의 인식이 빚어낸 비극의 중심에는 바로 인간 자신이 있다는 역설을 「매사니와 게사니」는 시적으로 표현하고 있다. (『시와환상』, 2011, 여름호)

* 이 제목의 글 중 「매사니와 게사니」에 해당되는 부분만 발췌함.